蒼雲遠道

蒼雲遠道

趙越勝

OXFORD
UNIVERSITY PRESS

OXFORD
UNIVERSITY PRESS

Oxford University Press is a department of the University of Oxford.
It furthers the University's objective of excellence in research, scholarship,
and education by publishing worldwide. Oxford is a registered trade mark of
Oxford University Press in the UK and in certain other countries

Published in Hong Kong by
Oxford University Press (China) Limited
39/F, One Kowloon, 1 Wang Yuen Street, Kowloon Bay,
Hong Kong

蒼雲遠道

趙越勝

ISBN: 978-988-870244-2

1 3 5 7 9 10 8 6 4 2

目　錄

序：蒼雲遠道的詩魂

張志揚

　　越勝和我四十多年友誼，跨越了時代，也跨越了地域，他在法國，我在中國，但只要耳邊響起越勝的名字，心中就殷情款款、風和日麗。不管他做甚麼，都是情理中事。自律即品位，存在即合理。不是每個人都能享有如此命運，它屬某類人的特權，這裏沒有平等可言。我曾經在上世紀八十年代信中寫過彼此的際遇：「你在蒼穹追隨阿波羅輝煌的戰車，我卻在大地匍匐如螻蟻。」他天生酷愛普照世界的「太陽神」，我卻夜夜吮吸土地中的「血與鹽」。我們就這樣在「不朽的生命」與「無常的毀滅」之間相遇。四十年後命我寫《蒼雲遠道》序，自然帶有「遠道」召喚：「大曰逝逝曰遠遠曰反」而「大化無極以致中和」。非我強言，乃越勝書中提示：

> 記得西塞羅説過：「除美德之外，友誼在萬事中最為偉大」。其實，重視友誼又何嘗不是美德？邪惡的心靈只結交朋黨，卻不會交朋友。所以西塞羅又説：「沒有德行，就沒有友誼」。我們少年時除了喜歡普希金的詩，還喜歡他重友誼，戀朋友。普希金雖英才天縱，卻對朋

友永懷一份傾慕與關愛，這些人的才華可能遠不及他，但他卻愛他們勝過愛家人。在皇村中學的同學中，他卓然鶴立，卻毫無自矜傲慢，只希望能有更多時間以詩會友。朋友遠行，他牽掛在心，朋友遭難，他思援手，心裏總在咀嚼往昔的歡樂，筆下記錄着燈影酒痕中朋友的相聚，深情厚意，堪比唐人。讀他那些傷別悼亡、惜今懷遠之作，不免會聯想起李杜式的慨嘆「故人入我夢，明我常相憶」、「此地一為別，孤蓬萬里征；浮雲遊子意，落日故人情」。詩情千古，中外如一。(見本書，着重號引者加。下同)

「浮雲遊子意，落日故人情。」

在沒進入學界的一九七八年，也就是我在武鋼某中學監外執行監督餵豬的第三年，我寫了兩篇文字《馬克思〈1844年經濟學·哲學手稿〉中的美學思想》與《巴黎手稿的異化範疇》。它們都取自監獄中讀馬克思《1844年經濟學·哲學手稿》所做的二十多萬字筆記。前者交給李澤厚先生主編的大《美學》雜誌——所以用「交給」這樣一個受約定的行為方式，當然有一段「前理解」預行鋪墊，我都寫在《瀆神的節日》第二節「圈」中了(第一節「牆」)。後者投寄給《國內哲學動態》。就是這兩篇文字，先後引來了我終生受益的兩位兄弟情誼。首先就是趙越勝，作為《國內哲學動態》編輯同我聯繫。詳細情況越勝比我說得好，他都寫進了《燃燈者》對劉賓雁先生的緬懷裏(香港牛津初版)。隨後就是劉小楓從李澤厚先生哪裏

得知我的下落給我寄來信函。兩位摯友可以說是我一九八○年十一月進入學術界後的帶路人。還必須強調一聲，我這個無門可進然終生感激知遇之恩的是李澤厚先生，沒有大《美學》第二期發表的《馬克思〈1844年經濟學·哲學手稿〉中的美學思想》，我恐怕過不了一九八○年全國招考五百名社會科學工作者錄取的「政審」關。

眾所周知，文革後如何「解凍」：是借鑒南斯拉夫「實踐派」修正經驗，還是借鑒歐洲「西馬」思想運動的「《手稿》熱」？最後還是回歸本土李澤厚先生「審美代啟蒙」的實踐美學燃燒青年的文化熱情。越勝朋友們在北京前台雲合響應，且很快把審美熱情引向了「時間與語言」的存在哲學方向，更深入到「文化：中國與世界」的漩渦中心；我只需在武漢楚地暗度陳倉，在西學中開始我的「逆向夜行－檢測防禦」。所以，我深深感謝越勝小楓等朋友們對我「防火牆」式的寬容與保護。

在一個積重難返的社會中推動改革，最怕遇上兩種人，極端激進派與極端保守派。改革通常要壞在這兩者的合力中，他們往往是相互敵視的共謀。若這兩類人碰巧都是個人道德完美的追求者，那局面就更難收拾。帕斯卡說過，要以傾覆社會表現個人道德的完美，只能帶來更大的罪惡。這話在法國大革命的恐怖時期不幸言中，是「不可腐蝕者」羅伯斯庇爾把法國大革命帶入恐怖的「斷頭台時代」。托克維爾總結道：「對一個不稱職的政府來說，最危險的時刻往往就在開始改革時。只有極

具天賦的君主，才能成就其所開啓的事業，將臣民從長期的壓迫下解救出來。」亞歷大二世稱得上是一位天賦不薄的君主，但偏偏遭逢一群視死如歸的殺手。多伊徹感嘆道：「他把俄國農民從農奴制下解放出來，因而贏得了『解放者』的稱號，但他卻在絕望的洞穴里度過最後的歲月，像一隻被革命者追捕的野獸，躲在皇宮里，以避開革命者的炸彈的襲擊」。「直接參加恐怖行動的鬥士不足四十人，就是這四十來人讓沙皇在自己的國土中成為流亡者。」這群人中最出名的便是民意黨女傑：蘇菲亞·利沃夫娜·佩羅斯卡婭，一位狂熱、堅毅、美麗的貴族小姐。

讀越勝憑弔滴血教堂的這段文字，喚起的幾乎是我們倆在武昌東湖邊黃昏漫步時的心心相印。不久，我寫給越勝的生日祝辭就是「湖邊、黑夜、大地沈寂，唯有腳步聲」。

我和越勝有一個共同的特點：進入西方哲學思想前就全身心浸潤到包括俄國在內的西方音樂、繪畫、詩歌、小說、歷史中去了，恐怕我還吊了一個「電影」尾巴。但我心緒散漫，身上泥土太多，尤其是怪癖「沉默中的白日夢」：

前幾天我還在回答一位普林斯頓「人類語言生成研究」專業博士的問題：

[問]讀你的文字有一個感覺，它有很強的「植入性」，使文思氛圍甚至語言氣息都植入所在環境的土壤中散發出同

張志揚

生共死的感染力。寫俄國的《母親的死》，寫法國的《沈靜如海》、《一顆冬天的心》、《鵝毛筆》與《香水》，寫德國的《生死朗讀》，寫《布達佩斯之戀》「陰鬱的禮拜天」，還有意大利《維羅納晚禱的鐘聲》……啊，都是。如果僅從文本上看，我想像的你，是個像安徒生那樣在歐洲漫遊的詩人作家。十九世紀這樣的歐洲作家特別多。可你說你是從譯文閱讀外國的，而且還是兩種完全不同文化不同文字的閱讀，讀得如此地道如此鑽心，真讓人難以想像。我就非常奇怪，不藉助原文，僅憑譯文閱讀的感覺進入，進入到陌生的年代、陌生的國度、陌生的人與事，又那麼準確地捕捉到對方的心靈活靈活現於眼前於文字，你就不懷疑自己的身歷其境「這是真的嗎？」

　　[答]「這是真的嗎？」一問到底！它伴隨我一生。不同年齡，不同時期，我的回答都不一樣。或許是對妳最好的回答。年輕的時候，讀高二，看蘇聯電影《白癡》。有一個場景，梅斯金公爵挨了托利亞一嘴巴，回到自己租賃沒落貴族家簡陋冰冷的小房，點亮油燈，燈光反射着他那雙深邃得令人心碎的眼神 —— 是自己的屈辱嗎？不，是對托利亞的悲憐，像走過聖彼得堡街頭看着老人拉手風琴聽着小女孩在風雪中唱着瑟瑟發抖的聲音絕望地無人理睬那樣的悲憫……我以為我看透了陀思妥耶夫斯基筆下梅斯金公爵的靈魂。[*]

　　……

[*] 張雪讀讀，我和越勝結伴遊聖彼得堡，那是聖彼得堡的光榮 —— 它怎麼也不會想到，兩個中國人的「眷戀」居然如此散發着陀思妥耶夫斯基氣息。唉，先預熱一下，等讀完寫就怕沒有八十年代的浪漫了！—— 收到《蒼雲遠道》寫給張雪越勝的回信

也就是説，在我和越勝身上，學術不過是上述文化底蘊中的浪花與深流而已。所以在我們兄弟之間，大概要少很多當今學術界「有學術沒文化」的「浪花現象」。讀《蒼雲遠道》特別能體會深流潛藏的凜冽。如果，在深流中潛藏的不僅僅是凜冽甚至還因地形而出現不同的流向，也很自然，不必驚訝，相信殊途同歸的仍是德性與友誼的春風化雨始終不渝！

　　你看，越勝居然寫到《小王子》：

　　《小王子》作者聖埃克絮佩里在書前獻詞中説：「請孩子們原諒，我把這本書獻給了一個大人」。他自己隨後又解釋説，「我很願意把這本書獻給孩子。這個大人曾經是那個孩子，所有的大人都曾經是孩子。(但是他們當中很少有人記住這一點)。所以我把獻詞改為獻給萊昂·韋爾特，當他是個孩子的時候」。很明顯，作者心裏的讀者並不是孩子，而是那些「曾經的孩子」。因為實際上孩子自己就是童話。要去理解童話的，反倒是曾經是孩子的成人。

　　啊，這就有點「放開時光之流的閘門」了，我不得不補充背後更深的背景：「斯芬克斯之謎」。因為，越勝説的「很明顯」是指「作者心裏」那些「曾經的孩子」，可惜它反復糾結在一個循環中而變得晦暗：

　　他們(長大成人後)很少有人記住這一點，所以，反倒曾

　　　　　　　　　　　　　　　　　張志揚

經是孩子的成人，現在更要去理解「自己就是童話」的孩子。(但是他們當中很少有人記住這一點)甚至回不到這一點了……

多麼傷心的遺忘！

聖埃克絮佩里深知這種遺忘！他只能躲在《小王子》童話裏在「獻詞」中「請孩子們原諒」，因為他就是寫給「會遺忘」的成人讀的。偏偏它特別能沈澱在像我這樣的「白日夢者」逆向夜行的西學閱讀經驗中。說白了，《小王子》童話就是《俄狄浦斯》(「老國王」)「神話–悲劇」的兒童版。我必須把「很明顯」中已經被歷史隱埋的寓意用「解密」的方式與耐心 —— 釋放出來。

忒拜城老國王擔心自己被神的詛咒(明喻「殺父娶母」暗喻「改天換地」)兌現，忍不忍之心而不得不把剛出生的孩子(小王子)送到遙遠的陌生人手裏讓他自生自滅。誰料想小王子俄狄浦斯長大了往忒拜城流浪，被老國王出行的馬車撞到，一怒之下殺了老國王。路過前往忒拜城必經的懸崖，又遭遇了封鎖忒拜城的埃及「獅身人面獸」(希臘人沿用埃及人的叫法「斯芬克斯」) —— 它有很特殊的封鎖方式，提出一個謎語讓過路人猜：「早上四隻腳、中午兩隻腳、晚上三隻腳的東西是甚麼？」

這就是有名的「斯芬克斯之謎」。只有猜到的人才允許通過即進出忒拜城，猜不到的人就被吃掉。於是忒拜城就這樣被封鎖了。忒拜城剛死了老國王又遭此厄運，只好發出告示：

「誰能猜中『斯芬克斯之謎』殺死斯芬克斯，誰就能做忒拜城的新國王，娶美麗的王后為妻。」

俄狄浦斯猜出「斯芬克斯之謎」的謎底是「人」並將獅身人面獸拋下懸崖殺死。於是，俄狄浦斯就成了忒拜城的新國王並娶王后為妻，還生了兩兒兩女。

──終於還是應驗了神的詛咒：「殺父娶母」。

開始，俄狄浦斯並不知道，後來忒拜城連續不斷地遭災，迫使深知神咒的國師說出了真相，使殺父娶母的俄狄浦斯自己刺瞎了自己的雙眼以懲罰自己。國王的位置也讓給了母系舅舅。

沒完，隨後的故事更殘酷。「七雄攻打忒拜城」，逃出的哥哥與留在城內的弟弟決戰於忒拜城前同歸於盡。國王舅舅下令：哥哥的屍體拋屍城外不准下葬。三女兒安提戈涅決心冒死維護「自然倫理」，撒土屍身安葬哥哥，被國王舅舅用「國家倫理」予以懲罰：將安提戈涅關閉在地下密室窒息而死。

安提戈涅是瞎眼俄狄浦斯的「天眼」，安提戈涅死，最後斷子絕孫的俄狄浦斯祈求神的寬恕而終。

讀到這樣的結局，我不得不問：俄狄浦斯猜「斯芬克斯之謎」猜對了嗎？

從俄狄浦斯刺瞎雙眼斷子絕孫的結局不如說，他以為猜對了「斯芬克斯之謎」殺死斯芬克斯，恰恰正是「神咒」兌現的開始，而且一直延續到今天，西方徹底去人化的「機器人」即將「過濾掉人類」使地球進入「機器人第三型文明」──「進化論變成末世論」！我不得不追問：猜

張志揚

「斯芬克斯之謎」為「人」的俄狄浦斯究竟錯在哪裏了？

俄狄浦斯是希臘悲劇第二階段「神在人的敘事中」之大悲劇家索福克勒斯的悲劇《俄狄浦斯》同名主角。與埃斯庫羅斯第一階段「人在神的敘事中」如《普羅米修斯》不同，立的是人，以「小王子」俄狄浦斯成人成王為代表。但這個「人」卻籠罩在「斯芬克斯之謎」中——「早上四隻腳、中午兩隻腳、晚上三隻腳的東西是甚麼？」——要害在「小孩淳樸−成人堅強−老人智慧＝整體人」，而不是「單子化−動物慾−個人主義＝成人」！

俄狄浦斯猜的「人」，實際上就是古希臘正處於柏拉圖發起的「哲學與詩之爭」，即「哲學」戰勝同為詩的「神話−悲劇」而取得第一次啟蒙勝利中的「人」，亦即「自然理性哲學」規定的「人」。「自然理性哲學」是柏拉圖奠基亞里士多德完成的「計算本相論(演繹分析)＋製作實體論(歸納綜合)」，由此濫觴西方思想史的「開端＝形而上學本體論」。其知識學形態是「知識即德性」以知識規定德性為功能性而優勝劣汰，其政治哲學形態「人是政治動物」即「強力意志自然法」，都是「智能性−成人」的思想行為方式而貫徹西方歷史(今天美國則明確為「個人主義−工具主義−自由主義」，即完全「資本技術物化」的人)。它在「斯芬克斯之謎」中僅僅屬於「中午兩隻腳」的成人。也就是說，排除了「早上四隻腳」的「小孩」和「晚上三隻腳」的「老人」——第三隻腳就是「拐杖」，象徵着「智慧權杖」。在希臘，「早期希臘」進入「古希

臘」的臨界思想家蘇格拉底(不是「柏拉圖底蘇格拉底」)其箴言「知無知」才算得上智慧型思想 —— 蘇格拉底解釋「向神的智慧學習、向人的苦難學習」。柏拉圖那樣改宗畢達哥拉斯把「造物主德木格」(Demiurge)最高本相都創造出來的哲人，只能算智能型「智術師」了。

以「內部奴隸制與外部殖民地」為特徵的古希臘，不成文法地把「小孩」、「女人」、「奴隸」排除在人外。柏拉圖的學生亞里士多德在《政治學》中給予了理論說明。小孩因智力不成熟，女人因不參加政治生活，奴隸因沒有政治身份，都不能算人。也就是說，只有「財產與時間」使智力成熟的自由人奴隸主才夠得上「成人」資格。他們才能進入決定城邦命運的大「陪審團」。據記載，古希臘雅典大陪審團有六千人，由十族各派六百人組成。審判蘇格拉底時的大陪審團輪流抽籤而當職的實有五○一人。蘇格拉底申辯後的投票比：281/220，判處蘇格拉底死刑，飲苦芹汁而死。

蘇格拉底之死，意味着「智慧老人」也排除在「成人」之外了。由此應證了蘇格拉底當庭申辯名言：「罪惡比死亡跑得快」(本來對老人而言俗話是「死亡比罪惡跑得快」，但現實的審判變成了「罪惡比死亡跑得快」)。對今天人類而言，資本技術理性徹底去人化的「人工智能」事實上擔當了「罪惡比死亡跑得快」的使命，遂使快速「進化論變成末世論」(猶太人洛維特語)。

作為西方歷史「開端即沒落」(海德格爾語)的古希臘「功能主義」，處於地中海中部北岸，而南岸相對的埃

　　　　　　　　　　　　張志揚

及從古至今就以「金字塔與獅身人面獸」隔海守望，眼看着：古希臘第一次啟蒙的「功能主義」，往西行出直布羅陀海峽到17世紀英倫三島完成第二次啟蒙「資本主義」，再過大西洋到北美美國完成二十一世紀第三次啟蒙「科學主義」。世界地形竟如此奇妙地構成「地標」見證着「斯芬克斯之謎」！「始作俑者，其無後乎？」

「斯芬克斯之謎」豈不比「小王子」更應該引起「成人」驚醒！

聊備一說，立此存照。

再讀到托克維爾，一個被「自由」召喚的人

法國大革命後，托克維爾 —— 正在緊張地思考和撰寫一部要在「世界上留下一點印記」的著作。他要能夠把「事實與思想、歷史哲學與歷史本身結合起來」，去洞徹法國大革命的本質。這部書後來以《舊制度與大革命》為名，蜚聲四海。

我和越勝都迷法國。他迷成了「法國人」，我則沈醉在它的「自由責任」中。

哪一年(抱歉不記得了)，在上海社會科學院主持的紀念「五四運動」學術論壇上，國內學者包括國外回來的知名華裔學者濟濟一堂。其中談到慣常的「世界哲學」會議，不少人用嘲諷的語言嘲笑中國人的「中國哲學」發言，一位華裔法國女士說：「哲學就是哲學，哪有甚麼『中國』哲學，讓人家笑話的。」大家也都笑了。她是一位女士。我沒在會上發言。但在會下吃飯的時候，恰巧她

坐到我的旁邊(大概我們有一面之緣吧),我就忍不住說出我對法國人的欽佩與讚美:

　　我很欣賞法國學者。西方公認法國語言是「宮廷語言」,而德國語言是「廚房語言」。但近現代史上,法國思想卻長期受到英國和德國的兩面擠壓。政治哲學上,英國的「光榮革命」成本低,法國的「大革命」成本高得嚇人。純粹哲學上更慘,被德國哲學一直壓得抬不起頭,先是康德黑格爾,接着又是胡塞爾海德格爾。但是,法國學者同心同德與之抗爭。政治哲學上堅持把「法國大革命」看作「國史」,更推向全世界看作無產階級革命與民族革命的「母史」。而哲學上,法國學者調動起民族文化的全部特質用法國人專長的「身體質感」去對抗德國的「觀念哲學」,否定黑格爾的「絕對精神」,把胡塞爾的「意識現象學」之「意向性」降解為「身體性」,把海德格爾的「非人類中心」之「存在哲學」降解為人的「感性虛無主義」。正是這些不屈的抗爭才使得「法國哲學」的「結構主義」、「後結構主義」、「解構主義」、「後現代性」在世界思想史上佔有一席之地。所以,不是哲學前的國格限定詞「德國」、「法國」乃至「英美」應該拿掉——你拿掉試試?你不敢。「中國哲學」的確無能,但不是中國哲學無能,而是「中國哲學人」太無能了。要像法國人那樣抗爭,照樣會有自己的一席之地。「民族之林」如此,「哲學之林」同樣如此。

　　一段小插曲而已。我還得說幾句並非題外的題外話。去年五月,我和老伴小女兒小外孫女四人到意大利法國旅

張志揚

遊，其目的就是到法國與越勝見面——漫長的等待消磨到一句諺語中，「只有一件事情比你的來臨還要令人高興，那就是你快點到來」——整整一星期住在張雪越勝家，到盧浮宮凡爾賽宮都是張雪帶領講解，其他時間皆由越勝陪同，專車到各個重要景點遊覽。我摘要只說最後去諾曼底的路上：

非常可惜，這次來巴黎沒見到盈盈，她去澳大利亞遊玩了。但盈盈的攝影配越勝的文字，我早就看過一些，這次書稿中的「影與文」第一篇「眾神的黃昏」盈盈攝的「伽亞城堡」正是我們最後到達的景點。

法國田野美到極致的風光讓我只有感歎「上帝是歐洲人的上帝」。越勝帶我們去諾曼底憑吊古戰場，一路講述着獅心查理王與約翰王的關係，用丘吉爾慣有的勝者為王筆法傳達感歎，前者英俊勇武南征北戰，像打到了耶路撒冷的亞歷山大大帝，結果卻被一個廚師射箭受傷感染而死，沒有留下一件實質性的豐碑；後者懦弱無能無人待見最後卻跟貴族們達成協議留下名垂青史的「大憲章」（三原則：一國王權力必須受貴族制約，二私有權不可侵犯，三不能無端剝奪個人的人身自由）。歷史的吊詭總會在冥冥中實現。越勝對此大加贊賞認為是「人類的」大憲章。

在回來的路上，四天聽到看到越勝的言談舉止，我能充分理解我這個兄弟到法國三十年的心路歷程。已前為生活所迫的艱難不必說了。他現在還能對中國現象嫉惡如仇，表明他還是中國人。等到再也沒有這種情緒了，那他就徹底變成法國人了。他現在正走在這個轉變的過程中，法國歷史、文

化史、法語乃至某些拉丁語的感覺，都強烈到了情感上的自我認同地步。儘管他可能根本進入不了法國主流社會（完全不能像在中國那樣成為京城文化核心圈的核心人物），但精神上他已經完全有資格自詡比法國人更懂法國！

再回到法國大革命。既然法國把「法國大革命」當作「國史」研究，托克維爾《舊制度與大革命》只能算國史研究的一種視角。二○一二年夏天，我專門在一個暑期研究班上講過「如何閱讀弗朗索瓦·傅勒《思考法國大革命》」。這裏只能將「提綱」主要部分提示一下一筆帶過：

作為「國史」的法國馬克思主義大革命史觀

　　起源的紀念史學

　　革命意識形態的建構機制

托克維爾：王權的行政中央集權與大革命公民社會的連續性

　　自由屬於英國，而平等屬於法國。

　　中央集權民主國家的建立乃大革命本身的意義

古參：雅各賓主義、民主的起源

　　創造歷史的人不知道他們創造的歷史

　　哲學類型的思想社會是新政治關係的母體

　　純粹民主（直接民主）與代議制民主

傅勒的「修正主義」：「民主悖論」的初次實驗

　　關於羅伯斯庇爾

　　公安理論

　　民主的悖論

　　　　　　　　　　　　　　　　　張志揚

之所以「一筆帶過」，為了盡快回到托克維爾改寫「英國契約論」為「法國契約論」的「自由觀」。

托克維爾說：「我把自由看作首要的善，所以它是一種美德，屬於絕對律令的範疇。這就是為甚麼當人更深切地依戀着自由時，會抑制追逐物質利益的衝動，因為在絕對律令之下，利益的計算沒有位置。成敗得失不能證明行為的善惡，不是道德正當性的標尺。誰在自由中尋求自由本身之外的東西，誰就只配受奴役。當然會有人指責他「對自由的酷愛」已不合時宜。大變革之後，日趨逐利的法國，已很少有人在關心自由。但他仍苦口婆心地告訴世人：「只有自由才能在這類社會中與種種社會弊病進行鬥爭，使社會不至於沿着斜坡滑下去」。其實，托克維爾很清楚，真正把自由掛在心上的人，永遠是少數。大眾關心的通常只是身邊的日子，這並不格外反常。托克維爾只是企盼會有一些人心繫自由，成為暗夜中的那一點光亮，這點光亮隨時能燃起自由的火把，照亮社會叢林〔原則——引者加〕中晦暗的道路。若沒有日常生活的晦暗，那擎燈之人又照向誰呢？這正像查拉圖斯特拉對太陽所說：「你這偉大的星球啊！如果沒有你所照耀的人們，你又有何幸福可言呢？」自由是人的本質，只要有光亮，人們便會朝它走。

在越勝引述的托克維爾這段話前，我真想逐字逐句地解讀它，因為我發現托克維爾包括引述托克維爾的趙越勝，就是沒有忘記自己曾經是孩子即便成人也保留着孩子天真童話的「極少數」成人。你聽：

我把自由看作首要的善，所以它是一種美德，屬於絕對律令的範疇。這就是為甚麼當人更深切地依戀着自由時，會抑制追逐物質利益的衝動，因為在絕對律令之下，利益的計算沒有位置。成敗得失不能證明行為的善惡，不是道德正當性的標尺。誰在自由中尋求自由本身之外的東西，誰就只配受奴役。

第一句話「自由－美德－絕對律令」，托克維爾表明他與康德一樣信奉「上帝、靈魂不朽、自由意志」三大「絕對律令」彪炳的「自在之物」。不同的是，康德一生不離開柯尼斯堡一生不結婚一生只做「批判哲學」一生想像「星雲假說」一生只敬畏「頭上星空與內心道德律」，他知道「自在之物」永遠自在着，人只能得到他的手段允許他得到的東西。托克維爾卻偏偏兩腳落地進入席捲而來的全功能性資本主義社會。或許，他的使命就是「反其道而行之」——自古希臘以來到美利堅建國遵循的「功能功利知識規定德性」一直規定到「機器人」地步而從來沒有實現過「美德」以致遺忘了丟掉了——因而必須由托克維爾來重新喚醒守住的「自在之物」：「自由」！

的確，托克維爾「永遠是少數」的少數人，他「太人性、太人性」了，既與德國尼采心儀亞歷山大大帝「猛虎般吞噬慾」完美人性沾不上邊；也與英國霍布斯「人對人像豺狼」與「列維坦」對接構成動物邏輯沾不上邊。甚至連跟他的法國同胞盧梭也沾不上邊。比起托克維爾來，盧梭還算領略到現實人性的要津：「人生而自由但無不在

　　　　　　　　　　　　　　　張志揚

其枷鎖中」。起碼這「枷鎖」也是基本的「責任」人性。盧梭就深深懺悔他的許多「自由」恰是不負責任甚至喪失責任的「自由」造成的。而「毫無責任能力」被康德看作「最不可救藥的毛病」。二戰剛結束，法國知識分子面對德國佔領巴黎的內心傷痛還在，忘不了在談「自由」時必須與「責任」緊緊相連。薩特算一個代表。加繆《局外人》構成反諷與開脫式的「希緒弗斯神話」遂成了西方有名的「心結」，贏得了二戰後的「諾貝爾文學獎」。

　　上面提到的或能代表西方思想史「以論治史」的大人物，談「自由」也好、「民主」也好、「平等」也好，「博愛」也好，談得汗牛充棟，可惜沒有一個經得起托克維爾說的「事實與思想、歷史哲學與歷史本身結合起來」這樣簡單的檢驗。「結合」就是相互審視與印證，尤其是「『以史正論』審視『以論治史』」而不是被歷史學家或歷史哲學家政治哲學家僅僅拿來文過飾非的所謂「實證論史料」。因為他們的「以論治史」其理論化本身無一不是「枷鎖」：從「皇權主義」、「神權主義」到「資本主義和金融資本」，再到「帝國殖民主義」的「軍事殖民、經濟殖民、文化殖民」等等，而且按照西方的尺度將「世界民族等序化」。話語權全都在這些「枷鎖」中的「主人成人」頭上，被排除的是「小孩」、「老人」，還有「奴隸、僕從」、「被統治者」乃至「殖民地人」等等「等而下之」。

　　現在更反諷的是，遵循「強力意志自然正當」的「超人工智能」幾乎指日可待了，它們用科學家的話說，「過

濾掉人類像剪掉頭髮一樣是無所謂的」。從古希臘雅典帝國剪除「米洛斯島人」、美利堅帝國剪除「印第安人」、德國納粹剪除「猶太人」，貫徹的是「機器人」同樣的邏輯：「功能性優勝劣汰」即「剝奪者被剝奪」直到「進化論變成末世論」。

在這樣的「叢林原則」的漫長晦暗中，「自由」的確是引導人類走出「叢林原則」的一點亮光，但不是「單子化成人」手中的「鐵與火」，而是整個地球人類的「小孩–成人–老人＝整體人」手中的「智慧」即「向神的智慧學習向人的苦難學習」的「智慧之光」。

在這個意義上，

我懷念托克維爾自由的善良！

我熱愛越勝對自由的忠誠！

可以結尾了，越勝引普希金和恰達耶夫的話就在這裏：

普希金寫信給恰達耶夫，驕傲地宣稱「我不想用世上任何別的甚麼更換祖國，或有一部另外的歷史，除了我的先祖的那部上蒼賜予的歷史」。但我相信，普希金會同意恰達耶夫的斷言：「各民族在人類中的意義由其精神上的強大所決定，各民族引起的關注取決於其在世界上的精神影響，而不取決於其發出的喧囂。」

「精神影響的強大」我都收集在「人類歷史第一檔案」中：

張志揚

積六十年學習，收集到距今至少三千年的「人類歷史第一檔案」，再補充「宇宙層級」整理「圖示」如下：

人類歷史第一檔案：世界地形、文化板塊、宇宙層級 （圖示）

西低 ———————————————————— 中 —————————— 東高 (世界地形)

(海)

| 大西洋西 | 大西洋東 | 地中海 | 中東兩河流域 | 遠東高原兩河流域 |
| 美國 | 英國 | 古希臘 | 敘利亞神系 | 高山仰止以觀滄海 |

| 21世紀 | 17世紀 | 前4世紀 | (例)猶太曆5778年 | ？？？ |

—————————————————— (文化板塊)

| 基督教(5–15世紀) | 希臘諸神(前9世紀) | 猶太神 | 道 |

神人同名同極同形同性	同名同極同形同性	有名有極 無形無性	無名無極無形無性
神靈授孕 神人受孕生子		耶和華	負陰抱陽、知白守黑
基督偶像三位一體			大化無極、以致中和
最高一神　最高神宙斯		最高一神	永執厥中，以為人仁

(中世紀千年王國)
(意大利文藝復興乃近代史開端)*

—————————————————— (宇宙層級)

| 宇宙第一層級 | 宇宙第二層級 | 宇宙第三層級 |

萬有引力論	相對論、量子論	大化無極 以致中和
本體論、一神論	一神論、粒子論	無中生有，有無相生
(20世紀之前)	(21世紀上半葉)	(21世紀下半葉)

└————「只知其有不知其無」————┘

【圖解】

* 「原生文化」大都集中在北回歸線以北緯線30度和45度之間的寬帶上，呈東高西低由東走西趨勢——東升而西落的太陽一路見證。
* 向西下行，向東上行。
* 向西「下行」走向物理還原主義徹底物化，人性全然智能功能化，以用代體；
* **其間不能忽略「希臘化時期(含羅馬帝國)」，「基督教千年王國」起於**

「西羅馬帝國」滅亡，訖與「意大利文藝復興」遂成為西方近代史開端。它恰恰造成基督教打壓「希臘化歐洲人」成為「原罪式人性惡」實體，走出中世紀特別到了17世紀英國工業革命才真正找到了「資本主義」這一合理解放形式，在「資本」的驅動下更「以用代體」地功能化功利化於全世界。

* 向東「上行」走向無形無性無名無極以致中和。人仁就是神與物的中和，上不僭越，下不物化，又能中和「神的超驗」於「物的功能」而駕馭之(以體制用)。

* 地球太陽的「升–落/東–西」竟暗含如此巨大的神秘預示性「古今文化形態的輪迴」。歎為觀止 ——「高山仰止，以觀滄海」。

* **宇宙第一層級加第二層級也僅知識了宇宙的4.9%，其95.1%仍在未知中。對如此無限的未知宇宙竟斷言「暗物質」，足見西方科學思維「只知其有不知其無」之「死的根性」。**

* 因而隱含着「古今文化形態的輪迴」作為自救之道：
  「修身文化 —— 技術文明 —— 修身文化」
  　(土地)　　　 (海洋)　　　　 (土地)

【原注】

何以叫「人類歷史第一檔案」？

世界地形事實、文化類型事實、歷史沿革事實，陳列一起做時空直觀對照，純屬「第一次」。就它是現存人類文化類型始終存在至今的歷史階段特徵而言，純屬「照錄不誤」。故曰「人類歷史第一檔案」。

仍有缺憾：

(1) 在「神、人、物」三維前提下，搜羅不全，如伊斯蘭教與基督教「四同」類似，暫存而不論。因而難免有以偏概全之嫌疑。它僅是可待充實的「框架」。單就迄今人類歷史的大範走向看，其方向指示性仍昭然可見。

(2) 源頭存疑

不僅各類文化源頭多有存疑，尤其處北非尼羅河流域瀕臨地中海與希臘半島、亞平寧半島隔海相對的埃及原生文化尤其籠罩在神秘面紗中。它直接影響着古希臘羅馬的興衰，雅典帝國羅馬帝國至今都像「打去了黃的空蛋殼」，而埃及似乎也僅存「金字塔」與「獅身人面獸」(埃及人叫「斯芬克斯」)，它曾傳到古希臘變成「希臘悲劇」的致命咒符 ——「斯芬克斯之謎」成為籠罩在以古希臘「始作俑者」之西方人頭上成為「其無後乎」詛咒。或不如說，埃及彷彿就是為了

張志揚

留下「斯芬克斯之謎」由東至西(進大西洋)以驚醒西方人的「死亡命符」——「金字塔」！對應伊甸園中知識樹上「金蘋果」。神奇的中國字。它才是「原型先蘊」之物。

(3) 現存問題

大約兩千五百年前，人類只能聽它們各自的精魂自說自話。人們也只能根據人類歷史檔案中的「世界地形」「文化板塊」，首先必須清楚各自的「根底」，建立屬己的文化範式。它是絕不能也不可能由別人越俎代庖而喪失相互制衡大化無極以「中和」的。人們書寫無數的「歷史學」筆法，多為「以論治史」(人為之論盛行)，各民族自身的縱向歷史都有，尤以古希臘柏拉圖–亞里士多德開創的「以論治史」的論證筆法為最(開「物義宇宙論」)，並橫向拓展為人類世界歷史，讓一個民族的歷史變為地球人類的歷史而喪失了自我修正的能力，如今天然。這是非常危險的。

我把它叫做「人算命算不如天算」。發掘這份「人類歷史第一檔案」，就是為了打破西方自詡的「普遍性」，只有各民族文化獨立起來才能相互制衡地協調即獨立而互補，才能「大化無極以致中和」、「永執厥中以為人仁」。此種「獨立互補」的「中和」可能性，地球人類不能喪失。

古今文化形態的輪迴，高山仰止，以觀滄海。

謹作為我獻給越勝賢弟的禮物！

2020年6月5日

蘋果樹下

眾神的黃昏

　　登上伽亞城堡Gaillac對面的山坡時，黃昏將盡。諾曼底海陸相接處，殘陽已近海面。遠望落日入海，自有一種平和的莊嚴，德富蘆花喻為守候聖哲的臨終。但見空中綺雲往來，緋紅、絳紫、寶藍、金黃……任意舒卷。天色越暗，色彩越斑斕。

　　回望，城堡高懸峭壁之上，巍峨若自天而降，腳下有一水縈迴。它俯瞰着諾曼底的良疇果園，墟裏炊煙。一簇簇淡紫色的野花湧出枯石，搖曳晚風，幽香輕散。這花種是十字軍東征士兵自聖地帶回，那已是渺遠的千年之前。山河依舊，往昔日暗風悲的戰場，如今惟留城堡廢墟獨守蒼涼。

　　沿羊腸小路直登城堡殘垣。絕壁下，塞納河收盡餘暉，像釀熟的紅酒，緩緩流淌。薄霧漸起，河中不見歸帆，沒入煙渚的，只有宿鳥飛還。岸上恣意怒放的油菜花明黃亮眼，依傍着畦畦新綠，蕩向天邊。靜極，不聞歸鳥啁啾，只有晚風和我們，在頂禮這輝煌的衰殘。

　　伽亞城堡屬於英武蓋世的獅心王理查。這位身兼英格蘭國王和諾曼底大公的金雀花王朝第二代傳人，領有

安茹、曼恩等大片屬地。他是一位傳奇人物，身材魁偉，凜若天神。其勇毅多情恰是騎士精神的象徵。征戰是他的遊戲，搏殺是他的享樂。他發動第三次十字軍東征，征服了阿克城，卻為無法進入耶路撒冷一搵英雄淚。他是貝琳格麗公主的追求者，在司格脫的小說《艾凡赫》中，又是俠盜羅賓漢的朋友。

一一九三年，理查王東征返國，船在亞德里亞海失事，他被宿敵擄去，秘密囚禁於杜倫斯坦城堡。忠心的遊吟詩人布朗德，為了尋找主人的蹤跡，彈着琉特琴，唱着主人心愛的歌，走遍日爾曼大地的城堡。終於，理查聽到了歌聲，在高牆後引吭相和，人們知道了他的下落。臣民籌集十萬馬克贖金，換取君主的自由。理查王回到倫敦，一貧如洗的百姓仍擁戴他，為他祈禱。他寬恕了圖謀篡位的約翰，轉身回到諾曼底，為保衛他在大陸的利益，和法王菲力浦‧奧古斯特明爭暗鬥。

一一九七年，獅心王巡視諾曼底，發現昂德利村塞納河轉彎處，有一座峭壁，如刀斧劈就，易守難攻，便決定在此建築防衛要塞，扼住諾曼底的咽喉。這座有三道圍牆、五座塔樓的巨大堡壘奇蹟般地在一年內建成。獅心王驕傲地感嘆：「噢，多美，我這周歲的女兒！」覬覦諾曼底主權的法王菲力浦‧奧古斯特震怒了，發誓「就算這城堡是銅牆鐵壁，我也要攻克它」。理查輕蔑地回覆「哪怕它是塊黃油，我也守得住它」。

一一九九年，理查前往里摩日附近的沙魯城堡，被

守衛者一箭射中肩膀，挖出箭頭後遭感染，十三天後撒手人寰。隨後他的弟弟「無封地的約翰」接掌了王權。一二○三年，法王奪取諾曼底的戰鬥打響了，他的眼中釘正是伽亞城堡，獅心王理查「美麗的女兒」。在圍困七個月之後，法王開始進攻。約翰王不像他的哥哥那樣身先士卒，而是遠避盧昂，作壁上觀。守衛城堡的指揮官羅傑‧拉塞竭盡全力，終不免覆滅。自此，諾曼底主權易手，理查王的子民退守海隅，與大陸隔絕。

眼前的伽亞城堡廢墟，映現出兩位王者的命運。一位天縱英才，倜儻豪邁，勇敢又仁慈。一位貪婪刻薄，陰險狡詐，猥猥瑣瑣，望之不似人君。但對歷史獨具隻眼的邱吉爾指出，理查王的一生「恰似一場檢閱，結束之後只留下一片曠野」，倒是「約翰王的罪惡比那些仁義之君的勤勞貢獻更大。因為通過反約翰勢力的聯合，我們最重要的自由與權利的里程碑得以樹立」。他指的是《大憲章》，一二一五年六月十五日由約翰王和貴族代表在倫尼米德草地簽署，它的基本原則是法律高於王權。

獅心王理查建造了城堡，卻在身後留下一片空白。約翰王丟掉了它，卻簽署了《大憲章》。而莎翁並不對他稍假顏色，讓他自己說出「你眼前的我終將變為朽骨，毀滅才有最高的君主的尊嚴」。這恰是老黑格爾描述的「理性的狡計」，個人滿足私慾的激情造就歷史事變，影響人類命運。但命運的手指撥動琴弦，從不依

照樂譜彈奏。老哲人精心構築的「世界精神」，也只在抽象的思考中運行。湯因比的廣徵博引不能揭示歷史的秘密，尼布爾的神啟也打不開洞見歷史奧秘之門。諸神早已在世界黃昏時分棄世人而去，個體無可依憑地被「拋」於世。歷史不過是存在者的在場。它只要求勇氣和承擔。有勇氣的人，以自身之在追詢存在的蹤跡，怯於承擔的人，隨波上下，與世沉浮，這就是眼前世界。

先人對興亡一事體會尤深，《黍離》《麥秀》、漢南樹柳，多少輾轉低回。但悲歌《黍離》已逾三千年，火燒阿房，亦在伽亞城堡毀棄之前，我們卻彷彿仍是大秦的子民。這似乎印證着黑格爾所言，在中國，終古不變的東西代替了真正歷史的東西。倘非如此，為何《大憲章》中宣示的基本權利仍如海市蜃樓？吉本曾有一問：「我們應該感到奇怪的，不是羅馬帝國怎麼會毀滅，而是它何以會存在的如此長久？」這一問竟似為我們而發。難道黑格爾在歷史哲學中對老大中華的苛評真是一個永恒的詛咒？

夜漸深，天清如水，晚露上衣。涼風提醒我們，該是告別的時辰。蹣跚下崗，空徑登音中似聞白石道人曲聲清苦：「廢池喬木，猶厭言兵。漸黃昏、清角吹寒，都在空城」。

寂靜夜

公元前三世紀，一個凱爾特部落巴黎西人在塞納河中的小島上安營，就是現在的西堤島。他們稱這裏為呂岱斯，這便是巴黎的起源。盈盈取景的位置正在這個歷史時空的交匯點上。沿着鏡頭延伸的方向走到頭，就是巴黎西人建的防禦工事的基座，燈影下宛如藏頭匿尾的臥龍。兩千多年前，凱撒征高盧，這裏曾是金戈木排、生命相搏之處。

盈盈的身後是鮮花堤岸9–11號。一一一七年，聰慧美貌的少女愛洛伊斯就住在這裏。叔父延請聲名顯赫的阿貝拉爾作她的家庭教師，本想讓他給愛洛伊斯講授上帝之愛，沒承想自然之愛佔了上風，演出了一段淒美的愛情故事。這對叛逆的戀人便是沿着這條巷子走回家去。愛洛伊斯高傲地宣稱「即使統治全世界的君王要娶我為妻，我仍更願作你的情人而非他的王后。」而今言猶在耳，人卻早已化為飛塵衰草。

左手咫尺之間便是巴黎聖母院，院內神學院的學生常白袍飄飄，出沒街巷。不由遐想他們可曾如《博伊倫

之歌》(*Carmina Burana*)中那些吟詩的同宗,在暖風和煦的春夜,酩酊深巷,高歌生命與死亡。

　　盈盈觀察畫面的一刻,聖母院聖誕晚禱恰恰結束,卡西莫多掌管的鐘樓上巨鐘齊鳴,敲碎夜色,湧出教堂的人群滿懷祝福的喜悅散往四方。須臾,鐘聲止息,人群消跡,惟留空巷獨守靜夜。盈盈按動快門,將這寂靜之夜化為永恆。

光榮殿的迷惘

　　我家對面有道圍欄，欄中高樹下，蘆竹環抱一泊靜水，東岸青草漫坡，一座城堡寂然兀立。園中罕見人跡，但常駐幾隻白天鵝，或游蕩清波，或倘佯岸徑，若有人憑欄觀看，便展翅舞蹈，引頸高歌。我常從園旁走過，見園內春來雜花生樹，秋去落黃滿坡，夏風動綠水，冬雪覆瓊枝，但城堡終年門窗緊閉，了無人氣。園門口掛着一塊歷史文物銘牌：光榮殿。我好奇，此是誰家庭園？

　　從圖書館尋來奧賽城歷史，展卷方知這城堡的主人就是讓·維克多·莫羅(Jean Victor Marie Moreau)將軍，拿破崙時代的重要人物，一位命運奇特的天才將領。以往讀法國史，我曾多次與他碰面，誰知流寓他鄉，竟和他成了鄰居。

　　莫羅生於布列塔尼地區的莫爾萊鎮，他生就一副軍人相，細腰寬肩，長身玉立，英氣逼人。他本來在雷恩大學讀法律，卻一直心儀軍旅，法國大革命的動蕩給他提供了一展雄才的機會。他加入萊茵軍團，因戰功

顯赫，被任命為萊茵-莫澤爾軍團司令。他的軍事才能和拿破崙堪有一比，人稱一時瑜亮。有趣兒的是，兩人作戰風格迴異。拿破崙擅奇兵突襲，單刀直入。莫羅卻擅引而不發，迂迴隱蔽。時人以前者比之於亞歷山大大帝，後者比之於費邊。這種不同風格也反映在以後的政治鬥爭中。莫羅是一個堅定的共和主義者，但他生性又是個單純的軍人，搞不來政治場中的爾虞我詐。在拿破崙時代複雜的政治鬥爭中，他躲避，甚至退縮。貝爾納多特曾批評他：「您不敢投身自由的事業，波拿巴不會把自由和您放在眼裏，自由將被毀掉，而您會身陷廢墟。」

他是雷加米埃夫人沙龍中的常客。聖伯夫記錄下對他的印象：「他質樸、謙遜，總是含蓄地表達自己的看法，並親切地傾聽別人。他無需借助自己顯赫的名聲就能獲得所有接近他的人的尊重」。在一次沙龍聚會上，莫羅自抒胸臆：「一個人很少能決定自己在世界上扮演的角色，只有在他職業生涯結束時，才能對自己的選擇感到遺憾或慶幸。」真一語成讖。

一七九九年，西耶哀斯想用自己設計的憲政共和國取代督政府的統治，為此，他要「尋找一把利劍」，他選擇了莫羅，但莫羅拒絕了，卻推薦了拿破崙。莫羅同意出手結束大革命震蕩後的混亂，在霧月政變中，也幫助了拿破崙。但兩人理念、秉性皆不合。拿破崙野心勃勃，莫羅卻是個謙謙君子，骨子裏孤傲清高。一八〇〇

年法國對外戰爭開始，拿破崙出征了，巴黎的密謀分子開始策劃「結束拿破崙的暴政」，他們商議的領袖名單中有莫羅，但他本人並不知情，他也上前線了。

一八○○年十二月三日，莫羅以六萬偏師力戰奧地利軍隊，在霍恩林堡森林打了一場輝煌的包圍戰，以損失兩千五百人的代價，俘獲奧軍兩萬五千人，迫使奧軍同意單獨媾和，為簽訂呂內維爾協定奠定了基礎。實際上結束戰爭的真正功臣是莫羅，也正因此，拿破崙忌恨他。

莫羅重返戰場實是一場「新婚別」。他的新娘、嬌美的歐仁妮・于洛的母親和拿破崙的妻子約瑟芬是老相識，莫羅和于洛的姻緣由約瑟芬牽線搭橋。為了慶祝女婿的霍恩林堡大捷，莫羅的岳母決定修建一座城堡送給他。她在奧賽領地上，請維農主持建造了這座城堡。這個維農最出名的作品是為拿破崙修建的巴黎瑪德萊娜大教堂。城堡很快完工，並特意修了一條二公里半長的運河，自大路直抵城堡門前。這位老夫人要讓她的快婿乘船抵達城堡，和妻子相會。這是個完全模仿古代世界的凱旋式。城堡命名為光榮殿，因為伏爾泰寫過一齣同名的無聊戲，稱頌路易十五的豐特努瓦大捷。這部戲由拉莫曲譜，成了一齣宮廷芭蕾歌劇。于洛小姐音樂天賦極高，彈得一手好羽管鍵琴，所以給自己的城堡起這個一語雙關的名字也算精妙。但是命運的陰雲已出現天邊。

一八○二年復活節，巴黎聖母院舉行大彌撒，一時

間冠蓋雲集。莫羅卻公開蔑視這齣鬧劇，他離開喧鬧的現場，去杜伊勒里花園抽煙，大煞拿破崙的風景，讓他惱火。一八〇三年，保王黨軍事頭目卡杜達爾悄悄潛回法國，之前他得到信息，莫羅會與他合作。這是個完全錯誤的信息，因為向王室表達此意的是莫羅的岳母，一個愛惹是生非的保王黨人。她為莫羅蓋光榮殿，實有自己的企圖，希望莫羅能取拿破崙而代之。可這次她的多嘴害了莫羅。卡杜達爾返法後真去見了莫羅，讓他大吃一驚的是，莫羅雖憎恨拿破崙，但堅守共和理想，並不支持波旁王朝捲土重來。但這次會見給了拿破崙收拾莫羅的口實。

拿破崙下令逮捕莫羅，並公開審判。開庭那天，高貴的雷加米埃夫人出席旁聽，她記下在整個庭審過程中，莫羅一言不發，只是庭審結束後，他向雷加米埃夫人致意，並請她下次再來。但她未能再去，因為拿破崙看了庭審記錄後冷冷地問：「雷加米埃夫人去那裏幹甚麼？」審判的結果是「流放美洲」。在去美洲的船上，英國船長要所有旅客出示護照，莫羅打開皮夾，自報說「我是莫羅將軍」，船長轉身答道「請收回您的皮夾，莫羅將軍從不撒謊」。莫羅是個生性恬淡的人，身在美國便隨遇而安，飼雞豚、種菜蔬，植果樹，讀書會友，一派歸隱田園的悠閒。其實他一直關注歐陸形勢。

一八一三年，以俄國沙皇亞歷山大一世為首的聯軍正集結，向法國發起攻擊。沙皇仰慕莫羅久矣，此時便

不斷聯絡他，請他回歐洲助聯軍一臂之力。莫羅此刻真是徘徊歧路了。幫助聯軍，固然可以打敗宿敵拿破崙，卻會導致波旁王朝復辟，這違背他的共和理想。拒絕聯軍，他所熱愛的祖國就會在拿破崙窮兵黷武的政策下走向絕路。莫羅最終決定擔任沙皇個人顧問。有史家分析，莫羅的真實想法是，以顧問身份幫助聯軍，面對的是危害法國的暴君拿破崙，戰勝拿破崙後，以戰功為自己的祖國爭取有利的戰後安排。他知道聯軍手中有大量法軍戰俘，他希望聯軍會把這些戰俘重置他的麾下，這樣軍隊可以保全，國家得以重生，這絕非背叛，而是效忠祖國。但是，在光榮與恥辱之間很少迴旋餘地。蒼天不忍，讓一顆炮彈在德累斯頓結束了這兩難的糾纏。沙皇下令將他的遺體運回聖彼得堡安葬。莫羅從此永別了他的光榮殿，故鄉青山翻為他鄉雲水。

今夜大雪，在此居久，不記有如此天地一白之時。出門候妻女歸，街燈昏黃，飄雪紛揚，光榮殿隱身暗夜，顏色迷惘。白天鵝卻依舊遨遊，雪霧迷蒙中，若一痕白蓮綻放。

　　　　　　　　　　　　　　　　蘋果樹下

等待

　　長椅靜靜安放在不見人蹤的道旁。深沉的靜謐圍裹着它，身周光斑點點，一縷亮雲自天而降，緩緩飄過，似要回答這等待。長椅的等待是一開放狀態。它敞開着，一無遮擋，等待着投入者的應和。這敞開狀態容納着孤獨與歡聚，失落與期盼。它象徵着勞作停止，紛爭斂跡。它虛懷等待着會心者的盼顧，它將毫無猶豫地奉上寧靜、安憩、舒適、祥和。但今晚它落寞地見證了路人的匆匆行色，甚至沒有不經意的一瞥。本來是敞開的無限豐富，卻被人視作空無，人們只注意炫目的東西，儘管那裏是貧瘠和寡陋。

　　長椅靜靜安放在綠茵覆蓋的地上。它無言，等待的意蘊卻「湧現」出來。古銅色的木條，排織成適宜腰肌的形狀，堅硬厚重的生鐵鑄就椅腿，提示着穩固的「可靠性」。入夜，有露珠打濕翅膀的山雀棲息椅背，等待晨光荏苒，露晞風清，婉轉啼鳴。

　　　　　　　　　　　　　　　　蘋果樹下

隱者不孤

夕陽下，聖旺德利隱修院沉浸在靜穆中。四周山巒攏聚，綠蔭漫地，輕風脫然而至，送過幾聲鳥鳴，竟是「鳥鳴山更幽」的化境。繁花滿枝的山李子樹下，一條灰色沙石路引向深處。一位老者迎面走來，身後拖着長長的影子。我們在小徑上相遇，老人微笑着點頭，一臉安詳。他黑袍擺動，腳下碎石沙沙作響，留給我們一個踽踽獨行的背影。

這座隱修院建於公元六四九年，是諾曼底本篤派的重鎮。一千多年來幾經兵燹，數度毀圮，又重起於廢墟，信仰的堅韌真不可以常理揆之。曾見人説過，隱修生活如同一支樂曲，有它自己的韻律、節奏和呼吸，我想這或許正是本篤會以唱頌格利高里聖咏著稱的由來。此刻，山風和着晚鐘，似奏響斯卡拉蒂的K466「中庸的行板」，靜美的旋律潺湲流蕩。

公元五二九年，已皈依上帝的意大利貴族子弟本篤（Benedict），歷盡艱辛，在意大利卡西諾山，建第一座隱修院。他大力提倡艱苦、單純、樸素、謙遜的靈性生

活，希望能以嚴格的戒律約束不堅定的信眾，告訴他們得救之路的路口必然狹窄難通，不經苦難，不棄絕享樂，絕不可得救。其實，這種苦修傳統早由沙漠教父們嚴格實踐過了。他們之中最著盛名的聖安東尼，在沙漠中的庫西姆山一住四十五年，竟然想起人要吃飯這種生理需求都羞愧難當。他擔心魔鬼的邪惡會借身體的慾念得逞。本篤則把個人單獨隱修轉變為集體隱修，其精神追求的實質不變，但隱修的形式變了。虧有這一變，他們留下了許多美輪美奐的隱修院，在人類文化遺產上貢獻良多。

探究人的精神生活，至少有兩條路：哲學和宗教。前者為智性之路，後者為信仰之路。在蘇格拉底看來，富有不像物，可以收藏在屋子裏，它是心靈的一種狀態，它因追索善好和真理而富有。這種追索完全訴諸自己的理性，它是在街市上，在與人的交談中，獲取這種富有並廣施眾人。如果把「隱」看作棄絕塵世利慾而追求人之為人的精神生活，那麼這是真正的「大隱於市」。可惜，古代世界的衰敗，掩蓋了蘇格拉底這種正大的教誨，犬儒與斯多葛派的哲學家已為基督教的苦修主義提供了思想資源。沙漠教父以為，只有摒棄一切物質享受，在隔絕與孤獨中，才能窺見上帝的完美。聖安東尼懼怕與世人交往，他說「魚在地上常呆必死，人與世人久處必愚」。因而他要借助荒漠、岩洞來支持他的信念，實際上他怕的不是世人，而是自身的軟弱，因為

這軟弱，他把自己的理性交給了神。這種外在的絕然孤獨，內在地分享神性，在神的慈恩與庇護下，沒有孤獨的靈魂。有趣的是，五歲就進了卡西諾修道院的托馬斯・阿奎那，在離開那裏之後，成為中世紀罕見的睿智者，在信仰的濃霧中為哲學騰挪出一片天地。

世上從來都有貪婪、奢華、權勢、肉慾，也從來都有清純、素樸、隱忍、恬淡。蘇格拉底教人走的路，是啟發理性，辨識何為善、為真、為富、為美，而隱修士們卻相信惟有絕嗜慾、遠世人、奉神意，才能在孤獨中與神性相連而分得神性的豐富。但同在向神的路上，我們不也能見到聖特蕾莎嬤嬤嗎？她何曾棄絕世人？她不正是在骯髒、病痛、貧賤的人群中散佈神恩嗎？其實所謂「隱」，不過是在紛紜塵世中保持透徹的思考和「知我無知」的謙卑。在這一點上，隱修士們心心念念的「知的謙卑」同哲人的信條殊途同歸了。

老者獨自遠去，穩健的步履顯示出內心的篤靜。本篤派的隱修士相信，只能在孤獨中體會神性的圓滿，但這種與世隔絕並非與神隔絕，僻壤中的隱修院是眾愛歡欣的殿堂。阿奎那不是這樣說過嗎，「美，純粹本質上的美，寓於沉思的生活」。怕打擾了老者的清修，我們駐足，目送他隱入寂靜的深處。

在墓園

仲夏的傍晚，夕輝鋪滿塞特海灣。橙黃色的暮靄漂浮在天水之間。燠熱的晚風中瀰漫着花香和魚腥氣，一股奇特的味道，讓人慵懶欲眠。但我們依然要登山，像遠方的香客，來頂禮瓦萊里（Paul Valery）的墓園。

塞特城的墓園座落在海邊小山，山坡陡峭，略內凹。它面朝大海，山脊向兩側延展，似敞懷擁抱着海灣。墓園自半山向上升起，四圍綠蔭環繞。墓碑多用普羅旺斯白石鑿成，自山下望，若一汪碧水中長起一片白石林。瓦萊里常來這裏，看望他逝去的親友。他徘徊墓園小徑，從眼前大海中吸取靈感，捕捉詩緒，咀嚼字詞，綴聯成章。他的《海濱墓園》就在這裏萌生詩念。當我們站在他的墓邊，詩中描繪的景致就在眼前：

> 一片平靜的屋頂，白鴿倘佯
> 在松林和墳塋間，閃動光亮。
>
> ……
>
> 噢，這沉思後的犒賞
> 去眺望眾神的靜穆。

這是詩人畢生追求，如今他終於得到，並鐫刻在墓碑上。

瓦萊里是一位詩人哲學家，他融詩情和思考於一處，以哲理的詩行表達感悟與認知如何直抵生存的根基處。墓園，這死者的居所引他思考「時間」、「易朽」、「永生」，思考「神人」、「靈魂」、「純詩」。他歌詠道：「我的幽影掠過死者的居所」，這「幽影」就是詩人運思的精靈。希臘先哲常說，哲學源於驚愕，生死便是最令人驚愕之事。何以同我們一樣慾望着、活躍着的個體突然間不在了。死亡化有為無。對他往的驚疑引發對此在的不安。亞里士多德認為：「對當下在此生活感到不安，哲學就開始了。」蘇格拉底曾說，「真正的追求哲學，無非是學習死」，蒙田更一言以蔽之：「從事哲學就是學習死亡」。

生命的脆弱，個體生存的飄忽不定引發先人多少喟嘆：

薤上露，何易晞
露晞明朝更復落，人死一去何時歸（《薤露》）

凱撒死了，你尊嚴的屍體
也許變了泥，把破牆填砌。（《哈姆雷特》）

嘴唇相迎激起的緋紅
欲就還推的輕盈

卻歸為塵土，化作春夢（《海濱墓園》）

更千秋而萬歲兮，安知不穴藏狐貉與鼯鼪？自古
聖賢亦皆然兮，獨不見夫累累乎曠野與荒城？

（《祭石曼卿文》）

卡拉瓦喬的名畫《寫作中的聖哲羅姆》刻意傳達一
個哲學思考。畫面上的聖哲羅姆正沉溺於典籍，他那智
慧豐盈的頭上有一圈光環，而持着鵝毛筆的右手卻伸向
並列畫面的一具骷髏。普桑的寓意畫《阿爾卡迪的牧羊
人》則更明確地表現過往的死亡與當下幸福的關聯。幾
位年輕的牧羊人辨認出墓碑上的銘文「我也曾活在阿爾
卡迪」，他們好奇地面面相覷。這條銘文告訴他們一個
事實，天堂之地阿爾卡迪也有死亡。

世上本沒有眾生平等，但確是「眾死平等」。漁樵
與帝王，青春與耄耋，聖賢與愚人，皆面對同一境況：
「其同乎萬物生死而復歸於無物」。這些悲辭悼句並非
徒托空言，循着它，我們終面對「存在」，to be, or not
to be, that is the question。排除一切類別的規定性的存在
是最高的普遍性。但它等同於虛無，或説它「普遍到
無」。在這有無之間，站立着人，他能作為「存在者」
去追尋「存在」，這一追尋直面「無」，而以卓然獨立
之死敞開了生存的無限可能。惟有人能思「無」，能思

　　　　　　　　　　　　　　　　　蘋果樹下

「死」。蒙田所謂「學習死亡」，實際上同反思死亡是一個意思。

海德格爾說過，人是「向死而生」的，因為「只要此在生存着，它就被拋入了死亡這種可能性。」死把「無」帶來「在場」，使「在者如其所是」，即從泯於眾人的沉淪中，躍入立足於自身獨特性的生存，這便是「本真的生存」。此刻，有「畏」襲來。它一體遮蔽了「在者」的紛紜。但這「畏」不是「怕」，怕總是怕實有，我們怕疾病，怕窮困，怕失去所愛，怕親人離散。但「畏」卻是畏「虛無」，畏「何以會有存在這回事」。在「畏」中，這個「存在」已不是無規定的普遍，它個體化了。我畏我之在，我亦畏我之無。「任誰也不能從他人那裏取走他的死。每一此在向來都必須自己接受自己的死亡。」墓地中鱗次櫛比的墳塋，哪個沒有獨特的悲歡？

但「畏」絕不帶來怯懦畏縮，相反，對思透此「畏」的個體而言，「此在因面對它被拋入的極限處境，橫下心來而贏得其本真的整體能在」。畏清除非本真生存對此在的遮蔽。因知「畏」而大無畏。因為有「畏」才在死亡的背景上鋪展開一切生存的燦爛。大畏面對死亡變成大勇面對人生。泥土荒城揭示着每一存在者的哲學天命。死無可逃避，它迎面上前，給生存以意義，給個體以自由。蒙田說：「對死亡的熟思也就是對自由的熟思，誰學會了死亡，誰就不再有被奴役的心

靈」。到達此境，我們才敢發問「何以存在者在而無不在？」

那天下午，天陰沉沉的，Enzo來到城中墓園。他在墓間彷徨，面帶憂傷。我不想問他為何憂傷，只想把《海濱墓園》交到他的手上，請他讀讀這精美的詩行：

噢，這沉思後的犒賞
去遠眺眾神的靜穆。

藝術家

走到聖日耳曼草地廣場時，暮色已經深了。殘陽的餘輝灑向聖日耳曼教堂，白堊色的老鐘樓上，那些千年歲月磨蝕的斑痕，顯露出少女嬌羞的容顏。

教堂高牆邊，一個小樂隊在演奏，向行人散佈節日的歡樂。寒風颯颯，樂聲中卻全是暖意。素來哀怨的薩克斯管與嘹亮的小號對唱着熱戀，節奏跳躍，引人身隨律動。曼陀鈴這往昔戀人的詩琴，今天卻向貝司拋去媚眼，耳畔漾起清歌與低述的迴旋。

曲畢，有路人向地上敞開的琴蓋扔硬幣，小號手舉起自己錄製的光盤向路人招攬，應着寥寥。片刻冷場，小號手轉身站到中間，收腹鼓腮，內氣獨發，好一聲淒涼嗚咽，飄飄搖搖，直入雲天。這是雅克·普雷維爾的《落葉》，伊夫·蒙當的演唱纏綿悱惻，最是感人：

> 哦，我多麼願你記起
> 我們相愛的幸福時光
> 那時生活更美好

陽光比如今更明亮

我未曾忘記

落葉被鏟起

如同那些記憶和悔恨

北風帶走它們

帶入遺忘的冷夜

我未曾忘記

你為我唱過的那支歌。

曲調纏綿處，隱隱聽出舒伯特《老風琴手》的旋律。這幾位街頭藝人，剛才演奏着歡快，個個英風勁氣，風神俊爽。待《落葉》飄起，人彷彿突然萎頓，眼神也散亂迷茫。是音樂打動心弦了吧？我想學舒伯特上前冒問一聲：

陌生的老人

我可能跟着你走？

當我唱出我的憂歌

你用老風琴來伴奏。

斷裂

　　沙勒維爾－梅茲耶城（Charleville-Mézières）緊鄰酒窖飄香的香檳省。默茲河蜿蜒環繞，又穿城而過，把新舊城區裂為兩半。城中的公爵廣場氣勢雄偉，堪比巴黎的皇家孚日廣場。一八五四年十月二十日，在廣場近旁的一條小街上，誕生了天才的象徵派詩人蘭波。默茲河畔有座氣派的大房子，人稱「老磨房」，高聳的多利斯式圓柱，寬敞的台階，米黃色山牆，現在它是蘭波博物館。博物館身後的花園裏落金滿地，秋光中，一座石雕寂然獨立。我名之為《斷裂》，因為見到它，我心中立時閃過蘭波的名句「似洞穿牆壁，我撕裂緋紅的天空」。

　　蘭波上中學時，媽媽把家搬到默茲河邊的馬德萊娜小路，現在稱作蘭波濱河路。一九八二年，艾倫·金斯堡曾在這所房子裏住過，他滿心虔敬地來朝拜蘭波。或許他的虔誠感動了蘭波，金斯堡信誓旦旦地說，他曾與蘭波的幽靈在樓道中相遇，詩人的迷狂真無處不在。蘭波稱自己是「通靈者」，這和柏拉圖對詩人的定性一

致。他又是使用迷幻劑的先鋒，金斯堡後來的《嚎叫》頗得蘭波衣缽，只是相比而言，蘭波迷狂得優雅，金斯堡迷狂得粗糙。因為蘭波使用迷幻劑，像柏拉圖的詩人喚來神靈附體：

清晨的空氣湛藍
你沐浴在天光的美酒中？
此時，顫抖的林木
因愛而默默滴血。

蘭波的一生充滿「斷裂」，從一個外省小城中的乖孩子，轉身即成天才縱橫的大詩人。從十七歲到十九歲，他火山般噴發出最優秀的詩篇。隨後戛然而止，開始浪跡天涯。從軍、做工、經商，足跡遍佈歐陸、非洲，彷彿詩人蘭波已不存在，只剩一具無靈魂的軀殼，遊蕩，遊蕩……。他那些珍寶般的詩歌竟無人理睬。多虧魏爾倫惺惺相惜，為他貢獻情感、金錢、精力，注視他到最後時光。當他得知蘭波死訊，感慨道：「對他的記憶猶如永不熄滅的太陽照耀着我」。

「斷裂」是詩人的宿命，因為詩的世界就是詩人以靈魂構建的另一維度。他們掇拾詞語的材料，搭起美的世界，讓人類的夢想實現在詞語和深覺之中。本雅明在思考資本主義時代的抒情詩人時，對波德萊爾的〈流浪漢〉、〈遊手好閒者〉情有獨鍾。在他看來，正是與日

常商品世界的「斷裂」，才能成就詩人。與外省人生活方式的斷裂，成就了蘭波詩的王國，而他與詩的斷裂使他渾渾噩噩地了結一生。

精神渴求日常生活之上的意義，它召喚另一種生存，以表達自由，安頓靈魂，征服速朽。荷爾德林稱之為「詩意的棲居」。它和發達工業社會中的「幸福意識」全然無關。在批判哲學看來，現實中的「幸福意識」恰是對痛苦的掩飾，它在表面上彌合斷裂，製造和諧，使現存合理化。詩人承擔着揭露這種「虛假生存」的責任。蘭波直覺地認識到這責任，他說：「科學，這新生的貴族，進步！世界向前走，它為甚麼不回頭？我之所說，皆來自上天，若不用奇異的語言，便無法說清楚。」

這種「奇異的語言」表達對本真存在的渴望，索求多彩的意義世界。在詩人眼中，當下實在最虛妄，它不給生存提供超越的意義，結果這個「實存」只是一堆雜湊的什物，無聲無臭，無色無光。亨利‧米勒斷言，在未來的世界上，蘭波將取代哈姆雷特和浮士德。其趨向是更深的斷裂。我想這斷裂是貪婪、短視的現代世界同人類本真價值的斷裂。幸有蘭波這樣的詩人，以優美的詩行給我們留下希望：

群星、天空和自然萬物的斑斕柔情
似一隻花籃滾落，在我們眼前，斷裂為鮮花滿佈
的藍色幽谷。

我們在這斷裂中得見純然之美，多好。

「何不食肉糜？」

　　好一派寧靜，微風都在樹梢上睡了。愛神殿中，剛演奏完莫扎特的長笛與豎琴協奏曲，錚錚餘音飄在空中，化作夕輝中閃爍的光斑。向晚的小特里亞農園林和王后小農莊(Hameau de la Reine)，瑪麗·安多奈特的天堂與地獄。

　　一七六九年，瑪麗·安多奈特(Marie Antoinette)，奧地利女皇瑪麗·特蕾莎的小女兒，年僅十五歲，卻已擔負起波旁和哈布斯堡王朝永世修好的重任。她成了法國王儲、未來的路易十六的未婚妻。這場婚姻純屬政治行為，沒半點愛情可言。君王家的婚事歷來如此，結局如何，全憑運氣。第二年婚禮大成前，有個充滿好奇心的大學生，悄悄進入正在裝飾的婚禮房間，在觀看牆上的戈博蘭壁掛時大驚失色。他一眼看出壁掛上竟繪着美狄亞和安德洛瑪克的故事，這是聞名於史的兩個最不幸的女人。這個大學生就是歌德。

　　成婚之後，由於王儲生理上的一個小毛病，這對青年人竟做不成夫妻。君郎在龍床上屢戰屢敗，時間長達

七年。不難想像，瑪麗·安多奈特正值妙齡，卻總是香衾獨擁、繡幃虛涼，自是最怕空階聽雨到天明。對一個男人來說，床笫間的失敗會使性格懦弱畏縮，路易便是個典型，他對自己嬌美的妻子充滿愧意，不免格外放縱她。既不能繾綣芙蓉帳中，便索性任她恣意嬉鬧，以打發孤寂的長夜。他把小特里亞農宮送給了妻子，隨後，這裏就弄臣麇集，夜夜笙歌。

　　一七八二年，瑪麗·安多奈特要修整她的小特里亞農園林。此時，啟蒙之光正照徹歐洲。法國上流社會全不察啟蒙思想中蘊藏的巨大革命能量，反倒熱衷於盧梭著作中對自然的謳歌。瑪麗·安多奈特不讀書，但她想要的園林風格卻描繪在《新愛洛伊絲》聖普樂與朱莉的通信中：「我發現鄉間的景致越來越美，草越來越青翠和茂密……潺潺流水使人想起愛情的憂傷，葡萄園裏的花向遠處散發着濃郁的幽香。」「一個岩穴裏，有幾間房屋，在崩塌的泥土上長滿了荊棘和五葉地錦，懸崖的果樹上結有甜美的水果，在陡峭的山坡上也有莊稼地。」瑪麗·安多奈特想要這樣一處有故鄉風情的景致，她能漫步其中，讓夢幻的鄉愁抵抗凡爾賽宮冷酷的爭鬥。

　　極少遠行的瑪麗·安多奈特去參觀過愛默農維爾山莊。她採用了山莊設計者H.羅伯爾的草圖，修建她的「王后小農莊」。她欣賞山莊幽靜的田園風光，卻一定不知道在此猝然離世的盧梭還説過另外一句話：「人生

　　　　　　　　　　　　　　　蘋果樹下

而自由，卻無往不在枷鎖中」。阿拉斯的小律師羅伯斯庇爾狂信此言，他為了爭這個自由，把王后送上斷頭台。命運的阿莉阿德尼線團如此纏繞糾結，只有時間能把它理出頭緒。

一七七三年，時為王儲妃的瑪麗・安多奈特第一次進入巴黎。巴黎人傾城而出，民眾對未來的王后深懷好感，表現的熱情讓她大吃一驚。布里薩克元帥恰到好處地奉承了一句：「您不會不快吧，這二十萬人都愛上了您。」這更讓瑪麗・安多奈特認定自己生來就該受人寵。茨威格有言：「再強烈的愛若永無回報，也終將消失」，但還應加上一句：「消失的愛會轉成恨，愛越深，恨越刻骨。」

果然，瑪麗・安多奈特回到凡爾賽就把老百姓忘在腦後，又在她的小特里亞農享受起時髦、風流的生活。宮廷支出日漸攀升，只能靠加稅填補，但這稅又都落在第三等級頭上。王后並不討厭老百姓，只是根本不在乎他們。她似乎從不知道「王后小農莊」中那些肥豬健牛，活蹦亂跳的雞鴨，豐盈的穀倉，只是舞台道具。真實的農村一片凋敝，農民日夜勞作，仍不免饑腸轆轆。人們從前對王儲妃的愛已變成對王后的恨。她驕奢放縱的生活，成了眾矢之的，攻擊她的小冊子到處流傳。有句據說是她講的話格外遭恨：「沒有麵包，可以吃奶油軟麵包嘛。」這與晉惠帝所言「何不食肉糜？」在表現帝王的昏憒寡恩上，實是異曲同工。其實，這話本出自

盧梭的《懺悔錄》，瑪麗‧安多奈特是否說過這話，於史無證，但人們相信自己願意信的話。

一七八九年六月十日，西耶哀斯提出動議，要求參加三級會議的貴族和僧侶，與第三等級的代表一起驗證資格。史家認為，這一天，大革命開始了。其實，此前他那兩篇檄文《論特權》、《第三等級是甚麼》，已經為佈滿乾柴的法國準備好了引火柴。他在文章中大聲疾呼：「由於長期的精神奴役……人們好像完全不知道，自由先於一切社會，先於所有立法者而存在。」他自問自答：「第三等級是甚麼？是一切。」「迄今為止，第三等級在政治秩序中的地位是甚麼？甚麼也不是。」「第三等級要求甚麼？要求取得某種地位。」七月十四日，憤怒的市民攻陷了巴士底獄。昂吉爾公爵飛馬到凡爾賽報信兒，路易十六大驚失色：「這豈不是造反？！」公爵冷冷答道：「不，陛下，是革命。」

革命了，往日圍繞在王后身邊的紅男綠女紛紛棄她而去。小特里亞農宮的綠窗煙蘿將化作血雨腥風。幾個月的延宕，矛頭終於指向凡爾賽。十月五日，一干民眾冒雨到達凡爾賽，領頭兒的是百十名婦女，其中有真正的勞動者，也有羅亞爾宮遊廊下的賣春女郎。一夜的威脅喧鬧，國王和王后被迫同意離開凡爾賽宮去巴黎。十月六日，秋光燦爛，卻是波旁王朝的「辭廟日」。王后永別了她心愛的小橋流水，留在身後的是殘蟬泣柳和那些無言的牛羊豬犬。

一七九三年十月，瑪麗‧安多奈特被革命法庭判處死刑。在王后「辭廟」後的幾年中，她突然「醒」了，變得堅毅、果敢，在最兇殘的環境中，始終保持着高貴的氣度和優雅的舉止。甚至在登上斷頭台時，因踩到了劊子手亨利‧桑松的腳而懇切地道歉：「對不起，先生，我不是故意的。」桑松回憶道：「王后望着杜伊勒里宮，一再長嘆，我們沒有打擾她，給了她眺望的時間……直到最後一刻，瑪麗‧安多奈特都沒有喪失其尊嚴和高雅。」不知在這短暫的眺望中，王后可曾望見她心愛的「小農莊」？心中可曾湧上維吉爾的詩行：

> 啊，在何等遙遠的將來才能回到故鄉，
> 再看到茅草堆在我村舍的屋頂上。

蕭瑟的榮耀

　　出巴黎東北五十里，有城名愛默農維爾。城不大，幽靜含蓄，隱身林中。城邊有座山莊，廣數十公頃，丘壑起伏，草豐林茂，亂石溪流皆天然成趣。山莊曾經的主人吉拉爾丹侯爵不無驕傲地說：「必得借助詩人和畫家的靈性，方能造就這片賞心悦目的景致」。果然，園中小徑曲折深致，蔓草沒踝牽衣。落葉繽紛，半坡鋪就柔毯，秋光搖曳，滿眼閃爍金黃。園中一泓平湖，狀似束腰淑女，堤岸迂迴，清流緩動，宜流觴之樂。湖心島上，數株白楊，一座墓碑，夕陽下幾分清冷。墓的主人便是盧梭，白楊島是他死後最初的埋骨之地。

　　一七七八年春，盧梭完成了他的《漫步遐想錄》。在書中，他表示要徹底告別世人，回到孤寂中。他的愛意滿盈之心，已是傷痕纍纍。昔日好友，或作古，或背棄，無人可傾訴，亦無人肯傾聽。他悲嘆「我在世間就這樣孑然一身了」。他的生活本已極清苦，此刻又雪上加霜，由於視力下降，雙手顫抖，他無法再靠替人抄樂譜來補貼家用。長期局促困窘，不斷遭人詬病，總是與

人纏鬥，使盧梭現出受迫害妄想症的徵兆。

正在盧梭晚景淒涼，孤零無靠之際，他的死對頭伏爾泰卻凱旋歸來。巴黎上演了他最後一部歌劇《伊萊娜》，演出結束後，觀眾向他歡呼不絕，並當場為他的塑像揭幕。他一時光芒四射，儼若神明。

盧梭似乎走投無路了。德普萊斯醫生勸他接受吉拉爾丹侯爵的建議，搬到他的愛默農維爾山莊小住。吉拉爾丹是盧梭的「死忠」，《愛彌爾》是他的「育兒寶典」。在做決定之前，盧梭悄悄去了趟愛默農維爾山莊探查，一眼便看中此地，作他最後的避難所。是愛默農維爾山莊的綠蔭鳥鳴，奔溪靜泊擄獲了盧梭的心。他這位「自然之子」要回到自然的懷抱。侯爵專門為盧梭建了一所茅草蓋頂的小屋，他便在此落了腳。

五月三十日，伏爾泰突然在巴黎去世。盧梭得知後很震驚。他告訴吉拉爾丹，「我的一生和他的一生緊密相連，他走了，我不久亦將隨之而去」。在愛默農維爾棲居的盧梭心情平靜，晨起，他撒把穀粒餵飛來的小鳥，日中，他套上木鞋，手持木棍漫步林間，暮降，他與吉拉爾丹盪舟湖上。寧靜中他在想甚麼？沒有留下記錄，也許盧梭知道他要講的話已經全部說完，安靜便是神意的呼喚。

七月二日，盧梭要出門給人上音樂課，黛萊斯發現他坐在椅子上嘔吐，說腳心針扎般地痛，胸部憋悶。待吉拉爾丹夫人趕來探視，他突然雙手抱頭，說「有人掀我的

頭骨」，話畢，便倒地而逝。此時距他搬到愛默農維爾山莊僅僅六周。他終於如其所願，死在寧靜的大自然中。

七月四日，一個溫暖的夏夜，晚星在天，岸邊火炬熊熊，臨近午夜，人們把盧梭的棺木抬上小船，划向白楊島。幾乎整夜時間，吉拉爾丹和幾個工人為他在島上建起墓地，那塊白色的墓碑上刻着「此處安息着自然與真理之子」。晨光微吐，人們划船離島，盧梭一人留在島上，只有湖水環抱，白楊守靈，青草佈奠，疏滴銜哀。孤獨的盧梭身後蕭瑟，似將永在此境傾聽風動白楊的琴弦。三年之後，遠在斯圖加特的席勒為盧梭的身後蕭瑟鳴不平了：

我們這個時代的恥辱的墓碑

墓銘使你的祖國永遠羞愧

盧梭之墓，我向你致敬

和平與安息，你曾白白追求

和平與安息，卻在此地

相較伏爾泰在法國的顯赫，德意志人卻更崇仰盧梭。在康德的書房中，僅懸盧梭一人之像，而他所說「盧梭糾正了我的偏見，教我學會了尊重人」，更是一言千鈞。此何以故？

伏爾泰是路易十五的宮廷內侍，又是腓德烈二世與葉卡捷琳娜女皇的精神導師和通信密友，他的世界在皇宮大殿。盧梭一介平常的「日內瓦公民」，他的世界在平房瓦舍。早年盧梭視伏爾泰如神明，謙恭地寫信給

他，「要使自己配得上您的關注」。但要命的是伏爾泰本人也這樣感覺，他對盧梭，先如奧林匹斯神祇對待腳下塵土，繼而又澆薄嚴刻，惡毒到像小怨婦，對盧梭的思想除了淡漠以對，就是惡語相加。是出於輕視？或出於懼怕？我更傾向於後者。伏爾泰這個絕頂聰明之人，一眼就看出盧梭的思想會傾覆他高居其中的神殿。這對冤家皆為人類自由而生，只是一為貴族式的自由，一為平民式的自由。甚至當盧梭對伏爾泰坦言「我恨您」時，表現的仍是平民的驕傲，是愛極生恨。因為盧梭從伏爾泰的戲劇中看到精神的崇高與美，看到寬宏與愛。伏爾泰卻只一句「盧梭只配被人遺忘」了事。他錯了。盧梭對後世的影響，不論好壞，皆遠在伏爾泰之上。

一七九四年，法國國民公會決議將盧梭遺骨遷入先賢祠。這個決議太不合盧梭本性，但革命家不管這些。於是，在一派熱鬧中，盧梭的遺骨離開了白楊島。他被迫告別日夜相伴的皓月清風，也再聽不到細浪低語。可憐的盧梭啊，他們不讓你安寧，非把你弄進那冷冰冰的殿堂，與你的宿敵伏爾泰相對而居。你本是個尊重生命，連昆蟲都不肯害的人，只因你那公意論無意間合了革命家瘋狂的口味，他們竟從你的話中尋出嗜血的口實。這段公案二百餘年聚訟紛紜，但已與你無關。你本該安居白楊島，體味「獨鶴聳寒骨，高杉韻細颸」的意境，但終由不得你。讓我們這些踏訪者，來此為你三百年祭馨香禱祝吧，薄酒一杯，酹於湖上，願你身雖往而魂依在。

思無盡

　　莊主吉拉爾丹深受啟蒙思想影響，又是盧梭崇尚自然的仿效者。他要在這山莊中為哲學和哲學家留一席之地，供他們在月明風清、萬籟俱寂中沉思遐想。他請畫家于貝爾·羅伯爾仿效羅馬郊外蒂沃利別墅西比爾神廟的樣式設計一哲學殿堂，奉獻給蒙田，這位啟蒙思想的先驅。早先，殿前有拉丁銘文石刻，「僅以此半就之殿獻予米歇爾·蒙田，那道盡慧言之人」，但現已湮滅不存。

　　殿的正面由六根多利亞柱撐起環樑，它們肅穆靜立，近眺盧梭墟墓，遠吞湖色天光。六根立柱從左至右，依次刻有六位巨人之名，並用拉丁文定義了他們的思想特質。牛頓：光亮；笛卡兒：虛空非無物；佩恩：人道；伏爾泰：譏諷；孟德斯鳩：正義；盧梭：自然。殿有門洞卻無門扉，門楣上鑴刻着維吉爾的詩行「識萬物之道的人是幸福的」，這句銘文的下句是「他們戰勝恐懼和無情的命運」。

　　拾階而上，進入殿堂內，才發現環樑半途而斷，殿堂背面竟無牆無柱，僅有基石台座，本該合圍抱攏的殿

堂只有「半壁江山」。內裏苔綠侵石，雜草荒穢，碎石亂置，看似多年失修，哲學之殿已坍塌圮毀。但朋友，切莫迷失於這表面的毀棄，這荒蕪半成正是哲學殿設計者刻意為之。他要讓這建築說話，人類認識永無完成，運思者必蹈思無盡之途。作者特意留下第七個基座，上面不豎立柱，卻有銘文「此處不容偽言」「誰能完成它?!」殿旁堆積粗胚石料和數十根半成的圓柱，意在提醒來者，「材料已在此，動手吧」！誰能禁得住此一召喚的誘惑？

　　這座哲學殿是一個寓言，講述着人類精神生活的歷史和未來。希臘先哲的智慧早已指明知的限度，蘇格拉底的名言「我知我無知」實已道出了認識主體的宿命。沒有甚麼思想學說能窮盡真理，思想永在思之途中。以為一己之思能掌握終極真理，此狂妄僭越了知的界限。帕斯卡定義人為「能思想的蘆葦」，說透了人的高貴與脆弱。人能思而已，得失卻不需言明。思者本身便若飄風驟雨，天地過客而已。大哲如康德，考察人的認識能力之後仍留「物自體」，以尊重知的界限。維特根斯坦，以「不可說」之沉默，留下「思無盡」的天地。固然我們對一切偶然之事可說並力圖說清楚，但不可言說的世界卻是無限廣闊的渾沌背景，可說之事不過是這背景上的幾縷光亮。在他那裏，哲學思想竟如音樂，「有時只能在心靈的耳朵裏喚起一支曲子」。其個人化到難以與人分享，竟是「大音稀聲」的境界。

黑格爾追求體系的自足，作繭自縛。絕對精神走到自我認識，結果，窮盡了認識的絕對精神扼殺了思的生命力。這套精神的完美行程也誘惑了馬克思，讓他自信借助思辨的方法，能找到解決一切人類社會問題的不二法門，他身後的門徒奉其為「放之四海而皆準」的真理。我們親身所歷的「頂峰」論、「終極」論更是等而下之的鬧劇，再與「思」無緣。哲學殿的設計者發出的挑戰，「誰能完成它」是一不可能亦不應有的任務。因為「完成」的前提已定，「這裏不容偽言」，而那些號稱「已完成」並「放之四海而皆準」的學說必屬偽言。

　　建有未完成之哲學殿的愛默農維爾（Ermenonville）山莊，後以盧梭公園聞名。各國朝拜者絡繹於途。顯赫者如奧地利皇帝約瑟夫二世、瑞典國王古斯塔夫三世、俄國皇儲保羅一世、路易十六的王后瑪麗・安多奈特。偉大者如美國國父富蘭克林、傑佛遜。革命者如丹東、羅伯斯庇爾。正是後來的這些革命者，把先來的瑪麗王后送上了斷頭台，隨後自己亦逐被殺者而去。這人頭滾落的慘烈，竟被歸罪於他們前往朝拜之人的思想。哲學殿雖未建成，朝拜者已各自凋零。一八〇一年夏末，正在策劃霧月十八日政變的第一執政波拿巴特來到這裏，他和吉拉爾丹的長子斯坦尼斯拉斯・吉拉爾丹拜謁了盧梭墓，隨後在墓旁有如下對話：

波拿巴特：「為了法國的安寧，此人從未存在過或許會更好。」

斯坦尼斯拉斯：「為甚麼？執政官公民？」

波拿巴特：「是他造成了法國大革命。」

斯坦尼斯拉斯：「我想，執政官公民，您總不至於抱怨大革命吧？」

波拿巴特：「噢，只有未來才能判斷，為了讓這世界太平，盧梭和我是否最好從未到過這世上。」

此時，沉思的波拿巴特更像一位哲學家，一位思無盡的哲學家。

以自由之名

　　一九四四年一月一日，盟軍最高統帥艾森豪威爾悄悄回到美國，這次行程的目的就是籌劃跨海進攻，代號「霸王行動」，後來它以「D日諾曼底登陸」彪炳青史。這是人類歷史上最龐大的兩棲登陸作戰。同它相比，羅馬人登陸不列顛，威廉征服英格蘭不過兒戲。這是一次只許成功，不許失敗的行動，開始之前，連雄才大略的丘吉爾都有過片刻的猶豫，不是出於膽怯，而是出於仁慈。因為他想到「海灘上會堆滿英美兩國優秀青年的屍體，鮮血染紅海潮」。但終究要出發，因為納粹鐵蹄下的人們在期盼自由。

　　出發的時間因為天氣惡劣一再推遲，直到首席氣象學家斯泰格上校認定，六月六日天氣稍好，有行動的可能。艾帥在指揮部靜坐沉思良久，終於起身，燦然一笑，低沉地說「我們幹吧！」在發給登陸部隊的通告中寫道「士兵們，你們的目的是消滅納粹暴政，帶來自由世界」，而由BBC傳遞給法國抵抗組織的命令卻是魏爾倫的詩句「單調的倦怠，刺穿我心」。

美軍登陸的地點是奧馬哈海灘，幾處登陸場中，這裏地形最險惡。海灘寬不足百米，峭岸壁立，上面佈滿火力點，隆美爾剛剛指揮加固的「大西洋壁壘」，碉堡水泥護牆厚達一米。登上海灘的士兵立即投入單兵格鬥，血肉相搏，生命相拼。士兵知道，他們擔負着自由之名。為了這自由，登陸第一天美軍就奉獻了六五七七個孩子，今天他們都在這裏，安憩永眠。

　　海灘上有條曲折的小路，沿着它蜿蜒而上，可達峭壁平台上的美軍墓園。蕭立寂靜的墓園，似聽到海風帶來瓦萊里的詩行「而你，偉大的靈魂，難道還需幻景，沒有這裏的澄碧與金黃？」

　　這裏，九三八五座潔白的雲石墓碑，九三八五個樸素的綠色墳塋。柔草輕覆戰士的靈軀，細浪輕吟安眠的歌謠。那潔白的十字架為何如此高大？與旁邊的國旗不成比例？因為勝利的國家再強大，也不能凌駕於個人的犧牲，是個人的犧牲成就了勝利的國家。

　　九三八五座墓碑，有少數沒有鑴刻上犧牲者的名字，這些無法確認的英靈都被冠以同一句話「上帝認識你」，神稱呼之名是永恆的。

　　紀念館內，溫柔的聲音在一個個呼叫犧牲者的名字。單調的呼喚聲如一支淒美的悼歌不停地吟唱，日復一日，年復一年，從秋到冬，從春到夏。

說不盡的莎士比亞

「濕濕的巴黎醒過來了，新鮮的日光投射到她那檸檬色的街道上」，喬伊斯在《尤利西斯》中寫下這句話時，還未長住巴黎。一九〇二年，喬伊斯橫跨英吉利海峽，到巴黎來了一趟。冥冥中他住進了高乃依街五號的一個小旅館，與奧迪翁劇院一街之隔，離二十年後出版《尤利西斯》的莎士比亞書店僅百米之遙。

一九〇一年，十四歲的西爾薇亞‧碧奇(Sylvia Beach)跟隨父親到過巴黎，她愛上了這個城市。一九一七年，再來巴黎，從此常住。碧奇結識了在奧迪翁劇院街開書店的艾德麗安‧莫里耶，在她幫助下，碧奇在左岸拉丁區的杜比堂街開了一家專營英文書籍的小書店，取名「莎士比亞」，主要業務其實是「租書」，一些愛讀書的人，在書店立個賬號，交點押金，便可隨意在書店裏借書讀。而碧奇則四處採購圖書，擺在書店裏供人租閱。

在海明威筆下，「西爾薇亞有一張充滿生氣，輪廓分明的臉，褐色的眼睛像小動物那樣靈活，像年輕的姑娘那樣歡快。波浪式的褐色頭髮從她漂亮的額角往

後梳……她和氣愉快，關心人，喜歡說笑話，也愛閑聊。」當然，海明威也沒忘了注意「她的腿很美」。海明威第一次去書店，身上沒帶押金錢，但看着書眼饞，碧奇說，不要緊，以後有錢再付，填張卡，想借甚麼書只管拿。兩人素不相識，但碧奇就這樣信任人。海明威讀俄國文學始自此處。碧奇的書店實際上是這批新銳作家的精神食糧供應點兒。這些人齊聚巴黎，後來以「迷惘的一代」著稱，成就了二十世紀的西方現代文學。

喬伊斯一九二〇年七月到巴黎。這次他在巴黎安了家。他剛到巴黎沒幾天，就受邀去奈伊鎮詩人斯皮爾家做客。那天，恰巧碧奇也去了。碧奇讀過喬伊斯已發表過的全部作品，她斷定喬伊斯是一位極具創造性的獨特天才。所以那天在聚會中，她怯生生地走到喬伊斯身旁，問他「您就是大名鼎鼎的喬伊斯先生嗎？」兩人就此相識。第二天喬伊斯來店裏找碧奇，請她幫忙找個教英語的活兒餬口，順便借了本書。那些日子，喬伊斯拖兒帶女，一派潦倒。惟獨談到文學時，便擺出一副上帝的樣子。有位女士問他，「您說誰是當代最偉大的作者」，老喬眨眨眼，回一句「除了我本人，還真再想不出有誰」。碧奇叫他「憂鬱的耶穌」。

一九二一年初，紐約開庭審理「防止腐化協會訴《尤利西斯》淫穢案」，判《尤利西斯》屬淫穢作品，禁止出版發行。消息傳到巴黎，喬伊斯沮喪極了，到書店去找碧奇，唉聲嘆氣，說《尤利西斯》再不能見天

日。碧奇靈光一閃，問他，您能賞光讓莎士比亞書店出它嗎？喬伊斯大喜，就此兩人結成出版史上一段奇緣。

書是在第戎印的。那地方專產刺激人的玩意兒，芥末醬、盧梭思想，如今又加上了《尤利西斯》。承印商「達杭爺」極敬業，為了找喬伊斯想要的「希臘藍」，竟一直找到德國，終於找到與希臘國旗上的藍色一模一樣的紙。這藍本是象徵愛琴海的，其實荷馬在《奧德修斯》中提到海的顏色時，多用「酒色的大海」，在奧德修斯（尤利西斯）的海洋歷險中，海水從來沒藍過。終於，一九二二年二月二日，喬伊斯四十歲生日那天，《尤利西斯》的樣本到了他的手上。封面印的出版社地址仍是杜比堂街八號，不過那時書店已搬到奧迪翁劇院街十二號。

那時節，這間小小的書店真是群賢畢至，海明威、龐德、安德森、菲茨杰拉爾德、懷爾德、帕索斯、瓦萊里、紀德、尚松……這名單簡直拉不完。當時在巴黎主持一片現代藝術天地的格特魯德‧斯泰因也「屈尊」前往。只是這位「女皇」聽不得喬伊斯的名字，碧奇印了《尤利西斯》之後，斯泰因便再不登門，還把自己的「圖書之友」會員身份轉走。碧奇卻不買賬，說「不敢高攀」，一股子「平民的驕傲」。

對莎士比亞書店最仗義的是海明威。這條硬漢卻生就一副柔腸，不僅充當碧奇的「保護人」，還肯花錢買書，照顧書店生意。巴黎解放時，海明威帶幾個美國大兵進城就直奔莎士比亞書店，大呼小叫「西爾薇亞，西

爾薇亞」，碧奇下得樓來，海明威一把抱起她轉圈。然後又問，有甚麼忙要幫，碧奇說，對面樓上有幾個德國狙擊手，煩人，你給我收拾了。海明威放下碧奇，招呼弟兄們抄傢伙上樓，呼呼嘭嘭一陣槍響，片刻過後海明威又下來了，說下一個目標是「解放利茲飯店酒窖」，告別碧奇駕起吉普絕塵而去。

一九四八年，新澤西州的喬治‧惠特曼（George Whitman）到了巴黎。不久，在塞納河邊、小橋橋頭柴場街開了一家英文書店，取名「颶風」。此時，莎士比亞書店已關門八年了。一九六二年，碧奇逝世，惠特曼先生此前已獲得她的允許，使用莎士比亞書店的名稱。六四年，颶風書店改名莎士比亞書店，終於一點薪火相傳。

我初到巴黎時常去莎士比亞書店「蹭書看」。頭一次去書店，見店堂中央放一書桌，一位老人在書桌後忙，他身材不高，消瘦硬朗，看到我們進來，用中文說了句「你好」，我以為他會中文，他忙解釋說就學過幾句問候語。老人臉上線條瘦硬，褐色的眼珠，透着聰慧，下巴微翹，稀稀疏疏有些鬍子。我總覺得在哪裏見過這張臉，後來才想起有幾分像托洛茨基的相片。後來再去店裏，每次進門點個頭，和惠特曼先生算是有了「點頭交」。

一個暮春的下午我們又去書店，攀着那具搖搖晃晃的樓梯上了二樓。這裏本常來，但今天感覺有點不同，屋中央放了張桌子，還鋪着淨潔的桌布，桌上放着一瓶香檳，幾隻杯子。沿街的窗戶大開，河風入室，一屋清

涼。這時，惠特曼先生從裏面出來，熱情招呼我們，隨手拿起香檳，給我們滿上，有點激動地說，今天他還完了銀行貸款，從今以後，這裏是他的產業了。這份產業除了樓下店面，還有樓上三層居室，老人殷勤地邀我們逐層參觀。我們正為他舉杯相慶，聖母院鐘聲恰起。風裏疏鐘入室，似要陪我們為老人浮一大白。

後來忙於生計，很少去書店，也未再去看望惠特曼先生。二〇〇二年初夏，光滬伉儷來巴黎，正趕上巴黎音樂節。城中處處音樂，真應了海明威那句名言「一場流動的盛宴」，只是品嚐盛宴的是耳朵。我們走到莎士比亞書店，見門口有幾位老人正撫琴高歌。他們說來自加利福尼亞，唱的卻是《蘇珊娜》：「我來自阿拉巴馬，帶着心愛的五弦琴，我要到路易斯安那，為了尋找我愛人。」光滬一時興起，也攘臂頓足，唱將起來。透過敞開的店門，我未見到惠特曼先生的身影，想他恐已退休，不再在店中忙了。二〇一一年，九十八歲高齡的老先生在這裏的三樓上無疾而終。

惠特曼先生，我與您偶遇在神秘的瞬間，我飲下您滿斟的香檳，也飲下您的喜悅；您乘鶴遠行，我未能酹酒於您的靈前。讓我獻上濟慈的詩行為您祈福，這冊詩集購自您的手中：

低語的夜晚，安恬地品嚐世間
真正的歡樂，直到那偉大的聲音
和顏悅色地召喚我們上天。

讀與思

絕不可自願為奴

讀拉波哀西的《自由奴役論》

一　盧瓦河谷的沉思

在法國中西部，距巴黎不到兩百公里處，有一片美麗的土地。法國最長的河流盧瓦河（Loir）流經這裏，形成一片密林遍佈、良田鋪展的谷地。這就是著名的盧瓦河谷。河岸兩旁高聳的岩岸上，遍佈着自中世紀早期就開始修建的城堡，從早年僅作為狩獵、瞭望的塔樓，漸漸發展成保衛領主土地的堅固堡壘，又漸漸成為造型奇異、美輪美奐的皇家城堡。十五世紀前後，法國王室主要活動在這一帶。自弗朗索瓦一世把文藝復興風格從意大利引入法國之後，這裏城堡建築的風格更呈現出百花爭艷的態勢。香波堡、舍農索、安布瓦斯、布洛瓦……，風格各異，爭奇鬥艷。弗朗索瓦一世更是把文藝復興三傑之一，超級天才、偉大的達芬奇接到了法國，贈給他盧瓦河畔的一座莊園，Clos Luce，讓他終老於此，埋骨盧瓦河畔。這是一片神奇的土地，它孕育了法蘭西的語言、詩歌。一五五六年，七星詩社的杜貝萊

發表了七星詩社宣言《保衛發揚法蘭西語言》，第一次把法語同拉丁語、希臘語並列，宣佈它是一種偉大的語言。七星詩社中最著名的詩人龍薩就用法語寫下了世界上最美的情詩。龍薩的城堡就在盧瓦河谷。

《自願奴役論》的作者拉波哀西(Étienne de La Boétie)和七星詩社的詩人有很多交往。談拉波哀西，可以先從品味龍薩的名詩《當你老了》開始，詩中，我們可以體會文藝復興時期活躍在盧瓦河畔的法國文人們的情懷。

當你老了，黃昏時點燃蠟燭

在爐火旁紡着羊毛

讀着我的詩篇，哀嘆連連

我年輕時他曾寫詩讚美我

你那些在繡凳上勞碌的女僕昏然欲睡

聽到這聲音

無一不被驚醒，羨慕你曾有幸

受到這樣的讚美，在讚美中得到永恆

我將是地下纖弱微渺的幽魂

擺脫了痛苦

靜靜地在桃金娘的樹蔭下長眠

而你，也會是爐邊一個佝僂的老婦

懊悔着你竟驕傲地蔑視我的愛

誰知明天會是何種光榮

生活吧，趁今朝採下那現世的玫瑰。

這詩謳歌愛情，珍惜生命，正是文藝復興時期人性覺醒的寫照。我們可以想像，在波光粼粼、白帆點點的盧瓦河上，在林豐草密、雜花生樹的河畔山谷，在巍峨壯麗、精巧華美的城堡中，三兩摯友，討論思想，創作詩篇，奇文共賞，疑義相析，那該是一幅多麼令人神往的畫面啊。拉波哀西的《自願奴役論》(Discours de la servitude volontaire)就是在這裏寫作完成的。

拉波哀西一五三〇年出生在佩里戈爾地區薩爾拉的一個歷史悠久的貴族家庭，他父親是佩里戈爾地區的王家官員，他的舅舅是波爾多高等法院的主席。但是，他很小時父親就去世了，由他的叔父撫養成人。他的家族成員多是法律界人士，所以，他從小就受到很好的人文教育。在十六世紀的歐洲，法律這個概念和今天有很大的不同。今天的法律界偏重實用，處理人世糾紛、罪行懲處，所以律師可以是個刀筆吏，可以是個訟棍，只要能贏官司，會鑽法律空子就行。而在中世紀一直到文藝復興，法律研究都是從自然法出發，也就是從那種以神的意志，以永恆正義之名為基礎的宇宙大法出發，來探討人世之法。所以法律有時和神學，和宗教哲學密不可分。中世紀最偉大的宗教哲學家托馬斯‧阿奎那就是一位研究自然法的大師。所以，保羅‧布豐納說，在十六世紀，「法學教學是一種傳道，而不是一種制度，可以說是由老師和學生共同參與的對真理的尋求，當他們並肩擔當時，就為哲學思索打開了一片無限的領域」。那

時的人文科學，研究法律和研究古典常常根本不分。所以拉波哀西在接受法律薰陶的同時，也鑽研古典文獻學。他深入到古希臘、古羅馬的典籍中，從古代思想中汲取精神營養。他曾下很大功夫去翻譯普魯塔克、維吉爾、阿里奧斯特的著作，尤其愛普魯塔克的作品。他的《希臘羅馬名人傳》是無數偉人的勵志楷模，書中那些反抗暴政，爭取自由的希臘、羅馬英雄人物，對拉波哀西影響至深。但是，拉波哀西還是一位充滿激情的詩人，他用拉丁文、希臘文、法語寫了不少愛情十四行詩。正是這個愛好，使他與七星詩社的幾位詩人結為好友，與龍薩有過很密切的往來。龍薩當時是王太后、美第奇的卡特琳娜的宮廷詩人，這個宮廷主要在盧瓦河城堡中活動，而拉波哀西的法律學業是在奧爾良大學完成的，奧爾良是盧瓦河谷的重鎮。龍薩有詩「歲月何其不淹兮，更嘆人之易去，倏忽時不待兮，斯人已眠新墓」。拉波哀西一五六三年過世，年僅三十二歲，其英年早逝正合了龍薩詩意。

但是吟花頌月並不會造就拉波哀西對暴政的憤怒。他的《自願奴役論》，語氣慷慨、義憤激昂，有戰鬥檄文的氣勢，也有詩韻的鏗鏘。那是因為他所就讀的奧爾良大學法學院是當時一個思想自由的中心，學校中瀰漫着求真理的氣氛。拉波哀西的主任教授是迪布爾格，後來他是巴黎高等法院法官，他反對亨利二世迫害新教徒，並公開自己的加爾文教信仰，而被判為異端，在火

刑柱上被燒死，是一位真正的殉教者。從時間上看，拉波哀西寫作《自願奴役論》的時候，正在上迪布爾格的課。可能人們會問，有龍薩這種愛情詩的時代，對人的迫害為何又會如此殘酷呢？

這就要提到法國的宗教戰爭。法國天主教和自德國傳入的路德新教，兩派之間的鬥爭起起伏伏，延續多年，有時鬥爭極其殘酷。為了獲得宗教寬容這個信念，不知流了多少血。一五三二年，弗朗索瓦一世曾一度允許新教徒在法國舉行自己的宗教儀式。但到了一五三四年，他又翻臉，殘酷鎮壓新教徒，後來亨利二世繼位，他就是美第奇的卡特琳娜的丈夫，就開始大規模迫害新教徒。當時的情況是，新教徒的境遇完全取決於專制君主的態度。所以法國新教，特別是激進的加爾文教，往往以反暴君來宣揚自己的宗教信仰，爭取自己所信奉的教派的合法地位。比如亨利四世登基，他就頒佈了南特敕令，給新教以合法地位。南特就在盧瓦河谷。可亨利四世登基前，他的岳母、亨利二世的遺孀卡特琳娜就發動了聖巴特羅繆大屠殺。一夜之間，有三千多新教徒被殺，巴黎城內血流成河。拉波哀西求學寫作的時代，正是宗教戰爭開始前，新教和天主教激烈鬥爭的時代。他一五三〇年出生，在十六歲時進奧爾良法學院受教於迪布爾格，正是亨利二世成立「火焰法庭」，殘酷迫害新教徒之時。他的老師就在這個時期上了火刑柱。當時新教徒們撰寫、散發了許多批判宗教迫害的小冊子，其中

最有名的一部叫作《論反抗暴君的自由》。據考證，該書的作者是菲利普‧莫爾奈，他是新教國王亨利四世的密友。而拉波哀西的這部書最早就是由新教徒在荷蘭秘密印刷出版的。但那是一個殘缺不全的本子。而該書的正式版本是由法國文藝復興時期最偉大的人文學者蒙田所出版。這裏就要講到一段關於友誼的故事，那就是蒙田和拉波哀西的友誼。

拉波哀西從奧爾良法學院畢業後進了波爾多高等法院。一五五七年蒙田也進了波爾多高等法院，兩人在這裏相遇了。蒙田這樣記述到，「因為我能力淺薄，畫不出絢麗、高雅和藝術性強的圖畫，我曾考慮過向艾蒂安‧德‧拉波哀西借一幅來，好讓我作品的其餘部分也能沾些光。那是一篇論文，拉波哀西把它命名為《自願奴役論》，但後來有人不知道作者已題了名，而另給起了個標題《反獨夫》。那時拉波哀西少年氣盛，他把這篇文章寫成了評論，歌頌自由，抨擊專制。從此，這篇文章在有高度理解力的人手中傳閱並備受推崇，因為這的確是一篇很優秀、很全面的文章」。拉波哀西這篇文章的法文原名是Discours de la servitude volontaire。Servitude這個詞在古法語中指具有奴隸身份的人，現在的這個譯名《自願奴役論》並不是特別準確，因為這個譯法看不出主動與被動的區別，是自願地去奴役他人，還是自身甘願受奴役，表達的不甚準確。而拉波哀西的意思是明確的，就是說「自願地具有奴隸身份，甘願受

人奴役」。他強調的是被奴役的人是主動者，人之受奴役，成為具有奴隸身份的人是自己招致的結果。所以譯為「論自願受奴役」或「論甘願為奴」要更好些。但既然該書已經以《自願奴役論》為名風行久已，我們就一仍其舊，不做改動。

蒙田說，「當然，我們不能說這不是他可能寫的最好的作品。然而，假如後來在我認識他的時候，他能和我一樣決定把自己的想法寫出來，那麼我們就可以看到許多堪與古典作品相媲美的傳世之作了，因為他在這方面的天賦鶴立雞群，在我認識的人中，沒有一個能與他匹敵。他在彌留之際立下遺囑，充滿愛意地把他的藏書和文稿傳給我。此外，我還繼承了他的論文集，我讓人們把它們出版了」。這就是《自願奴役論》。因為蒙田發現這部書被受到宗教迫害的新教徒偷偷出版了，而蒙田不願意人們把他的好友看作一個激進的新教徒，在宗教戰爭的背景下，蒙田自說自話替他的朋友站了隊。他說，「我發現那篇論文被一些居心不良的人發表了，那些人企圖擾亂和改變現行的國家秩序，卻毫不考慮自己能不能做到。為使沒能深入瞭解拉波哀西的思想和行為的人對他保存完好的記憶，我要告訴他們，這篇文章是在他少年時代寫的。不過是篇習作，論述的議題普普通通」。但這只是蒙田要為他的朋友避嫌疑的說法，效果反是欲蓋彌彰。正因為拉波哀西的思想對現存秩序，以致對一切專制制度具有毀滅性的批判，才讓蒙田故意出

來貶低這文章的意義。他擔心的緣由，隨後就由他自己說破了，「他的心中還鑴刻着另一條格言：嚴格服從家鄉的法律。哪個公民也比不上他安份守己，也沒有人比他更希望國泰民安，更反對時局動蕩。如果發生騷亂，他只會盡力去平息，絕不會火上澆油」。這說明蒙田知道這部書的意義和批判性，所以要找藉口為拉波哀西開脫，還替他保證，他至多是思想反動，可行動中實實在在是個良民。蒙田這份愛友之心可謂良苦。其實，他在《論友誼》這篇文章的開頭，就已經洩露了他的真實想法，他說，「我特別要感謝《自願奴役論》，多虧它，我和拉波哀西才有了第一次接觸。我在認識他之前，就早已拜讀過了，並且初次知道了作者的名字。從此，也就開始了我和拉波哀西的友誼。既然上帝願意，我們就精心培育我們之間的友誼，體會到友誼的真諦。至善至美的友誼存在於我和拉波哀西之間，因為友誼形形色色，通常靠慾望或利益、公眾需要或個人需要來建立和維持，友誼越是摻入本身以外的其他原因、目的和利益，就越不美麗高貴，越無友誼可言」。這可以說是關於友誼的金玉良言。拉波哀西的英年早逝，一直是蒙田心頭的創傷。一五八一年，蒙田前往意大利旅行，拉波哀西的身影一直跟隨他。在里維拉，他「不由淒然想起拉波哀西先生，久久不能擺脫愁思，讓我無比痛苦」。

二 拉波哀西的問題：人為甚麼會自願受奴役

這部書讓蒙田費盡心力，顯然他明白這部書的份量。拉波哀西在書中披頭就問：「我只是想理解，為甚麼有那麼多的人，那麼多的村莊，那麼多的城市，那麼多的國家，會忍受單個暴君的統治，而這個暴君除了人民賦予他的權力之外，沒有任何權力。他只能在人民願意忍受的範圍內傷害他們，除非人們願意忍耐而不是抵抗他，否則他是絕對不能夠傷害他們的」。這個問題的提出挑明了一個基本事實，那就是暴政必然建立在民眾的普遍接受之上，這種認可可能是被動的，也可能是主動的，或剛開始是被動的，而後成為主動的。這是為甚麼？明明一個當權者愚蠢顢頇、殘暴、寡恩，明明大家都看得見他在不斷地做蠢事，把國家引入災難，給人民帶來痛苦，而人民卻默默地任由他胡作非為。這是為甚麼？拉波哀西憤怒地控訴道，「看看無數群眾不僅在順從，而且被驅趕到奴隸狀態，不僅被統治，而且被欺壓。這些不幸的人沒有財產，沒有親人，沒有妻子兒女，甚至生命都不屬於自己」。他們遭受搶劫、戲弄和虐待，不是來自軍隊，不是來自野蠻部落，而是來自單獨一個人，而這個獨夫不是希臘神話中的大英雄赫拉克勒斯，不是聖經中的大力士參孫，而常常是國家中最膽小懦弱的人。他生於深宮，長於婦人之手，無力上馬比武，亦不懂行軍布陣。但千萬人卻服從他，任他在國家

頭上作威作福，這千萬人連反抗的願望都不曾產生。這是怯懦嗎？不是。拉波哀西認為，「這是一種莫大的惡習，都不配被稱為怯懦，這是一種找不到詞語形容的罪惡，一種自然不會承認，語言不與命名的罪惡」。

　　拉波哀西給自願受奴役，自願臣服於暴君的行為下了一個道德上的定義：這是一種惡，一種墮落。也就是說，「不反抗惡就是一種惡」。這是為甚麼？因為不反抗惡就意味着幫助惡。所以自願受奴役包含着另一個命題，「助紂為虐」。拉波哀西論證道，暴君的強大是因為他得到了不抗惡之惡的幫助。他說，「暴君的強大是你們自己給予的，為了他，你們勇敢地去戰鬥，為了他的偉大你們願意付出自己的生命。暴君所擁有的不過是你們賦予他的用來毀滅你們的權力。如果你們不把自己的眼睛給他，他到哪裏得到足夠的眼睛來監視你們？如果你們不把臂膀借給他，他又怎麼能有那麼多的臂膀來攻擊你們？如果踐踏你們城市的不是你們自己的腳，他又到哪裏得到這些腳？要不是通過你們，他怎能擁有任何凌駕於你們之上的權力？如果沒有得到你們的合作，他又怎敢來攻擊你們？如果你們不去縱容搶劫自己的盜賊，如果你們不是殺害自己兇手的幫兇，如果你們不是自己的背叛者，他又能對你們怎麼樣？」這一串嚴正的斥問，揭示了一個不爭的事實，暴政的實現是全社會的共謀。但是，事實或許如此，動機卻不能簡單確定。平常人內心的軟弱在暴君所加的恐怖面前，逆來順受至多

　　　　　　　　　　　　　　　　　　讀與思

是平庸之惡。這裏甚至也會有歷史的理由，連拉波哀西本人也舉出某種情況加以說明，「如果一國的居民發現了一個偉大的人物，在緊急情況下保護他們時表現出了少有的遠見和勇敢，在統治他們時表現出少有的關懷，進而人們會養成服從他和依賴他的習慣，以至於承認他的某些特權」。這顯然是歷史中常見的情況，我們可姑且稱之為有理由的自願服從。因為對偉大領袖的服從，如出埃及的以色列人服從摩西，尚不是自願受奴役。

但儘管如此，拉波哀西仍然提醒我們，這種服從可能是不明智的。因為承認這些偉大人物的特權，是「把他從一個做好事的位置上移開，而把他提升到一個可以做壞事的高位」。除了這種由歷史原因造成的順從，暴君還有其他方法讓民眾自願被奴役，那就是麵包加蜂蜜。拉波哀西以古希臘世界的史實為例，舉出波斯王居魯士佔領呂底亞後，「他既不願洗劫這個美麗的城市，也不願在那裏保留一支軍隊維持治安。他想了一種非同尋常的方法去削弱它，他在城裏設立了妓院、酒館和公共娛樂場所，並諭告其居民來享受」。拉波哀西指出，從歷史上看，越是低層民眾越容易被暴君的麵包蜂蜜誘惑。他說，「這些可憐的傻瓜更容易被嘴邊最微小的誘惑哄騙到奴役狀態中。他們會為最微小的誘惑而如此迅速地被捕獲。賭博、滑稽劇、壯觀場面、角鬥、珍禽異獸、獎牌、圖畫，以及其他諸如此類的鴉片，這些都是使古人走向奴役的誘餌，是他們自由的代價，是暴君的

工具」。除了人民對歷史英雄的自然崇拜和麵包加蜂蜜的腐蝕手段，拉波哀西還指出，每一個暴君還要建立一個以他為金字塔尖的權力機構，他會用利益和權謀讓那些心甘情願和他一起奴役民眾的奸佞小人織起一張權力之網。拉波哀西指出，「當一個統治者變成獨裁者時，這個國家所有邪惡的渣滓都聚集在暴君的周圍並支持他，為的是分享一份戰利品並使自己成為這個大暴君之下的小頭領」。這就是所謂的政治分贓。但是這些暫時獲取贓物的小頭目，在暴君面前也絕無安全感。

三　暴君臣下的處境

所有的暴君都會依靠分贓制來建立起金字塔式的權力機構。拉波哀西將之稱為「統治的發條和秘密，暴政的支撐和基礎」。但是，在暴君面前，在暴政之下，沒有一個人是安全的。中國的法家有一套玩弄權術的理論。在《韓非子》一書中，韓非花了那麼多心思去教會君王如何駕馭臣下，所謂「明主之所導制其臣者，兩柄而已矣。二柄者，刑、德也。何謂刑德？曰，殺戮之謂刑，慶賞之謂德」。他這是說君王操縱臣下，不過賞罰而已。而且韓非還教君王說，「夫虎之所以能服狗者，爪牙也，使虎釋其爪而使狗用之，則虎反服於狗矣」。這就是說，君王掌握賞罰之權，好比老虎有利爪，則狗服於虎，若一旦狗有了利爪，虎就要屈服於狗。我們可

以看出，中國法家的這套權術伎倆就是拉波哀西所指出的那個金字塔式的權力結構的運作方式。這套權力運行的規則就是宮廷鬥爭、陰謀詭計，君臣之間爾虞我詐、互為仇敵。中國古代君王大多是儒表法裏，表面上講儒家仁義禮智信，背後全是權謀鬥爭，兇殘無比。這套禍水延續至今，使中國走不上政治文明的正途。拉波哀西從古羅馬那些暴君身上尋找實例來論述暴政之下的君臣關係。他斷定「醫生斷言，如果身上有一處壞疽，它很快就會擴散到另一處遭其感染的地方」。當一個統治者將自己變為獨裁者時，這個國家所有邪惡的渣滓都聚集在暴君的周圍並支持他。拉波哀西認為暴君要靠這些人來奴役臣民，而他所依靠的人不能是正派人，因為正派人不能忍受暴君的統治，不能容忍暴君禍國殃民的行為。這就是孟子所論，真正的儒士面對昏君的倒行逆施絕不附和，而是「無罪而殺士，則大夫可以去，無罪而戮民，則士可以徙」。也就是說，有道德標準的人，在暴君的惡行面前，不會順從，而會離去。

但是，這些簇擁在暴君周圍，由暴君賞賜了榮華富貴的佞人會幸福嗎？我們看見他們肥馬玉輦、珠冠錦衣，看見他們一人之下、萬人之上，權勢顯赫，看見他們華屋美廈、富可敵國。但拉波哀西卻指出，「然而，當看到那些為了從暴政和貧民的屈從中得到一點好處而痛苦地伺候暴君的人們時，我經常驚愕於他們的邪惡，有時也同情他們的愚蠢」。因為在拉波哀西看來，「你

們接近暴君，進一步放棄自由，可以說是雙手擁抱奴役狀態，這除了愚蠢還能是甚麼呢？看看他們真實的自我吧。他們將清楚地認識到，那些被他們踐踏在腳下，比囚犯和奴隸還要受虐待的市民和農夫，與他們自己比較起來，生活的更好，更自由。那些農夫和工匠無論怎樣受奴役，當他們完成了被命令的事情時，他們就卸下了自己的義務」。而暴君周圍的人，為了求寵於暴君，必須努力去幹一些超出暴君所想的事。他們不僅要服從命令，還要費盡心力出些惡毒的主意，博暴君歡心。所以他們還要揣摩暴君的心思，預測他想甚麼，喜歡甚麼。為此，「他們必須耗盡自己，折磨自己，為滿足他的興趣而毀掉自己，將暴君的快樂當作自己的快樂，為了暴君而忽視自己的喜好」。這些可憐的佞臣必須時刻對暴君察言觀色，「留意他的言詞，他的語調，他的手勢，他的眼神」。因為倘不如此，就可能今日座上賓，明日階下囚。拉波哀西問道，「能將這種生活稱為幸福的生活嗎？這能說是活着嗎？還有比這種狀況更令人難以忍受的嗎？」

這種日常對暴君的小心翼翼的逢迎，不過是為了從暴君那裏獲取貪污掠奪財富的許可。不過拉波哀西接着指出，「但是，人們接受奴役是為了獲得財富，就好像在他們甚至不能聲稱自己屬於自己的時候，也能得到他們自己的任何東西，好像任何人都能在暴君的統治下以自己的名義擁有一件個人的東西」。這裏指出了一個最

重要的事實，在暴君面前，今天你擁有的，明天就可能不再屬於你。宮廷鬥爭的失敗者，誰能保全身家性命？明末大宦官魏忠賢，人稱九千歲，一旦天啟皇帝駕崩，崇禎即位，立即落得個抄家流放賜死。清朝的和珅，可謂富可敵國，但也躲不過抄家沒產的下場。正像《紅樓夢》中所說，「落得片白茫茫大地真乾淨」。拉波哀西隨即指出，這些暴君之下的小頭領，「忘記了正是他們自己賜予統治者剝奪每個人的每樣東西的權力」，而且他準確地描述了這些一時的寵臣的日常生活。這些寵臣「日日夜夜都要算計着如何去取悅一個人，而對他又比對世界上任何其他人都感到恐懼，要始終睜大眼睛看，豎起耳朵聽，時刻警惕着打擊將會從哪裏降臨，要找到共謀，要當心陷阱，要仔細觀察同伴臉上背叛的跡象，要對每一個人都面帶微笑但又極度害怕所有的人，要確保任何人都不是公開的敵人也不是可信賴的朋友，不管內心多麼焦慮，卻要顯示出一副輕鬆的面容，不能快樂，不能悲傷」。所以，暴君之下的臣屬之間是不可能有友誼的。拉波哀西斷言，「在充滿殘酷，不忠不義的地方，是不可能有友誼的。邪惡的人聚集在一起產生的僅僅是陰謀，而不是友誼。他們彼此之間沒有關愛，對孤獨的恐懼把他們捆在一起，他們不是朋友，而僅僅是同謀」。

暴君的幫兇過着這種戰戰兢兢的生活，這是無數歷史事實證明過的。在專制制度下，沒有一個人是安全

的，甚至暴君自己。因為暴君日常造成的恐怖氣氛天長日久，讓他身邊的佞臣也無法忍受。他們的貪婪和邪惡給了暴君操控他們的手段，他們的懦弱又給了暴君折磨他們的條件。但因為暴君與佞臣之間的關係是同謀，所以彼此提防之心一點不能少。韓非就是這樣教導君主，「君無現其所欲，君觀其所欲，臣自將雕琢，君無現其意，君現其意，臣將自表異。故曰，去好去惡，臣乃見素」。這就是說，君主無論如何不能對臣下露出真面目，否則臣下就會生異心，琢磨你，你不露聲色，臣下就會露出真面目。中國的法家商韓一流專教君主邪惡的馭臣之術，而全無磊落的政治行為、政治倫理。所以中國的政治幾千年以還，就沒有乾淨的時候。拉波哀西說，「這就是為甚麼古代大多數獨裁者通常被自己最親近的心腹殺害。由於看到了暴政的本質，他們就像不信任暴君的權力一樣不信任他的一時興致。因此，圖密善被斯特潘努斯殺死，康茂德被他的一個情婦殺死，安托努斯被馬克里努斯殺死，所有的暴君都死於同樣的暴力方式」。拉波哀西這裏舉的全是古羅馬歷史上的例子。我們知道，真正的忠誠是以愛為基礎的，而正像拉波哀西所指出的，「暴君從來沒有真正被愛過，也沒有真正愛過別人。友誼是一個神聖的字眼，是一種聖潔的東西，它只在正直的人們之間發展，只有通過相互的尊重才能生根，它的繁榮與其說是靠友善，不如說是靠真誠」。因為沒有愛，所以暴君一旦有難，佞臣絕不會一

伸援手。最典型的例子莫過於斯大林中風之後，赫魯曉夫、貝利亞這些近臣故意拖延救援時間，心裏巴不得讓斯大林這個暴君早點死。因為他們知道，斯大林活着，對他們每個人都是威脅。拉波哀西引證色諾芬的《論僭政》一書，指出，「這篇論文闡述了暴君們的痛苦，他們發現自己因為對每個人都作惡多端而被迫害怕所有的人」。僭主希耶羅對智者西蒙尼德承認，「要知道僭主比過適度生活的平民的快樂要小得多，而痛苦卻要大得多」，因為它知道它聽到的讚美都是為了奉承的目的，都是虛假的。讚美之辭的背後就是最惡毒的詛咒，而「最甜美的讚美是來自那些最自由的人們」。還不僅於此，僭主希耶羅向西蒙尼德承認，僭主得不到善的東西，卻得到大量的邪惡，僭主最沒有安全，因為它不得不隨時處在戰爭中。在色諾芬的著作中，僭主希耶羅一點點講述做一個僭主的不幸。拉波哀西顯然從色諾芬那裏汲取靈感。他之所以花大量筆墨論證暴君和佞臣的關係，論述他們各自的地位和苦衷，是為了證明，沒有自由的人格，沒有自由的心靈，一切都會變質。

四　公民不服從理論的先聲

拉波哀西在政治學上的一個重要貢獻，就是他明確指出，暴政，不管它如何殘酷，它也必然建立在大部分民眾的認可之上，建立在民眾默許之上。不管這種默許

是出於甚麼理由，它是暴政能夠存在的基本原因。拉波哀西分析了造成這種默許的種種原因，比如歷史形成的領袖崇拜，暴君借助利益集團對人民的控制，暴力造成的恐怖使懦弱的個人無力抗拒。暴君許諾麵包蜂蜜，實行收買，以及長久失去自由以後的習慣。但是儘管有這些理由，拉波哀西仍然毫不妥協、毫不寬恕地斥責民眾對暴政的默許。他堅持認為，不反抗惡就是一種惡。他說，「我們能把民眾屈服於暴君稱為怯懦嗎？如果一百個人、一千個人都在忍受一個人的反復無常，難道我們不能說他們缺乏的不是勇氣，而是站起來反抗的願望，他們的態度不是怯懦，而是冷漠嗎？當不是一百個人，不是一千個人，而是一百個省份，一千個城市，一百萬人民，都拒絕攻擊單獨一個人，──從這個人那裏得到的最仁慈的待遇就是奴役之苦，我們應該如何稱呼這樣的情景呢」？為甚麼這樣的一種情況是不正常、不道德的呢？為甚麼不反抗惡也是一種惡呢？因為人放棄自己的自由，屈從於邪惡勢力的欺壓，逆來順受的苟且行為都是不合法的。這個法就是自然法！自然法學家登特列夫的說法是，「兩千多年以來，自然法這觀念一直在思想與歷史上扮演着一個突出的角色。它被認為是對與錯的終極標準，是正直的生活，或『合於自然的生活』之典範。它提供了人類自我反省的一個有力激素，現存制度的一塊試金石，保守與革命的正當理由」。也就是說，自然法是一切人定法的基礎，人定法是善法還是惡

法，要以自然法為衡量標準。厄奈斯‧帕克說，「自然法觀念的起源可以歸諸人類心靈之一項古老而無法取消的活動（我們可以在希臘悲劇作家索福克勒斯的《安提戈涅》中找到這活動的蹤跡），這活動促使心靈形成一個永恆不變的正義觀念，這種正義是人類的權威所加以表現或應加以表現的，卻不是人類權威所造成的。這種正義被認為是更高的或終極的法律，出自宇宙之本性，出自上帝之存有以及人之理性」。由此更引申出如下思想，「律法（就終極訴求對象意義而言的法律）高於立法，立法者在律法之下，歸根到底要服從於律法」。這個自然法的觀念極其重要，因為人類的立法活動可以因統治者的意志立下許多剝奪人的自由的惡法，而自然法卻要求一種基於自由的永恆正義。為了體會這個觀念，可以用索福克勒斯的悲劇《安提戈涅》為例。希臘少女安提戈涅的哥哥波呂涅刻斯返回忒拜城奪取王位，兵敗被殺。安提戈涅的舅舅格瑞翁登基為王，宣佈波呂涅刻斯是叛徒，下令不許任何人埋葬他的屍首。而在希臘，人死不葬是褻瀆神靈的行為，加上死者是安提戈涅的哥哥，對自己同胞兄弟，更有安葬的義務。這就出現了現世法律，克瑞翁作為國王下達的禁令，和自然法，遵守神的旨意和親情要埋葬哥哥，之間的衝突。在劇中，安提戈涅的妹妹伊斯墨涅說，「我們處在強者的命令之下，只好服從這道命令，既然受壓迫，我只好服從當權的人」。她拒絕幫助安提戈涅埋葬哥哥。安提戈涅回答

說，「我要埋葬哥哥，即使為此而死，也是件光榮的事。我遵守神聖的天條而犯罪，倒可以同他躺在一起，親愛的人陪伴着親愛的人，我將永遠得到地下鬼魂的歡心，勝似討凡人喜歡」。

安提戈涅所說的「天條」，就是自然法所要求的終極永恆的正義。為此，她不在乎凡間的禁令。為甚麼拉波哀西認為人屈從於暴君是一種罪惡？因為人的自由是自然的要求，從而它是人的本質，是不言自明，不可剝奪的權利，放棄這個權利就是對自然法的違背，也違背了人之為人的定律，因而是惡。拉波哀西斷言，「當一個民族在做奴僕與做自由人之間進行選擇時，它放棄了自己的自由，給自己套上枷鎖，應允自己的痛苦，或者說欣然接受這種不幸，那麼，這是他自己奴役自己，自己切斷自己的喉嚨」。他沉痛地質問，「為甚麼大自然沒有在人的內心中放置一種對自由的強烈渴望？而自由是如此重大，如此值得嚮往的一種恩典，以至於一旦喪失，一切禍事都會接踵而來，乃至剩下的美好事物也會因奴役造成的墮落而變味」。拉波哀西對人之輕易放棄自由痛心疾首，因為他深信，第一，「我們的靈魂中都有一些與生俱來的理性種子，這些種子如果受到良好忠告和訓練的滋養，就會綻放出美德的花朵。但是另一面，如果它們不能抵抗周圍的邪惡，就會窒息和枯萎」。第二，既然大自然這個「善良的母親將整個世界給予我們作為居住的地方，從而使我們可以通過我們思

想的、共同的、相互的表達來實現意志間的交流。所以毫無疑問，我們天生都是自由的，因為我們都是夥伴，因此任何人都不應該認為自然已經將我們中的一些人置於奴隸狀態」。第三，爭論自由是否是自然的沒有任何意義，因為除非遭到不公正對待，沒有一個人會處於奴隸狀態，而且在由自然統治的世界裏，沒有甚麼比不正義更違背自然。「既然自由是我們的自然狀態，我們就不僅擁有它，而且還有強烈的願望去保護它」。在如此雄辯地論證了自由的天然合理，不可讓渡和至高無上之後，拉波哀西慷慨陳辭，「現在，如果偶爾有人懷疑這一結論並墮落到不能認可自己的天然權利和天然傾向，我將不得不給予適合他們的名稱，並把這些可謂野蠻的畜牲置於佈道壇上來照亮他們的本性和境況。這些十足的畜牲，求上帝幫幫我吧！如果人們還不是太聾，就向他們大喊『自由萬歲』」！少年氣盛的拉波哀西痛心疾首於人們不知自己的自由是天然權利，他憤而責罵那些放棄自由的人是畜牲。語氣雖激烈，卻道出一個基本事實，自由乃是人之為人的本質要求，處於不自由狀態下的人，如果不是心念自由而無力反抗，而是自願作奴隸，甚至對暴君感恩戴德，那他就已經失去人之為人的本質。這是一個本質論問題，也是一個道德的絕對律令。

　　拉波哀西對放棄自由的人持責甚苛。因為在他看來，「自由似乎是人們唯一不想堅持的快樂，因為，如果人們真的想要它，就肯定能夠得到它。顯然，人們拒

絕這一美好的特權，僅僅是因為它太容易獲得了」。拉波哀西認為，「只要你們去嘗試，不用採取行動，僅僅願意自由就可以。一旦決定不再充當奴僕，你們馬上就自由了。我不是讓你們高舉手臂打倒暴君，而只是讓你們不再去支持他，然後你們會看到，他就像一個被抽去底座的巨型塑像，重重倒下，摔成碎片」。拉波哀西的邏輯簡潔、清晰、有力，既然一切暴政都存在於民眾的普遍認可之上，那麼民眾一旦醒悟，轉身撤回這個認可，暴政就不再存在，它就必然垮台。這一簡單的想法卻有強大的邏輯力量。它是未來世界非暴力對抗、公民不服從運動的先聲。所謂非暴力反抗，所謂公民不服從，就是說推翻暴政的統治並不一定需要暴力，需要武裝奪取。因為暴力只會引發暴力，以暴力奪取的政權，通常比它推翻的哪個政權要更兇殘邪惡百倍，因為新統治者怕暴力奪取的過程中欠下的血債會要求報復。這就是斯大林的個那所謂「社會主義建設越接近勝利，階級敵人的反抗破壞越瘋狂」的理論來源，也是所謂「無產階級專政下繼續革命」理論的來源。在拉波哀西看來，「很明顯，沒有必要為了戰勝這個單獨的暴君而打仗，因為如果這個國家不同意自身受奴役，這個暴君就會自動被打敗，不必剝奪他任何東西，只要不給予他任何東西，這個國家無須為保護自己而付出任何努力，只要它不自己反對自己。因為，正是國民本身允許甚至造成了他們的屈從地位，因此，通過停止順從，他們就能夠終

讀與思

止奴役狀態」。拉波哀西的這個思想成為後世梭羅、托爾斯泰、甘地等人非暴力反抗和公民不服從運動的先聲，並在隨後的世紀中，為政治鬥爭提供了思想資源和新的方式。

五　啟蒙之光照亮自由之路

在拉波哀西看來，獲取自由的行動是如此簡單，只要人民不再幫助暴君奴役自己，只要人民撤回對奴役狀態的認同，只要人們不再自願受奴役而是主動對暴君說不，暴政就會垮掉。在納粹德國時期，流傳過一張照片，在一場公眾聚會中，成千上萬的人都舉臂行納粹禮，但在這如林臂膀之中，卻有一個人雙手緊抱在胸前，面帶譏諷的表情，拒絕行納粹禮。他的名字叫奧古斯特·蘭德梅瑟。我們可以設想，如果真像拉波哀西所論，人們同心一致地撤回對納粹暴政的支持，不是萬眾一心高舉手臂行納粹禮，而是集體沉默，全體轉過身去，背棄主席台上喧囂的納粹領袖，接下來的結果一定是納粹的統治無法維持。公開的唾棄就是最勇敢的反抗。這個局面，在齊奧塞斯庫倒台時，我們親眼所見。但是問題來了，為甚麼在歷史的大多數情況下，人民寧願接受奴役狀態，而並不採取拉波哀西所提倡的非暴力反抗呢？原因可能有很多，但最重要的是，暴政總是想盡一切辦法鉗制言論和思想自由，切斷能喚起人們的自

由記憶的通道，盡一切可能讓人民陷於愚昧之中。在中國，這是個由來已久的傳統，以我們前面所舉法家為例，《商君書》中專有一節講「一教」，就是要消滅一切博聞慧辯，禮樂修行，不許有獨立思想，不許發表不同意見。也就是，「不可獨立私議，以陳其上」。

拉波哀西列舉了三種不同方式獲得權力的暴君。第一是通過選舉上台，第二是通過武力征服，第三是通過繼承祖傳。而那種通過人民賦權的暴君總會傾向於以終身制的方式把權力傳給他的後代，而他的繼承者保持暴政的方法是「依靠加緊控制並讓其臣民遠離任何自由觀念，以至於即使對自由的記憶也要被迅速抹去」。這樣造成的後果很可怕，因為「某些全然新生的人，他們既不知道奴隸制度，也沒有對自由的渴望，甚至連這些字眼都不知道。如果允許他們在奴隸與自由人之間作出選擇，他們將選擇哪一個呢」？拉波哀西隨即就提出一個啟蒙的問題，「因為在任何地方，任何氣候下，屈從都是痛苦的，自由都是愉快的」。但如果有一些人，像荷馬史詩《奧德賽》中的西米里族人，從來就沒有見過太陽，他們生於黑暗、長於黑暗。我們怎麼能責怪他們不追求自由呢？拉波哀西說，「在我看來，人們應該憐憫那些生來就被枷鎖束縛的人。我們應該原諒並寬恕他們，因為他們甚至連自由的影子都沒有見過，對它根本一無所知，因而不會察覺到他們在自身的奴役中始終忍受的罪惡」。誰能讓這些人知道自由，誰能喚醒他們熱

愛自由的本性？拉波哀西堅信存在着一些賦有啟蒙使命的人，他們是暴君的天敵。他說，「總有一小部分人比別人的天賦要好一些，他們感覺到枷鎖的沉重，所以禁不住要擺脫它，他們是這樣一些人，從不會在臣服下變得順從，而是像尤利西斯那樣，無論是在陸地上還是在海上，總是不斷尋找故鄉的炊煙，他們情不自禁地想起自己的自然特權，回憶起他們的前輩和他們先前走過的道路。實際上，這些人擁有清醒的頭腦和遠見卓識，他們不像粗野的大眾那樣只滿足於眼前的利益，而是要環顧四周，觀察前後，甚至要回憶過去的事情，以便判斷未來的事情，並將兩者與現狀作比較。他們是自身有着健全的頭腦，並通過研究和學習得到進一步訓練的人。即使自由在地球上完全毀滅，這些人也會將其創造出來。對他們而言，奴隸制度不管偽裝的多麼巧妙，也不會給他們帶來滿足」。

在拉波哀西心中，這不是他一廂情願的幻想，而是歷史上實有其例。他舉出的例子是兩名斯巴達使者去波斯王薛西斯那裏贖罪，因為在希臘與波斯的戰爭中，斯巴達殺了波斯的使者。一位波斯官員對這兩名使者說，「如果你們服從國王，他會讓你們成為希臘城邦的統治者」。而斯巴達使者卻回答說，「你僅僅享受過國王給你的好處，卻不知道我們曾享受過的好處，那就是作一個自由人，你不明白自由是多麼美好。如果你知道了，你就會同意，我們會盡一切力量保衛它，不僅用長矛盾

牌，甚至用指甲和牙齒」。我們知道，拉波哀西的思想在後世確實啟發了那些為捍衛人類的自由和尊嚴，爭取公正和人權而奮鬥的人。比如托爾斯泰。托爾斯泰熟讀《自願奴役論》，據說他在讀到拉波哀西對人的自願奴役狀況的描述時，淚如雨下。他在《愛的法律與暴力的法律》這篇文章中，大段引用拉波哀西的話，並指出，「工人從目前強加給他們身上的管制中並沒有獲得任何好處，他們最終會認識到使自己能夠生存和解放的最簡單易行的道路，避免介入暴力是他們合作的唯一可能」。這就是非暴力反抗。在托爾斯泰看來，使用武力永遠都是錯誤的，這永遠表明惡意，他甚至認為，在不抵抗或非暴力抵抗的原則下，人類社會的一切政治、社會問題都能解決。在他看來，凡是政府都必然趨向邪惡，一切權力都有自我擴張的趨向。所以，人們要時刻準備反抗，只是這個反抗必須是非暴力的。我們可以認為他的理論在現實中行不通，但我們不能否認這是一種理想，非暴力是人們應該追求的目標。在聖雄甘地反抗英國殖民統治的過程中，他和托爾斯泰通信，兩個人取得一致看法，而甘地就在印度反抗英國的鬥爭中實踐了這些理論，它是以公民不服從為形式的。所謂公民不服從，就是在認識到現有法律是惡法，是剝奪人的基本權利的非正義的律法，人們就不服從它，不是通過暴力去推翻征服，而是不服從政府法令，而依照自己良心所判定的更高的正義去行動。這正是拉波哀西所論證的，撤

除對暴政的服從、支持，而背過身去，以否定的態度對待暴政的要求。

甘地要前往三巴朗地區調查農民與種植園主之間的衝突，當局下令禁止他前往，但他完全不理會禁令，去了三巴朗，於是被逮捕、關押、驅逐。他發表聲明說，「我冒昧作這個聲明，並不是希望我應得處分有所減輕，我只是說明我所以違背命令並非不尊重當局，而是要服從我們生活中更高的法則，那就是良心的呼聲」。這正是自然法的觀念。其實，所有非暴力反抗，公民不服從運動都是以這個原則為基本理由，只是有些人不知道這個理論的存在。托爾斯泰是從基督教的博愛原則出發，而博愛原則正是自然法中正義原則的要素，而自然法在中世紀神學家那裏，比如聖托馬斯・阿奎那，就是神意對塵世的要求，它要求塵世以神意之善而行善。

一九三〇年三月，聖雄甘地又發動一次大規模的公民不服從運動，在印度，鹽的採集、販賣、稅收由英國殖民政府統管，但甘地要挑戰這個法律，他帶領人們從沙爾馬蒂出發往丹地海邊淘鹽。他雖然被逮捕，但他平靜地接受這個逮捕，給印度人民作出一個公民不服從、非暴力反抗的表率。當然，我們還要提到那位寫《瓦爾登湖》的梭羅。他是公民不服從的最早實踐者。他認為美國與墨西哥的戰爭是不合理的，因此他拒交人頭稅而被關押。他的名言就是「當政府的暴政或無能嚴重且無法忍受，公民有權拒絕服從並反抗」。甘地也讀梭羅，

後來的馬丁・路德金更是梭羅的崇拜者。而我們知道，甘地領導的印度獨立運動，馬丁・路德金領導的美國民權運動都取得了實質性的勝利。不過我要指出一個事實，公民不服從和非暴力反抗的推行，要看你面對的統治者是誰。在英美可以成功的公民不服從運動，在俄國就不可能成功。列寧曾嘲笑托爾斯泰的迂腐。在共產主義意識形態中，永遠是槍桿子裏面出政權。但結果又如何呢？一九二六年，胡適先生去俄國訪問，寫信給徐志摩，說蘇俄真正在作一個認真的試驗，將來有可能從狄克推多（就是dictatorship暴政專制）進到民治社會。徐志摩給他回信說，「他們許諾了一個天堂，但到這天堂前要跨過一道血海」。而歷史的經驗告訴我們，那是一道永遠也跨不過的血海。

周輔成先生說過，「做奴隸不可怕，人因不可抗拒的原因而淪為奴隸的情況時常會有。但要記住，不要自願做奴隸。讀書思考就是為了提醒自己不要淪為奴隸而不知」。這段話是對拉波哀西《自願奴役論》一書的最好總結。

小王子

遺世獨立的童話

一　童話形式的哲理詩

　　《小王子》這本書有點奇特，它是一本很小的書，翻譯成中文也不過八萬多字，而且從頭到尾你也找不出一個完整的故事，可以說是一無情節二無線索。隨便拿出來讀一段，絕不會吊人胃口，讓人欲罷不能，非一口讀完不可。但它卻如此著名，在法國可謂是家喻戶曉，盡人皆知。在世界上它被翻譯的語種之多，僅次於聖經，甚至連那些極小的語種都有譯本。例如在阿根廷，僅有五千人使用的托巴語，竟然也有一個譯本。這究竟是為甚麼呢？我想，首先，因為它是一部寫給大人看的童話。作者聖埃克絮佩里（Antoine de Saint-Exupéry）在書前獻詞中說：「請孩子們原諒，我把這本書獻給了一個大人」。他自己隨後又解釋說，「我很願意把這本書獻給孩子。這個大人曾經是那個孩子，所有的大人都曾經是孩子。（但是他們當中很少有人記住這一點）。所以我把獻詞改為獻給萊昂・韋爾特，當他是個孩子的時

候」。很明顯，作者心裏的讀者並不是孩子，而是那些「曾經的孩子」。因為實際上孩子自己就是童話。要去理解童話的，反倒是曾經是孩子的成人。其次，單純的、經典意義上的童話是甚麼呢？我們也讀過，給我們的孩子也講過，在孩子的心目中，當然是那些講故事的童話，像格林童話、豪夫童話、安徒生童話、佩羅童話，是那些白雪公主、小美人魚、小紅帽、小鹿邦比、睡美人這些人物。他們以故事情節、人物性格，以明確的善惡來打動孩子。但《小王子》不是。讀這部書需要思索，要動動腦子。小王子的那些經歷、行為、想法都充滿了寓意、隱喻、象徵，不那麼直觀，讓人一看就明白。

但是一個成人，整天在紅塵中勞碌奮爭，免不了人際間的利害算計，爾虞我詐。他們要是能抽空讀讀這書，書中的那些寓意，會疏通他們早已被淤塞的感覺，或許會使他們重溫童年的溫馨與平靜，促使他們慢下來，想一想，去重新體會生活的意義。所以用稍微哲學一點的話來說，孩子們的童話世界是直接性的現實存在，大人的童話世界是間接性的可能存在。不過有一個事實不能忘，成人也需要童話，一個不能體會童話提供的另一位的成人，肯定是枯燥無趣兒，面目可憎的行屍走肉。再次，以我個人的閱讀體驗，這部書更是一首童話形式的哲理詩。它雖然不分行，但有內在的節奏、呼吸和韻律。這一點在讀法文原版時，更能體會到。所

謂哲理詩不是哲學詩，它幾乎沒有一句話是用哲學的語彙來表達。但仔細琢磨，你能體會到文本中那些相當深入的、引人思考的問題。這個特點讀過盧克萊修《物性論》的人一定能夠比較得出來，盧克萊修用詩直接討論宇宙起源、質料、形式、認識等問題，但是《小王子》卻用孩子的詢問來讓你思考屬於終極關懷的問題。比如第一節，小王子抱怨，「大人總是自己甚麼也弄不明白，需要孩子們給他們解釋呀解釋，真累人」。大人弄不明白甚麼？在聖埃克絮佩里看來，大人看不出表面現象背後的意義。他舉的例子是，小王子畫了一條吞食猛獸的大蟒蛇，而問所有的大人，這幅畫畫的是甚麼？大人都回答他說，這是一頂帽子啊。他要把這幅作品、他稱之為一號的剖面畫出來，也就是說要讓大人知道表面和實質是不一樣的。可大人說，你還是關心一下地理歷史算術語法吧。結果是，第一，大人不會也不肯花力氣想想，這幅外表像一頂帽子的畫，究竟意義何在？也就是說，成年人不再有好奇心了，不再想問為甚麼了。

所謂哲學，柏拉圖和亞里士多德都談過，起於驚愕。柏拉圖還特別說過孩子的好奇心與培養哲學思考能力的關係。聖埃克絮佩里在書的開始就埋下了一個最深入的哲學問題，那就是希臘先哲們所反復告誡世人的：「未經反思的人生，不值得一過」。這不是說，人不該活着，而是說這種活法缺乏意義，而缺乏意義的活着，和動物的生存區別不大。人要有動物性的生存，但

人不是簡單的動物，他還有精神的生存。這個簡單而重要的事實現在竟然不大有人注意了。第二，這種對現實存在的意義的漠視，扼殺了兒童成長為一個完整的人的通路。大人要求孩子的首先是工具性的東西，而不是靈智性的東西。在現實生活中，我們幾乎每天都能看到這種事情在發生。於是聖埃克絮佩里就給我們描述了一個場景，他讓小王子說，「當我遇見一個我覺得稍微清醒一點的大人時，我就把我一直保存着的作品第一號拿出來試一試。我想知道他是不是真的搞明白了。但是他總是回答我說，這是一頂帽子。於是我就再也不跟他說甚麼蟒蛇呀、原始森林呀，星星呀等等。我跟他說一些他們能夠懂的事情，我跟他談橋牌、高爾夫球、政治和領帶。大人很高興，他結識了一個跟他一樣通情達理的人⋯⋯」。這個場景很重要，聖埃克絮佩里劃分出了兩個世界，我們可以分別稱之為星星的世界和高爾夫球的世界。這兩個世界是小王子這本書的背景，藏在各個章節背後，若隱若現。

二 誰是聖埃克絮佩里

我們要先談談小王子的作者聖埃克絮佩里，因為書中有許多場景來自他本人的經歷。他出身於一個有古老歷史淵源的法國貴族家庭，他的家族世系可以追溯到一二三五年，也就是十三世紀初。他的家族在法國普羅

旺斯省有一座拉莫勒城堡。他父親聖埃克絮佩里伯爵四十歲就去世了。他母親是一位美麗高貴的夫人，有相當的藝術才能，她的繪畫作品被法國的里昂國家博物館收藏。聖埃克絮佩里很愛他的母親，很大了還和母親撒嬌。而這個母親很早就認定這個孩子能有大出息。在離拉莫勒城堡幾公里遠的地方有個飛機場，聖埃克絮佩里從小就愛去那兒玩兒。那裏有一位飛行員叫朱爾韋‧德里納，他是一位頂級飛行員，開闢過好幾條航線。他帶小安東尼飛上了天，後來聖埃克絮佩里曾經對她的姐妹們說，你們瞧吧，等我飛起來的時候，人們會歡呼，聖埃克絮佩里萬歲。一戰結束以後，他終於進了斯特拉斯堡航空學校。他的一個同學談到對他的印象時說，他就像一個渴望瞭解無限世界的靈魂。後來他開始寫作，主要寫飛行員的生活，寫他那些朋友，他的名著《人的大地》中，那位經常出現的飛行員吉約姆就是他最好的朋友，不幸在一九四〇年被德國飛機擊落犧牲了。聖埃克絮佩里極為傷心。沒想到在戰爭臨近結束的時候，他本人也追隨他的朋友而去。那天他出動執行任務，再未返回，因為始終沒搞明白他究竟出了甚麼事，所以當時報的是「失蹤」，而不是「陣亡」。一九九八年九月，一個突尼斯水手在馬賽附近的海域打撈起了聖埃克絮佩里的手鐲。二〇〇四年九月，人們又在同一個海域打撈出他所駕駛的飛機，萊克寧38F5B的殘骸，最終斷定他確實葬身地中海。這其實是他年輕時的一個願望。他曾經

說過，我將手舉十字架，安靜的躺在地中海的懷抱。

聖埃克絮佩里一九二五年被派駐非洲的朱比角，這是沙漠邊緣的一個小鎮，他在這裏擔負救援任務。若飛機出故障落在沙漠中，他負責組織搶救和修理，所以小王子裏那個「我」老在修飛機，這是他的親身經歷。他坐在大沙漠一隅，眺望無邊無際的沙漠裏日出日落，繁星皓月，在寂靜中思索生命。一九三六年底，聖埃克絮佩里準備去參加一次冒險，打破巴黎飛西貢的速度記錄。但是他們失敗了，飛機墜毀在沙漠裏，他和機械師普雷沃在沙漠裏飢渴難捱的過了三天才被救起。他把和小王子的相遇，安排在一個同樣的境況中。「第一天晚上，我就住在距有人居住的地方千里之遙的沙漠裏，我真是比漂泊在大洋深處木筏上的遇難者還要孤獨。第二天，天剛亮，一個奇怪而微弱的聲音把我弄醒了，你可以想像我是多麼的驚訝。那個聲音說，『請您給我畫一隻綿羊吧』」。《小王子》中有許多隱喻，這裏的羊就是一個隱喻。「我」，也就是和小王子相遇的這個飛行員，畫了三隻羊，這個小傢伙全不滿意。於是，「我」就畫了個盒子說，「這是盒子，你要的羊就在裏面了」。結果這個小傢伙樂了，說，「這正是我要的」。他低頭看着畫說，「不是那麼小……。看，他睡着了」。這個隱喻的謎底在書後面的敘述中披露出來。聖埃克絮佩里說，「只有用心才能看得清楚。眼睛是看不見本質的」。他用這個隱喻提醒我們，孩子的想像力

是有存在的正當性的。這個正當性，對大人是一個告誡，不要被表面現象迷惑，生活中的真理並不是擺在光天化日之下隨手可取，而是伴隨着想像，甚至會和你眼前所見的東西不一樣。

三　信息與價值

法蘭克福學派的大家馬爾庫塞對後現代社會中單面人有極中肯的分析。在一個後工業化的單面社會中，人們所談論的其實是一個封閉的論域，它由廣告宣傳、娛樂八卦、市場化的出版物組成。你談的問題，其實是由各種各樣無形的力量在操縱着。這一點，我們在互聯網時代就更明顯了，海量的微信傳播的信息、消息、評論，實際上是由背後的技術篩選過的。它甚至是通過一些算法，所謂敏感詞的自動識別系統，決定哪些問題不許你觸及。可是廣大革命群眾，卻在不停地把這些被過濾完了的信息傳個不停，感覺自己很是自由自在。其實，他們在不停地傳播的，不過是被那些匿身網後的人咀嚼過的一些信息渣滓。所以馬爾庫塞提出詩的語言來作為否定性的力量。他認為，「詩的語言，把不在眼前的東西呈現出來，並且以此為手段來創造和活動，這是一種認知語言。但這種認知，破壞了當下肯定之物。在認識的功能上，詩承載着運思的偉大任務」。小王子就看出了「我」畫出來的這個方盒子的意義。這個盒子並

沒有羊的形狀，是小王子的想像，讓一隻小羊睡在了盒子中。這就提醒人們，如果你缺乏獨立的想像力，而只追隨大眾傳媒給你的垃圾信息，現代技術造成的傳播的方便，只給了你一種偽自由和愚蠢的快樂。

在單面的社會中，在目前這種海量的信息中，人們很容易獲得一種愚蠢的快樂。這種愚蠢的快樂在判斷事物價值的時候，有一個共同的趨勢，就是把外在的、可見的、可憑經驗來估價和計量的屬性，當作事物的實質和價值。價值一詞，可以表示值多少錢，也可以體現着某種意義。我們可以回想一下，海德格爾對梵高所畫的那雙農鞋所做的闡釋。他說，「在這鞋裏，回響着大地無聲的召喚，顯示着大地對成熟穀物的寧靜饋贈，表徵着大地在冬閒的荒蕪田野裏朦朧的冬眠」。在海德格看來，這幅畫中的農鞋溝通了人與世界，在其有用性中透露出世界的本質性存在的豐富性。人憑借穿上這雙鞋，足踏大地的可靠性，把握住了大地無限延展的自由。這是一種價值，但是這幅畫還可以體現為裝在畫框中的器具，向運送煤一樣被運來運去，在市場上被估價出賣，而成為純粹的可以討價還價的價值。這個時候，它已經失去了其本真的連接人與大地，連接在者與在的價值。

小王子裏有一段話，是作者站在孩子的角度發表的看法。他說，「大人喜歡數字。當你們向他們談到一個新朋友的時候，他們從來不向你們打聽問題的實質，他們絕不會這樣問，他說話的聲音怎麼樣？他喜歡甚麼

遊戲？他蒐集蝴蝶嗎？他們會問，『他幾歲了？他有幾個兄弟，他體重多少？他的父親掙多少錢』？他們以為只有這樣才是認識了這個人。如果你們對大人說，『我看見了一座用粉紅色的磚砌成的美麗的房子，窗前開着天竺葵，屋頂上有鴿子……』。他們想像不出這房子甚麼樣。你得跟他們說，『我看到了一座十萬法郎的房子』。這時他們就會說，『多漂亮啊』」。在作者心目中，孩子的思考角度和海德格爾竟有相同之處。所以海德格爾認為《小王子》是法國最重要的一本書。《小王子》的中譯者郭宏安先生揭示了一個重要的事實，海德格爾保存了一本《小王子》，是一九四九年瑞士出版的德文第一版，封面上寫着這樣一句話，「這不是一本寫給孩子的書，這是一個偉大的詩人為緩解孤獨而發出的信息，這個信息引導我們理解這個世界的巨大秘密。這是海德格爾教授喜歡的一本書」。郭先生揭示的這個事實極重要。我很久以前讀《小王子》，總覺得小王子的孩子話裏有着極深的寓意。海德格爾喜歡這本書，顯然是書中所揭示的思想，和他的思想有暗合之處。

四　友誼與孤獨

　　聖埃克絮佩里在這部書中還幾次講到友誼，這是他本人內心情感的流露。因為他是一個極重朋友的人，他說，「我很想用講神話故事的方式來開始講我這個故

事。我很想説，『從前有一個小王子，他住在一個比他大一點的星球上，他想找一個朋友』」。這話是他的自我表露。有許多研究者認為小王子這個人物其實就是成年的聖埃克絮佩里看童年的自己。這話有幾分道理。我們可以從一件事情上看出他是多麼看重朋友。他有一位同事叫吉約姆，是當時最出色的飛行員。在聖埃克絮佩里的書中，他常常是個重要人物。當聖埃克絮佩里完成了他的著作《人的大地》時，他悄悄地把書題獻給了吉約姆。書印好之後，他想給朋友一個驚喜，偏巧那天吉約姆出門釣魚去了。當他回家時，看門人對他説，您家的電話整整響了一天。正説着電話又響了，拿起電話是聖埃克絮佩里憤怒的聲音，「你可回來了！你怎麼不打招呼，一天不在家」？吉約姆不摸頭腦，他説，「這是我的權利啊」。聖埃克絮佩里很霸道的説，「不，你沒有這個權利。我要見你」。「好，那你過來吧」。一會兒，他就來了。夾着兩個紙包，對吉約姆説，「你發誓，之前你甚麼都不知道」。吉約姆不明白，説，「發甚麼誓啊」？但是聖埃克絮佩里非要他發誓，他就一本正經他發了誓。然後聖埃克絮佩里遞給他一個小包，打開一看，是《人的大地》的初印本，扉頁上題着，「謹以此書獻給我的戰友亨利·吉約姆」。一瞬間淚水模糊了吉約姆的雙眼，兩人默默相對，然後緊緊擁抱，許久不肯鬆開。所以聖埃克絮佩里在《小王子》中深情地寫道，「我不願意人們用輕率的態度讀我的書。講起這些

回憶，我感到滿腹心酸。我的朋友帶着他的綿羊已經在六年前離我而去了，我試圖再次描寫他，是為了不忘記他。忘記一個朋友是令人感傷的，並不是每個人都有朋友啊」。他這是在對小王子說話，其實是他的內心獨白。

我們已經指明，在海德格爾保存的《小王子》一書的扉頁上寫有「一個偉大的詩人為緩解孤獨而發出的信息」。書中聖埃克絮佩里借小王子之口，借「我」這個第一人稱的敘事者與小王子的交往，道出了他對孤獨的體驗。這個體驗來自兩個方面，一個是親身經歷的體驗，一個是內心對超驗性的沉思。從個人親身經歷來說，聖埃克絮佩里是個飛行員，他的日常生活就是孤身一人翱翔在無盡的天空中，與藍天白雲、晨風旭日、明月晚星為伴。我們前面說過，他曾在沙漠深處的朱比角做一名飛行救援人員。當沒有郵政班機來臨的時候，這裏靜得只能聽見沙漠中熱風的呼嘯和海浪衝擊沙灘的轟鳴！沙漠中的孤獨感是無限的，正是這種孤獨感使人更貼近無限，貼近市場繁囂中感覺不到的超驗之思。這種境遇讓我們想起早期基督教的那些沙漠教父。例如最著名的聖安東尼，他就認為只有孤獨才能煥發人的靈性與神相通。聖埃克絮佩里自己說，「我生活在飛行的領域中，感受着夜幕降臨的時刻，人們封閉在黑夜裏，就像幽居在寺廟裏一樣，人們將自己封閉在秘密的宗教儀式裏，陷入無助的沉思之中」。在這個背景下，我們能體會小王子的內心世界。小王子是不期然地闖入了聖埃克

絮佩里的孤獨之中。書中第二節開頭就講，「我就這樣孤獨地生活着，沒有人能真正談一談。直到六年前，我的飛機在撒哈拉大沙漠拋了錨」。小王子就是在這個沙漠中遇到了「我」，並且讓他畫一隻綿羊。聖埃克絮佩里賦予小王子一個特性，就是他要朋友。他在書中寫道，「從前有一個小王子，他住在一個比他大一點的星球上，他想找一個朋友」。聖埃克絮佩里把他的書獻給朋友吉約姆，但他犧牲了。他駕駛一架沒有武裝的運輸機，在大西洋上空被敵人擊落。聖埃克絮佩里痛徹心腑。他說，「我感覺也隨他死去了，我們是同樣材料鑄就的人」。

「我」和小王子偶然落在一片荒無人煙的大漠之中，孤獨感自然使他們成為朋友。而且朋友就是這個世界中唯一的意義。有朋友才有交流，才有人與人之間的情感、關懷、憂慮，才有相逢、分別、思念，才有杜甫對李白的思念：「故人入我夢，明我常相憶」，兩個人會談些甚麼？談花，在小王子那裏，一朵花代表一個美的世界，這個世界應該受到保護，至少應該能夠自我保護，但是他卻發現這是辦不到的。因為「我」告訴「他」，一朵花，哪怕它帶刺，也會被羊一口吃掉。小王子為這個事實流下了眼淚。他對「我」這個成人世界的代表，這個執著於「要從馬達上卸下一顆擰得太緊的螺絲」，「手指沾滿污黑的油泥」，「忙着正經事的人」憤怒地說，「如果一個人喜歡一株花，它在千萬顆星球上是獨一無二的。當他仰望群星時足以使他感到幸

福。他會想，『我的花就在那兒的某個地方……』。要是綿羊吃掉了花，對他來說就好像所有的星星突然間熄滅了。難道這不嚴重嗎」？説出這些，小王子哽咽起來，這個「我」突然意識到這不是一個小問題，「於是我放下我的工具，我的錘子，我的螺絲，還有渴啊死啊，通通不放在眼裏了。在一顆星星上，一個星球上，我的星球上，地球上，有一個小王子需要安慰……。我感到很笨，不知道如何才能安慰他，如何與他的心相通。眼淚的國度是那樣的神秘啊」。

聖埃克絮佩里在這裏有一個雙重的隱喻，一個是顯象的，花作為美的象徵，柔弱，無法保護自己。它處於正經事之外的世界。但同時對那些懂得美、愛美的心靈而言，它又極為重要。沒有美，這個世界就一無所有，是一個「星星突然間熄滅了的世界」。一個黑暗乏味，沒有生命的世界。另一個是隱象的，這花象徵着他的妻子康絮哀羅。他在小王子與花的隱喻裏，表達了他對康絮哀羅的情感。她與康絮哀羅相識於布宜諾斯艾利斯，一天他們正走在街上，突然一陣騷亂，還有槍聲，這個嬌小的女人緊緊貼到他的身上說，摟着我。就是她，後來成為了聖埃克絮佩里的妻子。康絮哀羅有着南美女子的熱烈又暴躁的性格，他們兩個人的生活充滿了吵鬧離別。但每次暴風雨過後，又會回到無盡的思念、悔恨。聖埃克絮佩里有一位紅粉知己，他把所有的手稿都留給了這位紅粉知己，而她也出色的完成了編輯出版他的遺

著的責任。儘管如此，聖埃克絮佩里仍然深愛他的妻子，對自己常常離開她，獨自遠行充滿自責。他在紐約寫《小王子》的時候，他的妻子不在身邊，但是遠離給了他機會，讓他反省他的愛情生活，體會他妻子的性格與情感。所以《小王子》一書的第八節完全是他內心反省的寫照。小王子碰到的這朵花任性、嬌氣、虛榮，還愛找麻煩，讓人很難伺候。但是小王子説，「永遠不要聽信花兒的話，只應該看她們，聞她們。我的花使我的星球充滿了清香，但是我不知道如何享受」。「那時我一點也不知道理解，我應該根據行動，而不是根據言詞來評判她。她使我渾身散發着香氣，它照亮了我，我不應該扔下她跑了！我應該在她可憐的小把戲後面看出她的溫情。花是那樣的矛盾，但是我太小了，不知道愛他」。這其實是聖埃克絮佩里借小王子之口説出自己的心裏話，而且他幻想他的妻子康絮哀羅會懂他的心，於是他就讓花兒回答道：「我過去真傻，請你原諒我吧，祝你幸福！是的。我愛你。花對他説，你一點也不知道，這是我的錯。」

五　童話與現實

　　我們知道聖埃克絮佩里的《小王子》是在寫一個童話，與他創造的這個童話世界並行或對立着一個成人世界，也就是我們眼前的現實世界。這個世界可遠沒有小

王子那個小小星球那麼單純，聖埃克絮佩里給這個世界編號，從三二五到三三〇，每個號代表人類現實世界的一種特徵。先看第一個行星，上面住着一個國王，小王子從這個國王身上看到幾個特點，在國王眼中所有的人都是他的臣民，而且國王的職責就是下命令和禁止。小王子打個哈欠，國王也要禁止。當小王子忍不住要打哈欠時，國王也要下個命令，把這個生理活動變成國王的敕令。國王說，「我命令你打哈欠。我已經好多年沒看見人打哈欠了。再打一個，這是命令」。而且一個專制的國王，他不能容忍反抗，只允許順從，而且他永遠自以為是，相信自己統治着整個宇宙，掌握着宇宙真理。小王子問他，「星星會聽您吩咐嗎」？他信心滿滿地說，「當然，它們立刻服從」。可人們知道這不過是虛妄的幻想，權勢的維繫必須建立在誇張的幻想之上，幻想自己掌握了宇宙真理。第二個星球上，住着一個虛榮的人，他相信所有的人都崇拜他。他問小王子，「您真的很崇拜我嗎」？小王子問他，「崇拜是甚麼意思啊」？「崇拜意味着承認我是這個星球上最漂亮的人，穿得最好的人，最富有的人和最聰明的人」。小王子奇怪了，「可在你的星球上就你一個人啊」。這位愛虛榮的人，一下子露出他的本性說，「你讓我高興一下吧，還是來崇拜我吧」。小王子回答說，「我可以崇拜你啊，可這對你有甚麼用呢」？小王子的疑問解釋了虛榮這個品性是以無意義來充當意義，是一種最不真實的心理感受。

第三個星球上，住着一個酒鬼，他每天喝酒，並且知道當一個酒鬼很令人羞愧。而為了擺脫這個羞愧，他又只能靠喝更多的酒來麻醉自己。其實這是人類社會中很常見的一個現象。人們常會做更大的錯事來掩飾自己已經犯下的錯誤。第四個星球上住着一個生意人，小王子見他的時候，他在不停的數數，數天上的五億多顆星星。小王子問他，「你要這些星星幹甚麼呀」？他的回答是，「甚麼也不做，我擁有它們」。小王子再問，「擁有星星對你有用嗎」？他說，「這使我很富有啊」。「富有對你有用嗎」？「有用啊，我好買其他的星星」。小王子很不理解，因為他只知道擁有一件東西是為了使用它。他說，「如果我擁有一條圍巾，我可以把它圍在脖子上，帶着它到處走，如果我擁有一朵花，我可以摘下來戴上」。但是在生意人看來，佔有就是目的，他的生命的意義完全是物化的，數字化的，是為物所役的。這是商業社會中人性異化的一個典型。在小王子的世界裏，天上的星星能夠喚起詩意的存在。而生意人卻說，「我把我的星星的數目寫在一張小紙條上，然後我把這張小紙條鎖在抽屜裏」，小王子則對這位生意人說，「我擁有一朵花，我每天給它澆水。我擁有三座火山，每個禮拜我都通火山，我擁有它們，這對我的火山，對我的花都有用處，但是你對你的星星卻沒有用處啊」。生意人張口結舌，無言以對。第五個星球上住着一個點燈的人，他每天按時點亮燈，又按時熄滅它。

小王子不明白，在一個既沒有房屋又沒有居民的星球上，一盞路燈和一個點燈人，他有甚麼用呢？但是他佩服這個按照規則兢兢業業工作的人，因為他想，「這個人哪，可能所有的人都看不起他。國王，虛榮的人、酒鬼，生意人都不把他放在眼裏。但是在我看來，他是唯一不可笑的。可能因為他關心的是別的事情，而不是他自己」。第六個星球上，住着一位老先生，「他是一位地理學學者，他知道海洋、河流城市、山脈和沙漠在甚麼地方」。他讓小王子去看看地球，於是小王子就落到了地球上，落到了大沙漠中。他就是在這兒遇見了那個修理飛機的飛行員，也就是作者聖埃克絮佩里。

但是在他與小王子相遇之前，小王子已經遇到過一條蛇，它告訴小王子，「所有我接觸到的人，他從土裏來，我就送他回到土裏去」。小王子又登上一座高山，進入一座玫瑰園，在那裏他能發現和他自己那座孤獨的小行星完全不同的東西。最後他碰到了一隻聰明的狐狸，它為小王子解答了所有的困惑。它告訴小王子，「只有用心，才能看得清楚，眼睛是看不見本質的」。最後當小王子和那個掉在沙漠中的飛行員再見面的時候，他終於說服了飛行員，讓他也承認，「不論是房子，是星星還是沙漠，使他們美的東西是看不見的」。在飛行員陪伴小王子的幾天裏，他們在沙漠中找到一口水井，在這口水井的旁邊，飛行員，也就是作者聖埃克絮佩里沉浸到他自己的童年幻想中。他和小王子一樣，

體會那節日一樣美的童年。「我把水桶舉到他的唇邊，他喝着，兩眼緊閉。這真像過節一樣美啊。這水絕不同於一般的食物，它產生於星光下的長途跋涉，它產生於轆轤的歌唱，產生於我雙臂的力量。它對於心靈來說是好的，就像一件禮物。當我還是小孩子的時候，聖誕樹的光亮，午夜彌撒的音樂，溫柔的微笑，都曾經是我在聖誕節時收到的禮物，閃閃發光」。

　　小王子落到地球上已經一年了，他要走了，他又回到哪兒呢？我們不知道。作者給他安排了一個殘酷的結局，他被毒蛇咬了。「只見他的腳腕旁邊閃出一道黃色的光。他一動不動地站了一會兒，沒有喊，像一棵樹一樣慢慢地倒下了。因為是沙地，所以沒有發出一點聲音」。作者為甚麼要安排這麼一個結局？我猜他是想讓小王子心中追求的東西永恆化。因為，「如果在誰都不知道的甚麼地方，有一隻誰也沒見過的綿羊，吃掉了或沒有吃掉一朵玫瑰花，就會使宇宙間萬物不一樣」。這象徵甚麼？它象徵着還存在着另一個世界，在那裏成人的貪婪焦慮、爭鬥算計都沒有意義。只有沙漠的寂靜，天上的星星，古老的水井，轆轤的輕聲歌唱和兒童用心才能看到的世界，一個詩的世界。願我們也能追隨小王子，從日常的煩擾中抽身，看看天空和星星，聽聽童聲的合唱。

一個幻想的文明

《愛慾與文明》瑣談

一

馬爾庫塞(Herbert Marcuse)的名著《愛慾與文明》是一部很有趣的書。它的主題是從哲學角度探討弗洛伊德的思想，也就是從弗洛伊德的精神分析學中開掘它的哲學與文化內涵。這個工作很有意義，因為當代弗洛伊德精神分析學在心理學上的影響，似乎難抵它在文化學上影響。或者説，它的受眾早已越出心理學領域而跨入廣闊的文明研究領域，馬爾庫塞的著作就是一個例子。

馬爾庫塞的生平很簡單，基本上是個書齋型的學者。但是有一陣子，他的思想飛出象牙塔，成了六十年代西方憤青的口號。他是位德國猶太人，一八九八年七月十九日出生在柏林。十九世紀、二十世紀之交的歐洲，馬克思的革命思想很時髦。一九一七年列寧在德國特務機關的幫助下，潛回俄國，發動了十月政變。隨後，德國也有工人起義，馬爾庫塞加入過德國社會民主黨，還參加過一九一九年的德國起義。有一點可以肯定，他是一位思想左傾的青年，受馬克思學説的影響，

他的一些著作也借用馬克思的觀點和方法。但是，他主要是從馬克思《一八四四年哲學經濟學手稿》中尋找資源，特別是異化概念，成為他批判資本主義的主要武器。一九二二年，他在弗賴堡大學讀書，也聽胡塞爾的課。一九二八年他當了海德格爾的助手，同時又是他的學生。在海德格爾指導下，他完成了關於黑格爾的博士論文。但是很快，他就和海德格爾分手。一九三三年，他加入了法蘭克福研究所，成為法蘭克福學派的主要成員。納粹上台後，他先流亡瑞士，又到美國。二戰期間他曾在中情局前身戰略情報局負責監視納粹宣傳，後來在哥倫比亞大學、哈佛大學、布蘭代斯大學任教。在六十年代西方學生運動風起雲湧時，他的思想廣受學生歡迎，有人戲稱他是三M之一，也就是馬克思、毛澤東、馬爾庫塞。當然，這只是一個說法，他和馬克思有點牽扯，和毛澤東就是風馬牛不相及了。他之所以受學生歡迎，主要因為他的著作關注人的自由和解放。他批判西方發達工業社會是以技術消費壓制自由，同時又認為愛慾，也就是審美化的性，是人類解放的途徑之一。他提倡解放人的感性能量，以愛慾對抗毀滅性力量來重建文明。這就是《愛慾與文明》(Eros and Civilization)這部書的主旨。

愛慾是一個人們不大熟悉的概念。它是希臘神名Eros的意譯。如果當神的名稱來翻譯，我們把它音譯作厄洛斯。其實就是愛神，這是神話學意義上的名稱。說

起他的形象，大家一定很熟悉，一個光着屁股的小男孩，背後一雙翅膀，手持一把金弓，上搭一支金箭。這是文藝復興之後西方大畫家都喜愛的一個題材，到了巴洛克、洛可可時代，這個形象就成了宮廷畫師筆下常客。這個小愛神在羅馬稱之為丘比特。在托名赫西俄德的作品《神譜》中，Eros 這個神可不僅僅是愛神，它是古希臘神系中最古老的神，被看作是宇宙的本源，生命之源。因為我們知道，生命是男女結合的產物，而這個結合在古人那裏就是Eros的工作。所以這個詞又有生命本能的意思。但是由於這個字專指男女之間的關係，因此它又和動物的繁殖行為不同，這個不同我們用愛來描述。但男女之愛的生物學基礎是性慾，所以這個字又有慾求的意思，把它翻成愛慾還是比較準確的。而所謂文明，一般指人類所創造的物質與精神財富。物質財富好理解，而精神財富則要複雜得多，它包括社會習俗、道德準則、宗教觀念等等，它和我們常說的文化大致相當。可以說文明是比文化更大的概念。文化常特指文明中屬於人的精神成果的東西。馬爾庫塞這部書就是要分析愛慾在人類文明中的作用、功能。在弗洛伊德的文明論中，人類有兩種本能。一種是生命自保、延續、進化的本能，這個本能就是生存本能，它以愛慾為代表。另一個本能是破壞性本能，它的目的是毀滅。弗洛伊德把愛慾和死亡，生存本能和破壞性並列，認為它們都是人類原慾(libido)的表現形式。用弗洛伊德自己的話說，

「力比多存在於每一種本能的表現之中」。在弗洛伊德的文明論中，那種毀滅性的本能是否定的力量，而愛慾則是肯定性的力量。他強調，「這種鬥爭是一切生命的基本內容，因此文明的進化過程可以被簡單地描述為人類為生存所做的鬥爭」。

馬爾庫塞這部著作有兩個緊密聯繫的目的，一是闡釋弗洛伊德心理學、精神分析學的哲學內容。他說，「本書只作理論研究，而不涉及現在成為專門學科的精神分析技術。弗洛伊德提出了一種『人』的理論，一種嚴格意義上的心理學。這一理論使弗洛伊德躋身於偉大的哲學傳統之中，成為一名哲學家」。二是探討有沒有可能建立一種非壓抑性的文明，這個探討完全建立在弗洛伊德學說的哲學之上。在弗洛伊德看來，文明的建立，依靠對本能的壓抑、轉移和昇華。只有壓抑原慾(libido)的破壞性，才能建立文明。而馬爾庫塞卻要在這個理論中開掘出一種非壓抑文明的可能性。他提出的兩個理由是，首先，「弗洛伊德的理論本身似乎已經駁倒了他一貫否定非壓抑性文明不能存在的論點」。其次，「壓抑性文明的成就本身似乎已經創造了逐漸廢除壓抑的前提」。應該說，這個任務是很艱難的，這意味着他要重新解釋弗洛伊德的文明理論。

弗洛伊德的文明論奠基於一個二律背反之上。首先，他認為，「文明是服務於愛慾的過程，愛慾的目的是陸續把人類個體、家庭、種族、民族和國家都結合成

一個大的統一體，一個人類的統一體。這正是愛慾的工作」。可他同時又指出，「但是人類天生的進攻性本能，即個體反對全體以及全體反對個體的敵意，都反對這個文明的計劃。這種進攻性本能是死亡本能的派生物和主要代表」。愛慾 (eros) 與死慾 (thanatus) 是文明建立中的正題和反題。弗洛伊德解決這個二律背反的方式和康德不同，他並不把這個衝突的內容置於信仰的領域。相反，他斷定這兩種彼此衝突的傾向必然共存，並在這衝突中共創文明。他說，「死亡本能是和愛慾共存的，死亡本能和愛慾一起享有對世界的統治權。文明進化的意義對我們來說不再模糊不清，它必須展現愛慾和死亡之間、生存本能和破壞本能之間的鬥爭。在此過程中，人類文明才得以實現」。馬爾庫塞的《愛慾與文明》正是要闡發這個二律背反，指出人類文明的一個可能的未來。我將之稱作一個幻想的未來。這裏毫無貶義，相反，人類文明那些最偉大的成果又有哪些不是出自天才的幻想？

二

　　本能衝動有兩個方向，愛與死。人類文明的產生和發展則有賴於人的心理機能對這兩種本能的調適。它會抑制本能直接投向對快樂不加節制的追求，把這種實質上會帶來毀滅的衝動引向建設性的一面。通過移置、轉

移和昇華的方式，使本能從追求自然目標轉為追求社會目標。這種轉移在弗洛伊德看來就是壓抑。馬爾庫塞總結弗洛伊德的社會歷史觀，說「弗洛伊德認為，人的歷史就是人被壓抑的歷史。文化不僅壓制了人的社會生存，還壓制了人的生物生存，不僅壓制了人的一般方面，還壓制了人的本能結構。但這樣的壓制恰恰是進步的前提」。主導這種壓制的原則，就是現實原則。弗洛伊德把人的心理解構劃分為三個層次，本我(id, 伊特)、自我(ego)、超我(super ego)。本我直接受原慾驅動，它的功能是立時、直接、消解人的機體的興奮狀態。比如在兩性關係中，它要求立即解決性慾求。這種性能的釋放會消除緊張，帶來舒適和愉悦。因此本我只遵循快樂原則，它不受理智和邏輯法則的約束，也不受任何道德的約束，這是人之為動物的一面，是一種生物種系遺傳的結果。弗洛伊德承認，對本我的探求只能通過釋夢和對某些犯罪行為，比如強姦的分析來進行。但是實際上，純粹的本我無法生存於世，因為不受控制的衝動，它不僅難以實現快樂的目的，甚至會毀滅自身。

由於人的快樂要在社會中實現，不像動物的快樂在叢林中實現。因此，人與外界的交往便必須有一個中介，那就是自我。自我遵循的原則是現實原則，它控制、統轄着本能，使個體能夠以一個完整的人格面對現實世界。在自我那裏，慾望的達成就有了該與不該的計較。我很餓，但我看到別人手中的食物時，我也不能上

手就搶。一位姑娘很美，我也只能待之以禮，不可隨意褻瀆。所以，自我是道德的實踐者。

但是，自我並不會自發地產生道德觀念，它所遵奉的道德是由超我加給它的。超我是心理結構中負責道德準則的領導機關，它負責獎懲個人行為，從而確立社會行為的是非。幼兒超我的建立是由其父母的是非善惡標準來確定的，而成年人的超我所遵循的，除了幼時父母的道德標準，還會接受社會文化的標準。從而，人的心理結構是超我通過自我壓抑本我的結構。這個壓抑通過文化來實現。所以，馬爾庫塞分析的起點是，現存社會是在現實原則支配下的一個壓抑性的社會。他說，「在現實原則的指導下，人類發展了理性功能：學會了檢驗現實，區分好壞、真假和利弊。人獲得了注意、記憶和判斷諸機能，成了一個有意識的思想主體，並且做到了與外部強加於它的合理性步調一致」。但是，他又說，「唯一與理性這個心理機制的新組織相分離而繼續受現實原則支配的思想活動是幻想，它不受各種文化變異的影響，而繼續受快樂原則支配」。弗洛伊德在他的心理分析中，給了自我幻想的空間，被馬爾庫塞抓住，當作建立無壓抑文明的理由。

既然快樂原則是消除機體緊張，使之感到滿足和愉悅，那麼，快樂原則的內在邏輯就是從動到靜，從向外轉為向內。所以馬爾庫塞認為，弗洛伊德後期的本能說，實際上指出「所有本能生命都有一種倒退的傾

向」。所有生命的努力竟然成為回復到無機世界的永恆沉寂之中。在這個世界，一切衝突都彌合了，消解了。弗洛伊德把這個趨向稱為「涅槃原則」。涅槃這個佛家術語的意思是擺脫一切痛苦，進入無慾無苦的永恆寂靜，這就是弗洛伊德所發現的本能的歸宿。結果，生死兩元的衝突化解了，快樂原則也借助於涅槃原則來表現。涅槃是一種快樂，在佛家，那簡直就是快樂的至高境界。梵文涅槃（Nirvana）的本意是「滅」，但它又表示一種生命圓融的最高境界。馬爾庫塞把它解釋為「涅槃原則的統治，即快樂和死亡的結合」。但是，人的本能中這種追尋死亡與快樂結合的趨向並不能解釋生命的意義。有很多哲學家討論過死亡的意義，例如蒙田就說「學習哲學就是學習死亡」，海德格爾也把死亡當作存在的題中之義，他所說的「先行到死」、「向死而生」，卻是為了探討生的意義。馬爾庫塞跟海德格爾讀過幾年書，他探究弗洛伊德心理學中的死亡意識，會代入對存在意義的哲學思考是一點也不奇怪的。他從弗洛伊德的涅槃原則中反而發現了，生存本能中一定存在着向生的衝動，因為人的生命本能總是指向尋求快樂，它既然可以有涅槃這樣寂滅的快樂，也可以有維持生命的快樂。生與死是本能追求的兩個方向，都是同樣的生命衝動。所以他說，「從本能生命的共同本性中產生了兩種相對抗的本能，其中生本能（愛慾）壓倒了死亡本能。生本能不斷地反抗和推遲『墮入死亡』。所以，生本能

中的愛慾和原慾(libido)中那種不顧一切毀滅，尋求滿足的衝動之間就有了新的張力」。馬爾庫塞給了涅槃原則一個哲學社會學的意義，「向死亡退卻也就是在無意識地逃離痛苦和匱乏，它表現了反痛苦，反壓抑的永恆鬥爭」。這是一種逃避式的反抗。

自我是服從現實原則的，但馬爾庫塞指出，現實原則是一個歷史範疇，在人類社會發展的不同階段，個體面對的是不同的現實。所以他說，「外部世界是一個歷史世界，由於現實原則的歷史性質，對本能壓抑所造成的人的心理結構也應當是歷史性的」。是人的心理結構的歷史性提供了人走向自由和解放的可能性。為甚麼要壓抑人的本能衝動，因為要維繫種族生存，這有兩方面的必要。一，性關係的規範化。因為如果本能衝動，在這裏應稱之為libido的釋放是隨意的，就有可能造成血親間性關係，從而導致種族退化和滅亡，這是一個生物上的強迫性。人類在進化中自然選擇了壓抑，性能釋放不再是隨意不分對象，不分場合的即時滿足。二，維持生存的物質資料的平均化，因為原始部落中如果強者壟斷生活資料，那麼弱小者、婦女、兒童則不可能生存，所以強者也必須自我壓抑。這就是原始部落的生存狀況決定人的心理結構的歷史成因。隨着社會變化，匱乏狀況漸漸改善，人的心理結構也應該隨之改變。馬爾庫塞認為，弗洛伊德忽略了這一點。在這裏，馬爾庫塞就露出了黑格爾－馬克思的思想痕跡。為此，他提出了兩個

概念，多餘壓抑和操作原則。所謂多餘壓抑，就是除了剛才所談的為維繫人類種族所必須的壓抑之外，由社會統治者所加的壓抑，這個壓抑看起來是為了維繫人類文明，其實它是統治者為了維護自己集團的利益而強加給社會的。這種壓抑實際上是壓迫。從政治學的角度看，一切專制國家都傾向於無限制的壓抑社會，因為多餘壓抑已不是針對個體原慾，而是針對個體的整個人格。操作原則則意味着，由於匱乏，使人為了得到生活必需，不得不工作。馬爾庫塞說，「由於工作具有持久性(實際上它佔去了成熟個體的全部生存)，快樂受到阻礙，痛苦得以盛行。而且，由於基本本能所追求的是快樂的放縱和痛苦的消失，快樂原則與現實發生了衝突，本能被迫接受一種壓抑性管制」。這會使原本是追求快樂的性活動變成維持社會生產的手段，使性愛變成繁殖工作。馬爾庫塞有一個有趣的總結，「在多餘壓抑下，性感區被非性慾化」。

三

　　弗洛伊德的精神分析學把人的各類精神疾病看作是原慾(libido)的不同活動方式。所以在弗洛伊德那裏，性本能的活動，不僅僅是通常意義上的人類性行為，引起性快感的區域也絕不僅僅限於人的生殖區域。因此馬爾庫塞斷定，把人的性活動規定為生殖活動，不過是文

明對人的一種多餘壓抑。在快樂原則不得不服從現實原則時，往往存在着多餘壓抑。是那些在社會中佔有統治地位的人或階層，如原始部落的頭人，家庭中的父親，專制社會中的暴君，他們以血親形象出現，代表着多餘壓抑，比如我們所熟悉的那些偽真情流露，「天大地大不如黨的恩情大，爹親娘親不如毛主席親」，因為血親形象最容易使多餘壓抑合理化。所以馬爾庫塞說，「在現實原則下，統治者的利益要求對本能構成施加多餘壓抑。快樂原則之所以被拋棄，不僅因為它妨礙文明進展，還因為它所要反抗的那種文明進展，會使統治和苦役持久存在」。馬爾庫塞以為，性快感被文明局限於生殖區，為生殖服務，這是一種歷史現象，而不是一種自然的、永恆的現象。因為性快感是自發的、無目的的、廣泛的，而在現實原則之下，它成為達到某種生產目的的手段。他的這個解釋完全來自弗洛伊德對性感覺所做的廣泛解釋。弗洛伊德明確認為，性倒錯、性反常，甚至性變態，也就是不符合規範的性行為，包括同性戀、施虐、受虐、女性內衣戀、嗜糞癖等等稀奇古怪的性嗜好，都是在追求性快感。因此弗洛伊德說，「我們可以主張性和生殖技能不是同一回事，因為性的倒錯足以妨礙生殖目的」。這就提出了一個大問題，當我們說「這是反常性行為」時，誰來規定何為正常的標準？因為沒有比一個人的性感覺更屬於個人的東西了。所以，現在文明發展程度較高的國家，早把性反常行為剔除出精神

病治療手冊，同性婚姻也已受到法律保護，甚至同性也可以借腹懷孕，生產自己的後代了。

現實原則壓抑着生命本能，壓抑着libido的隨意宣洩與釋放，這種現實原則實際上起着一種確定社會現存價值的作用，也就是說，它塑造着自我的人格，讓自我有意識或無意識地遵循超我加給它的價值行事，達成超我的理想追求。就這樣，自我趨利避害的選擇會使它接受超我輸送給它的幸福意識，那就是社會大眾所普遍接受的文化、習慣和大眾娛樂。本我所要追求的徹底滿足被壓抑，同時因這種壓抑而產生的痛苦意識也被壓抑了。在現存統治機構(Establisement)的操縱下，自我接受在生產 —— 消費框架內獲得的滿足，獲得一種被操縱的幸福感。越是在社會控制嚴密的社會，越能看到大眾那種傻乎乎的幸福感。我們曾經親身經歷過自己餓着肚子，卻為能解放世界上三分之二受苦的人作貢獻而激動的涕泗交垂。明明在世界上人見人煩，卻為「我們的朋友遍天下」而歡欣雀躍。馬爾庫塞就是要借助弗洛伊德的心理學，來揭示全社會都可能患有的「幼稚歡欣症」。在這裏他以「文明的辯證法」為題，來揭示文明的兩面性。他描述幸福意識的產生和它的虛假性，「由於個體的意識受到潛隱的操縱，使他認識不清這種壓抑。這就使幸福的感覺也發生了改變，因為幸福不僅是一種慾望的滿足，它更是一種自由的滿足。它包含着理性的生物 —— 人對知的滿足，這是萬物靈長的特權。但是隨着

認識能力的退化，信息的接受成為受操控的，個人同化於大眾，使個體不再真正理解身邊所發生的事情，教育和娛樂的強大機制使個體泯然眾人，反應遲鈍麻木，個體再不會產生不馴服的念頭。既然對真理的探求不帶來幸福，那麼普遍的麻木反而使個體感到幸福」。這種解說相當有說服力。

把人的性活動轉變為生產繁殖活動，這是現實原則的歷史性的活動。而人的生命本能則以自由滿足為追求的目標，這就形成文明創造及其不滿足，因為文明是壓抑人的生命本能的結果。馬爾庫塞要研究的是有沒有可能創生一種無壓抑的文明，他是從弗洛伊德的心理學出發來做這種探究的。他試圖借助弗洛伊德對 eros 這個概念的分析來尋找無壓抑文明的可能性。Eros 是最古老的神，是生命起源之神，因為 eros 代表男女之愛，而愛的生物學基礎就是性。把 eros 翻成愛慾，就是要表達男女之愛的動力，男女的性慾，這其實就是生命本能。弗洛伊德選這個神來建構他的心理學，主要是因為 eros 象徵着他所斷定的人的心理活動的基本動能，性本能。弗洛伊德使用生本能、性本能、愛慾這幾個概念時，首先意指那種推動人的心理發展、生命成長延續的基本動力。但在他開始論述文明理論時，這幾個概念的含義發生了變化。

他對 eros 這個概念的使用基本上是效法柏拉圖。柏拉圖在《會飲篇》中，首先確定 eros 和阿芙洛狄特分

不開。但是他説有兩個阿芙洛狄特，相對的就有兩個Eros。一個是天上的，一個是人間的。這兩個eros配合阿芙洛狄特，提供兩種愛的方式，凡間的這位的愛是愛肉體，而天上的那位則愛品德。到了弗洛伊德那裏，這天上人間的兩個愛神合而為一，卻仍保留着兩種性質，就是肉體的慾望和昇華的慾望。其次，人作為愛慾的載體，曾有過陰陽不分的時候，是神把人一劈兩半，讓男女分開。柏拉圖説，「從很古的時代起，人與人相愛的慾望就植根於人心，它要恢復原始的整一狀態，把兩個合成一個」。也就是説愛慾是一種尋求整一的衝動。弗洛伊德完全接受這個比喻，他説愛慾使男女必要互相尋找，「一對戀人只要兩個人在一起就足夠了，愛慾最能清楚地顯露人的存在核心，顯露它從多人中創造出一個整體的目的」。第三，這個eros統治着人心中最強烈的快感，那就是男女之愛的快感。而且它與暴力無緣。

但是弗洛伊德的心理學除了從古代文獻中尋找證據之外，還有大量在從事精神分析治療中得到的經驗材料。所以他從柏拉圖的兩個愛神的隱喻中提出死亡本能的假説。他説，「除了保存活體並把它與更大的單位結合起來的本能之外，一定還存在着另一個對立的本能。這就是，除了愛慾之外，還有一個死亡本能」。這個死亡本能就是塔那圖斯（thanatus），我們稱它為「死慾」。對這種破壞性本能的存在，弗洛伊德是通過對性變態、施虐、受虐狂的研究而推測出的。因為施虐狂的

讀與思

性快感、性滿足是完全建立在攻擊與毀滅之上。精神病學中也有不少施虐–受虐性伴侶喪失生命的實例。所以弗洛伊德說，「在施虐狂中，我們可以發現兩種本能之間特別強烈的融合，愛的趨向和破壞性本能對應着施虐狂，受虐狂則是指向內部的破壞性和性愛之間的一種融合——這種結合使那些原本無法察覺的傾向變成了顯而易見和可以察覺的傾向」。但馬爾庫塞卻從愛慾與死慾各自作用的變化中看到建立非壓抑文明的可能性。所以《愛慾與文明》這部書的下篇，是「超越現實原則」，因為馬爾庫塞相信人的心理結構是一個歷史性的結構，作為現實原則支柱的兩大要素，「操作原則和多餘壓抑都是歷史性的」，而弗洛伊德對本能結構的分析證明可以推導出無壓抑文明的可能性，因為操作原則的實行是因為生存資料的匱乏，而發達工業社會早已解決這個問題。匱乏變成過剩。問題在於社會機制，而多餘壓抑更是由一個社會制度施加於個人心理上的。他要指出，「必須首先證明在成熟文明條件下，人的原慾有可能獲得非壓抑性的發展」。

四

　　在超越現實原則這個論題之下，馬爾庫塞關注的是弗洛伊德心理學中與藝術、美學相關的內容。弗洛伊德認為，當愛慾試圖轉移死慾的破壞性、毀滅性時，它會

提供組建社會文明的能量，這就是他的昇華理論。所謂昇華，就是本能能量的移置，同時它也是本能衝動的替代滿足，以解決身體與心理的緊張引起的不適。弗洛伊德最典型的論證就是對達芬奇名畫《蒙娜麗莎》的解讀。他用戀母情結來解讀作為一個私生子的達芬奇對母親的依戀。據弗洛伊德說，蒙娜麗莎那個神秘的微笑，是對母親的記憶和渴望。對這個分析爭論很多，但不能否認弗洛伊德開闢了一條藝術分析的新路徑。弗洛伊德在分析昇華過程中，正確地指出了白日夢、幻想等等心理經驗，對釋放緊張，創造日常生活中不可能見到的光彩的作用。在弗洛伊德看來，由於成熟的自我不得不遵守現實原則，不得不依從超我加諸於它的價值觀，它必然是壓抑的。在心理動力學中，只要有壓抑就必須尋找宣洩方式，否則一定會帶來心理疾病，比如抑鬱症、妄想狂、焦慮症、被迫害症等等，於是幻想就成了一種宣洩方式。弗洛伊德的解釋是這樣的，「隨着現實原則的引入，一種新的思維活動分離出來了，它不受現實的檢驗，因而只從屬於快樂原則，這就是幻想的活動。它早在兒童遊戲中就已經開始出現，後來以白日夢的形式繼續存在，從而擺脫了對實在物體的依賴性」。

馬爾庫塞緊緊抓住這個解釋，在此基礎上建立他的新感性說。他認為，「幻想在整個心理結構中具有舉足輕重的作用。它把無意識的最深層次與意識的最高產物（藝術）相聯繫，把夢想與現實相聯繫，它保存了被禁忌

的自由形象」。這個說法是德國浪漫主義哲學的傳統信條，尼采、叔本華等人都相信幻想的真理性，因為世界永遠存在着所是和所應是的衝突。所是是眼前世界，是現實，所應是是人所希望看到的世界，是一個理想化的世界。如果人只是滿足於所是，則人和動物的區別就不明顯了，因為作為一個擁有自由能力的理性人，他的天職是選擇和創造。他要不斷地在當下現實衝突之中，開闢出另一維度，使人獲得更高標準的存在。用海德格爾的話說，就是「詩意的棲息」。人的精神活動就是創造另一維的活動。

在馬爾庫塞看來，弗洛伊德的心理學和西方哲學中的理性傳統並不矛盾。弗洛伊德所揭示的愛慾就是人的生命本能的審美化。這個eros是愛，這個愛是性和美的結合。所以，當我們為浪漫主義的詩歌、藝術作品激動時，就是生命本能在那一刻的審美化。正如愛與死是藝術的永恆主題一樣，愛慾是生命本能的審美化。這根本就是古希臘的哲學傳統。打開柏拉圖《會飲篇》，我們會讀到這樣的話，「愛神(Eros)的威力偉大得不可思議，支配着全部神的事情和人的事情」。柏拉圖還說，「我們本來是個整體，這種成為整體的希望和追求就叫做愛(eros)」。弗洛伊德說，eros 是追求整一的力量，正是心理分析對古希臘哲學的證明。在《會飲篇》中，柏拉圖借狄歐蒂瑪與蘇格拉底的對話，把愛美、愛不朽確定為人幸福的源泉。在對美做了一番詳盡的描述後，

柏拉圖突然一轉說，「要想達到這個目的，一個凡俗的人很不容易做到，只有靠愛神（Eros）幫助才行，因此我認為，人人都應當尊敬愛神，並且自己也身體力行，尊敬一切與愛有關的事情，我現在和將來都盡可能地歌頌愛神的權力和靈感」。柏拉圖認為美是人類智慧的最高成果，同時它又靠人類的繁衍而綿延不絕，從而不朽，這都是eros的工作。柏拉圖借狄歐蒂瑪之口，把eros的活動定義為「在美的東西裏面生育，憑借美的身體和靈魂」。這就是弗洛伊德和馬爾庫塞心目中的eros的本性。每一個體的生命本能都是有限、短暫的，惟在他經由個體生命而昇華至美的精神，獲得美的形式，它才能成為不朽。弗洛伊德和馬爾庫塞都相信人類創造文化瑰寶的心理動能皆來自eros。這時，他們回到了柏拉圖的洞見。

心理的昇華功能有許多用途，但馬爾庫塞只談藝術，他將之歸為「新感性」。作為海德格爾的學生，他自覺地接受海德格爾存在論中詩與創造相關聯的思想。這是馬爾庫塞最中意的理論解決。人的生命本能，最原始、最根基的東西，和美，人類精神活動的最高級形式，因eros而結合成一體。這個思路從本性上更接近於叔本華的哲學。他從黑格爾的哲學中借用了歷史性概念。但黑格爾哲學中運動的主體始終是精神，而叔本華哲學的運動主體是生命的意志。況且叔本華的生命意志是一個可以幻想的意志。為甚麼幻想對弗洛伊德和馬爾

庫塞都那麼重要呢？首先，幻想保留着生命本能的原始結構，它是完整的，尚沒有被人在現實原則中所要遵循的操作方式所吞沒。它永遠是個體的領域。我們人人都能體會到，幻想是極其個人的事。在外部壓抑極為強大之時，個人會回到幻想中躲避，這是一種完全靠個體就能完成的保護功能。人哪怕在監獄裏，哪怕在極嚴酷的暴政壓迫之下，都能保存自己的幻想。馬爾庫塞認為，「在敵對性的個體化原則造成衝突的世界上，想像保持着同種屬、同最古老久遠之事的個體完整性的要求」。其次，幻想中的現實有實現的可能性，因為它能樹立一個理想，一個與當下世界不同的世界。這個樹立的過程是真理的認知過程，結果這個認識過程產生了美學。所以美學、藝術，實際上是對現實操作原則的批判。最後，在弗洛伊德看來，性本能作為愛慾的原動力和能量儲藏，它是「生命有機體具有的、能夠超越個體而確保其與種屬的聯繫的唯一功能」。從而幻想中的愛慾因素的目標是「實現愛慾」，生命本能獲得了一種無壓抑的實現。馬爾庫塞認為，「這是反抗現實原則的幻想過程的最高內容。由於這種內容，幻想在心理原動力中起着一種獨特的作用」。幻想的這些性質，實際上暗含着一種更具革命性的潛能。馬爾庫塞認為，「想像的真理價值不僅與過去，而且與未來有關，因為它所祈求的自由和幸福的形式要求提供歷史的現實。它之所以認為現實原則對自由和幸福的限制是可以取消的，它之所以不想

忘記可能存在的東西，是由於幻想的批判功能」。馬爾庫塞在「可能存在」這個提法下加了重點。從中，我們可以想見他是多麼重視幻想，藝術、美感對現實改造的重要性。他隨後引用布勒東（André Breton）的《超現實主義宣言》「只有想像告訴我們可能存在的東西」。

為了證明他對幻想的強調不是空談，他舉出人類文明發展的早期所創造的形象，他認為這些形象是人類理想的原型。他舉以為證的是希臘神話中的兩位神祇，那喀索斯和俄耳甫斯。那喀索斯這位在水邊看着自己的倒影憔悴而死的美少年，是心理學上的自戀症。而俄耳甫斯則是音樂之神，希臘神話中最偉大的歌手。在馬爾庫塞的分析中，這兩位神祇是反現實原則的原則。他們和代表現實原則的普羅米修斯不同，普羅米修斯象徵着勞役、鬥爭、奪取、征服，而那喀索斯和俄耳甫斯則代表反秩序、反現實。那喀索斯的愛慾是完全沒有攻擊性的，完全是向內的、自足的、唯美的，這樣的愛慾投射帶來寧靜、紛爭的止息與自然的和諧。因為那喀索斯認同（identification）的對象是溪流、山林、鮮花、茵草。馬爾庫塞直接引瓦萊里的詩來論述那喀索斯：

> 無邊的靜傾聽着我
>
> 我向希望傾聽
>
> 泉聲突然轉了
>
> 它和我絮語黃昏
>
> 我聽見銀草在聖潔的影裏潛生

宿幻的霽月又高擎她黝古的明鏡

照澈那暗淡無光的清泉的幽隱

俄耳甫斯則以他的歌聲移動山岩，歡聚百獸，讓萬物歡欣，一派和諧。這些都是人類的理想。他們以神祇的形象潛藏在人類的意識深層。在愛慾的推動下，他們掙扎出無意識的幽暗，進入光天化日之下，以最美的神話形式提示人類的未來。在此，時間的殘酷性消失了。

五

馬爾庫塞為非壓抑的文明尋找到人類古老文明的形象，那喀索斯和俄耳甫斯。但是在古希臘神話中，俄耳甫斯以美妙的歌聲感動地獄之神珀爾塞福涅，允許他把愛妻歐律狄克帶回人間，只有一個條件，在走出冥界之前，不許回頭張望。但俄耳甫斯沒有聽話，終於使歐律狄克永遠沒有復活。這實際上是一個象徵，再美的歌聲、藝術也無法戰勝現實原則。但馬爾庫塞卻認為，「俄耳甫斯和那喀索斯揭示了一個有其自身秩序，為不同的原則所支配的新的現實。俄耳甫斯的愛慾改變了存在，他以自由控制了殘酷和死亡。他的語言是歌唱，他的工作是遊戲。那喀索斯的生命是美，他的存在是沉思」。這種新現實是甚麼？就是審美的維度，一種感性的科學。馬爾庫塞要恢復「審美」一詞的原初意義。他說，「這個任務要證明在快樂、感性、美麗、真理、藝

術和自由之間有一種內在聯繫」。他的分析從三位大師入手，那就是康德、席勒和鮑姆加登。他重申康德的美學觀，審美經驗是感性經驗，審美知覺是快樂的，最重要的是「在審美想像中，感性為某個客觀秩序樹立了普遍有效原則」。他這是把古典美學所探討的問題和弗洛伊德心理學對愛慾的分析聯繫起來。這個聯結點就是生命本能的審美化。他反覆使用感性(sensualness)這個詞來提醒美與性的關係。而且他大膽斷言，「無目的的合目的性」和「無規律的合規律性」，這兩個康德美學的基本範疇已經超出了康德自己的論域。「確定了一種真正非壓抑性秩序的本質」，因為康德的審美過程中的「無目的的目的性」，排斥了有用性這種現實原則，產生了一種自由的經驗。而對席勒，他則力主席勒美學中遊戲原則的重要性，認為遊戲衝動追求的目標是美，目的則是把人從束縛性生產中解放出來的自由。他指出鮑姆加登第一次確定了美學一詞的現代用法。這個詞的確保留了這門學科的感性地位，結果，「作為一門獨立學科的美學基礎，抵抗着理性的壓抑性統治，使感覺的固有真理價值在盛行的現實原則下沒有退化」。

奠定了新現實原則的美學基礎，馬爾庫塞接着分析，人的生命本能如何轉化成愛慾，即生命本能的非壓抑化、審美化。他的論述並沒有離開弗洛伊德本我、自我、超我的心理結構，也沒有離開昇華、自我投射這樣一些心理功能。但是他說弗洛伊德這些心理學概念都具

有社會和歷史性，人的心理活動反映的是壓抑性社會同個人的鬥爭。他說，「在這個對抗性的制度中，自我與超我，自我與本我之間的心理衝突，也是個體與其所處的社會的衝突」。他從弗洛伊德的文明論中推論說，無壓抑文明社會給人一個印象，彷彿它是從現有文明階段的倒退。因為對性本能的壓抑創造文明，而壓抑不存在了，這意味着原始本能肆意泛濫，這只能帶來文明的毀滅，因為「它將恢復在現實的自我發展中已被超越的早期libido，也就是最原始、晦暗的人的原慾」。但他馬上補充辯解說，「這樣的解放如果發生於文明之巔，導源於生存鬥爭的勝利而不是失敗，並得力於一個自由社會，倒很可能具有截然不同的結果。它仍然是文明進程的一種逆轉，仍然是對文化的一種顛覆，但這是在文化完成了自己的使命，並創造了自由的人和世界之後才發生」。而且，他認為這種倒退，回歸要「重新提出何者為善，何者為惡的問題。如果在人對人的文明統治中累積起來的罪惡可以憑借自由去贖回，那麼就必定要再犯一次原罪，『我們必需再一次從知識之樹汲取營養，以便重新回到無罪狀態』」。甚麼是人類的無罪狀態？在《聖經》中，神給人的第一個判決是偷吃智慧之果之罪。偷吃智慧之果為甚麼是人類第一大罪？因為正是偷吃智慧之果才知人間有男女，有羞恥，這個原罪就是對人的生命本能的第一次壓抑。從此，一切與性有關的問題都是罪孽，都要受到禁制。「為反對把肉體純粹作為

快樂的對象、手段和工具，文明道德的全部力量都被動員起來」。性的自由成了妓女、性變態者、墮落的人的特權，而馬爾庫塞卻相信，「過去，恰恰是在其滿足中，特別是在性慾滿足中，才成為一種高級的存在物，並遵從高級的價值標準」。

馬爾庫塞有一句名言，「性慾因愛而獲得尊嚴」。這就是說，人的性本能只有在以愛慾（eros）的形式出現，也就是說，它是帶着愛與美的光輝出現時，性才是人類的一種尊嚴。而現存社會，性只是被移置成生產能力、苦役和繁殖，被現實原則統治的性丟掉了它快樂與自由，愛與美的本性。但是，這種向原始本能自由釋放的回復，這種所謂本能解放一定會被斥為「引發性亂的胡言亂語」。但馬爾庫塞的解釋卻是，這不是一個簡單的力比多的釋放，而是涉及到力比多的解放。他說這是「把它從限於生殖器崇拜的性慾改造成對整個人格的愛慾化」。我們可以想像這種愛慾化的人格，從內在方面，它可以是那喀索斯的形象，從外在方面看，它可以是俄耳甫斯的形象，充滿了對情人的痴愛，又以音樂和歌聲與自然融合，造成百獸齊舞、百鳥齊鳴、樹木茂生、岩石移動的人與自然的和諧。從性的享受方面，感性在審美方面的廣泛化，使性成為遍佈全身每一器官的快感，這種感覺其實在藝術欣賞中人人都可以體會到。在欣賞一幅名畫，一支樂曲，一首詩歌時，那種快感是伴隨着生物的快感一起來的。正像弗洛伊德在他後

期著作《文明及其不滿足》《自我與本我》等著作中發現的，「愛慾作為生命本能，指的是一種較大的生物本能，而不是一個較大的性慾本能」，因為愛慾是「使生命體進入更大統一體，從而延長生命並使之進入更高的發展階段」，從而「愛慾具有的文化建設力量是非壓抑性的昇華，因為性慾的目標既沒有被偏移，也沒有受阻礙」。

在《愛慾與文明》的最後一章《愛慾與死慾》中，馬爾庫塞提出了時間性問題。在一切愛慾追求無壓抑快樂的努力中，死亡是決定性的否定力量。馬爾庫塞作為海德格爾的學生怎麼可能不考慮到死亡問題呢？其實他在前面論及「涅槃原則」時，就已經暗示了這個問題。他說，「死亡這個嚴峻的事實一次性地取消了一種非壓抑生存的現實性，因為死亡是對時間的最終否定，而『歡樂則希望永恆』，無時間性是快樂的理想。時間的流駛有助於人們忘卻過去存在的東西和可能存在的東西，使人們不去顧及美好的過去是美好的未來」。馬爾庫塞隨即對心理的忘卻機制猛烈抨擊，「忘卻也就是容忍那些一旦出現了公正和自由就不應當予以容忍的東西，這樣的容忍產生了不公正和奴役的再生條件，因為忘卻以往的苦難就是容忍而不是戰勝造成這種苦難的力量」。馬爾庫塞是把記憶當成克服時間性，使快樂永恆的基本心理能力，「記憶恢復了失去的時間，這是得到滿足和實現的時間，深入於意識之中的愛慾被記憶力所推動，它憑借着這種記憶反抗壓抑的秩序，並以這種記

憶努力在一個受時間統治的世界上戰勝時間」。其實，所謂涅槃原則也是一種記憶。個體在涅槃狀態中回憶着生命原初的寂靜無爭的平和，它是一種確切的生命的滿足狀態。所以馬爾庫塞有點不太有把握地猜測，「生命越是接近於滿足狀態，生死衝突就越緩和，於是快樂原則和涅槃原則就會合了，同時愛慾在擺脫了多餘壓抑之後，將得到加強，而這種加強的愛慾似乎又會同化死亡本能趨向的目標」。其實，當愛慾成為滿足生命本能的審美活動，一切藝術品便都在創造着不朽，時間性只消逝在藝術給予人的美善世界中。

《愛慾與文明》一書是一位詩人哲學家所撰寫的浪漫主義心理解析，它提供給我們思索的新維度，而這個新維度卻立基於偉大的古典傳統之上。

馬爾庫塞：想像與思辨

引子

　　一九六○年冬天的一個傍晚，奎因的學生羅伯特·保爾·沃爾夫去一位哲學家那裏作客。在討論過康德哲學之後，這位哲學家開始嘲笑起分析哲學。自然，沃爾夫作為奎因的學生必然要捍衛老師的學說，爭論便在所難免了。沃爾夫指出，分析哲學最不可抹殺的成績便是對清晰性的要求，而這位哲學家卻激動地宣稱：「在哲學中，不清晰是一種美德」。這位以不清晰性為美德的哲學家便是六、七十年代頗有名聲的赫伯特·馬爾庫塞。

　　一八九八年，馬爾庫塞出生在柏林一個家資豐盈，頗有名望的猶太人家中。他中學時代就讀於享有盛名的奧古斯特學校。第一次世界大戰時，曾短期服役，服役期間他是一個思想左傾的活躍分子，曾加入過德國社會民主黨左翼。他同時還參加德國軍隊中的士兵委員會的活動，是柏林–萊茵契根道夫士兵委員會的成員。但是，德國革命的失敗使他感到幻滅，便離開了風雲變幻的角鬥場，回到了安靜的書齋。馬爾庫塞在他的課程登

記表上寫道：「一九一八年冬天，我脫離了軍隊之後，在柏林和弗賴堡大學的普通班各讀了兩個學期的書。我首先選了德國研究這門課，然後，現代德國文學史成了我的主要研究領域，哲學和政治經濟學則是我的副科」。在弗賴堡大學時，他的哲學課教授是大名鼎鼎的海德格爾，同時，他親耳聽過胡塞爾講授現象學。他的主科論文《德國藝術小說》完成於一九二二年。這是他的博士論文。

自一九二三年起，他開始經營書籍，搞出版發行。他曾經出版過席勒的《美育書簡》的詳注本。一九二七年，馬爾庫塞細心研讀了海德格爾於前一年發表的《存在與時間》，這部巨著吸引了馬爾庫塞，這成為他重返弗賴堡大學同海德格爾一道工作的原因之一。大約在一九二八年前後，馬爾庫塞回到弗賴堡，在海德格爾和胡塞爾的指導下繼續研究哲學。這時，他開始公開在《哲學雜誌》和《社會》上發表文章。海德格爾曾打算要馬爾庫塞作他的助手，但一個左傾學生同保守的老師總難關係融洽，結果導致馬爾庫塞當不成助手，很難在弗賴堡大學立足。後來，還是胡塞爾請法蘭克福大學的一位董事把馬爾庫塞推薦給社會研究所所長霍克海默爾。自此，馬爾庫塞參加了創建法蘭克福學派的工作。

隨着法西斯主義在德國的崛起，納粹分子逐漸奪取了政權。大約在一九三三年初，馬爾庫塞離開德國，流亡瑞士，一年後到了美國。起初，他任職於遷到紐約哥

倫比亞大學的社會研究所。第二次世界大戰期間他服務於美國戰略情報局，曾任東歐組組長，為打敗法西斯貢獻自己的力量。五十年代初，他回到哥倫比亞大學，在該校蘇聯研究所工作，同時兼任哈佛大學俄羅斯研究中心的研究員。自一九五四年起，他任布蘭戴斯大學政治學與哲學教授。一九六七年以來，擔任聖地亞哥加利福尼亞大學教授。一九七九年，應馬克斯–普朗克研究所邀請前往聯邦德國講學時猝亡於慕尼黑附近的施塔恩堡。

上述馬爾庫塞的生平倒像一份履歷表，平淡、乏味，絲毫看不出他何以吸引了西方一代青年。這固然由於我們掌握的材料有限，但若想從一位哲學家的生平中見出可歌可泣的業績，怕是很難了。一位思想家身上稱得上富有詩意的東西，大半不在他的行動光彩照人，而在他的思想卓絕超倫。即使靜坐書齋，也能「精鶩八極，心游萬仞」。正如終生未談過戀愛的康德，卻可以對男女情愛發表鞭辟入裏的評論。這就是思想家，你能拿他們怎麼辦？下面，還是讓我們進入馬爾庫塞的思想吧，在那裏，哲學的思辨經常閃爍着詩意的光輝。

一、詩化的哲學

本文一開始就出現了一位痛恨「清晰性」的哲學家。這個插曲的意義並不在點明哲學家個人的好惡，它之所以引人深思，是因為在「清晰性」與「非清晰性」

的爭論背後，透露着兩種哲學態度。把「非清晰性」作為哲學美德的馬爾庫塞反對以清晰性著稱的分析哲學。他認為，哲學的任務不在說明，而在批判，不在分析當下事實，而在昭示新存在(New Being)的可能性。馬爾庫塞的批判理論強調審美活動的認識功能，把藝術創造的過程——直覺，感受，幻想，想像——當成哲學思辨的要素。他的哲學渴望人與自然和解，成為一個有機的整體，把自然的解放看作是人的解放的一部分。他憂鬱地注視着科學在蠶食夢的疆域，人的內在世界的堤防在洶湧而來的物質洪流前分崩離析。像荷爾德林高歌古希臘的靜穆與莊嚴一樣，馬爾庫塞歌唱着十九世紀的浪漫時代，他把那個時代的藝術典型當作未來人類解放的楷模。他幻想新人出現，用如詩的生活照亮世俗卑污的、散文式的生活，如同希臘歌神俄耳甫斯的歌聲使人獸同歡，萬物欣然。這種哲學是詩化的哲學，這種哲學家是詩人哲學家。

讓我們耐下心來，仔細分析一下哲學思辨是怎樣「詩化」的。

一、藝術的超越

超越作為達到完美的手段，是哲學家經常討論的重要概念。但被超越的東西和超越的目的則各有不同，這自不待言。馬爾庫塞是這樣給超越定義的：「術語『超越』和『超越過』被完全在經驗和批判的意義上使用，

它們標誌着在既定社會中，超出現存討論和行動的領域，趨向於歷史選擇的理論和實踐上的傾向」。超越的經驗和批判意義實質就是超越的歷史和認識意義。歷史的超越是不同時代的人類能夠經驗到的事實，歷史發展的不同階段就是歷史超越的具體表現，超越了某一既定狀況的歷史事實自身又成為既定狀況，從而又成為被超越的對象。當馬爾庫塞在經驗事實的意義上使用「超越」一詞時，他強調的是向歷史可能性的趨進，或由「現在」向「潛在」、由「潛在」向「現在」的過渡。他指出：「……歷史的超越趨向於一種新的文明」。到此為止，馬爾庫塞的「超越」和黑格爾還是較為接近的。

但是「超越」一詞的這種所謂「經驗」上的用法究竟有多少經驗上的意義？歷史的超越是怎樣實現的？它憑借甚麼力量才能實現？當馬爾庫塞轉而在「批判的」或「認識的」意義上研究超越問題時，他的結論卻取消了「超越」一詞在經驗上的含義。他對「批判的」或「認識的」超越的論述已經失去了「超越」所有的強烈歷史感。馬爾庫塞指出：「既定現實有它自己的邏輯和真理，這樣，認識它們並且超越它們就事先要求一種不同的邏輯，矛盾對立的真理。就其結構本身，它們是非操作的思想方式，它們既迥異於科學的又迥異於常識的操作主義。它們的歷史具體性反對量化和數字化，也反對實證主義和經驗主義」。這種超越的邏輯就是批判的社會理論。這種理論的中心任務就是喚醒人們的思維所

應有的超越能力。如果這種努力能夠拯救哲學，那就意味着哲學的新生，如果哲學注定要死亡，這種理論就預示着哲學的否定。在一九六四年出版的《單面人》中，馬爾庫塞集中批判現代分析哲學，認為它扼殺了人的思維的超越能力。他猛烈抨擊分析哲學所注重的對單個事實的精確描述。他認為：「所有認識的概念都有一個過渡的含義，它們超出對個別事實的描述。假如事實是那些社會的事實，則認識性的概念就超出任何個別的事實關聯體」。

儘管他一再辯白這種超越因其「使事實能夠依其本來面目被認識」，從而是「經驗的」，但事實上沒有任何真正經驗的東西進入他的分析。因為在他看來，既存事實並不具有實在性，唯有對事實的超越才是實在的。這使我們想起黑塞的名言，「現實是甚麼？一堆垃圾」。馬爾庫塞用哲學的語言闡述道：「假如任何具體事物的概念是頭腦分類、組織和抽象的產品，那麼，這些頭腦的過程導致認識，僅因為它們在普遍的制約和聯繫中重新構造了個別事物。這樣，就超越了直接現象而趨向於它的實在」。但是，哲學還有沒有這種趨向實在的能力呢？馬爾庫塞是抱懷疑態度的。

哲學構造實在的能力因其和理性糾纏不清而大為遜色。發達工業社會的全面統治所導致的意識形態的一體化更使哲學的超越能力變得不可靠。為了給人的超越能力尋求新的更加可靠的立足點，他毅然轉向藝術。因為

藝術以人的本能為源泉，它是生命力昇華的必然表現和最高形式。因此它便成為發達資本主義社會中超越的歷史形式。換句話說，在發達資本主義社會中，「超越」能力的最後營壘就是藝術或純粹審美形式。馬爾庫塞指出：「由於遵循美的形式，藝術在相當大的程度上自動地同現存社會關係相對立。藝術自動地對抗這些關係同時又超越它們，因此，藝術傾覆佔統治地位的意識形態及普通經驗」。

藝術的超越性依賴於純粹的審美形式的絕對自由。美是自由理念的感性表現。

「美學的形式，作為自由的標誌，既是人類也是自然界的一種存在方式，是一種客觀性」。藝術的超越所賴以實現的方法是想像，因為：「美學的改造是一種想像——它必須是一種想像，因為除了想像這種能力，還有甚麼能夠把尚未存在的東西喚起而成為感性的存在呢？」

這樣，歷史和經驗的內容顯然不在想像的超越關心的範圍之內了，或者說它們已經被馬爾庫塞輕而易舉地「超越」了。藝術擺脫了重濁的物質形體，翱翔在空靈之中，它既可以構造未來又可以追溯既往。這樣，馬爾庫塞的超越就在兩個方向上展開。首先，它借助想像超越現存事實而構造未來的烏托邦；他說：「虛構創造它自己的現實，甚至當這個現實被現存現實所否定時，仍然是有效的」。

其次，它借助回憶來追溯既往，它使人追憶往昔的澄明境界，甚至原始的混沌狀態。在那裏：「保存下來的東西不是一點財產，不是一小塊不變的自然，而是過去生活的回憶；假象與實在，錯誤與真理，歡娛與死亡之間的生活回憶」。超越在兩個方向上的展開意味着和現實社會關係的脫離。對時間性的克服和對永恆性的追求都基於同現實的脫離。因而藝術超越的實質就是對經驗事實的排斥。

「藝術的激進性質，即它對現存現實的控訴，以及它所喚起的解放的美的意象，正是基於藝術對現存社會決定的超越」。無論是哲學的超越，還是藝術的超越，不論是趨向未來還是追溯既往，馬爾庫塞都賦予超越一種如詩的力量。它借助藝術，把人從日常的平庸和公式化中解放出來，帶往雖不可知卻令人神往的地方。這固然是想像，但若沒有想像，又何談精神？

二、藝術化的理性

同「超越」概念相比，馬爾庫塞更對「理性」作了不同於傳統意義的解釋。在三十年代的幾篇論文中，馬爾庫塞對理性概念的使用基本上是傳統意義的。它或者被當作一種判斷能力，或者同理性同義地使用，但在那時，他已經開始注意理性的批判作用並且已經提出了理性的實現就意味着哲學的消失。但這種討論還沒有更深入地展開。一九四一年他發表了《理性與革命》，這是

一部相當重要的著作，這部書對所謂理性主義的法西斯主義進行了猛烈的抨擊。他指出理性本質上就是自由，唯有自由的理性才是人的理性。他說：

「理性以自由為終點，而真理正是主體的存在本身」。在這部書中，海德格爾存在主義的影響隱約可見。馬爾庫塞用「個人是不可替代的」這個存在主義命題反擊希特勒的法西斯戰爭機器的總體動員。在這部書中雖然夾雜了一些馬克思主義的詞句，但實際上他是用海德格爾解釋黑格爾，用存在主義的主體自由沖淡了黑格爾過份嚴厲的決定論思想。

在《理性與革命》中，馬爾庫塞認為，理性是資產階級革命的旗幟，但尚未有人對它加以詳細定義。於是他分析了理性的五種含義：(一)理性是主客體賴以相符從而使自然界合理化的中介。(二)理性是人們借以控制自然和社會從而獲得滿足的多樣性的能力。(三)理性是一種通過抽象得到普遍規律的能力。(四)理性是自由思維主體借以超越現實的能力。(五)理性是人們依照自然科學模式形成個人和社會生活的傾向。這五種含義實際上可以歸納為兩大類，其一是作為否定和批判力量的理性，其二是作為工具的理性。

馬爾庫塞對黑格爾理性概念的闡述着重在理性即主體，理性即自由的一元概念上。但是，這個一元概念在他心目中已經不再是黑格爾的絕對精神了，而是意在說明作為理性載體的人在推動理性的否定作用中所起的主

導作用。他說：「黑格爾的理性概念就這樣具有一種顯著的批判或論戰的性質」。因此，如果把黑格爾的理性由客觀精神改造成為人的自我意識，那麼理性的批判和論戰的性質就成為人的自我意識的否定性和批判性的基礎。所以馬爾庫塞認為：「理性是顛覆性的力量，否定的力量，作為理論和實踐的理性，它建立了人和物的真理，即建立了人和物將變成它們所真正是的東西的條件」。

在《理性與革命》中，馬爾庫塞沒有深入討論工具理性的問題，但他也指出了這種理性的勝利意味着人的自由和批判能力的消失。但是在五，六十年代的著作中，他對工具理性的關注日益加強。他的思想進程是和發達資本主義社會中科學技術對人的壓迫日益加深相一致的。馬爾庫塞認為，工具的理性只局限於對事實的分類，敘述，因此，它是接受性的而不是創造性的。這種理性的根本缺陷就是剝奪了理性天生具有的批判能力，反而使非理性的東西也成為理性的。因為「理性以自由為前提」。而現代社會則以同自由無關的合理性來顛倒理性概念。例如，原子軍備可能造就更多的就業機會，致命的錯誤和罪行對政治家說來是一種生活方式。而這些看起來是合理的東西同理性的真正含義是不同的。它只能是一種工具的理性。因為，「合理的社會顛覆了理性的概念」。被顛覆了的理性概念：「從實際的不諧和中創造諧和，從矛盾中淨化思想，在社會和自然的複雜過程中假設可能替換的同一的實體」。

隨着資本主義制度下科學技術的高度發展，工具理性逐漸蠶食了理性的全部地盤，因為否定的理性，由於它缺乏感性和情感的力量，也很容易同工具理性合流，或被工具理性取代。這時，馬爾庫塞「拯救」理性的努力獲得了具有決定性的進展。它是以《愛慾與文明》一書為標誌的。

在這部書中，馬爾庫塞轉向弗洛伊德，試圖在弗洛伊德的本能理論和泛性論中尋找理性永不動搖的基石，那就是理性和感性在愛慾的基礎上的結合。它的表現形式就是審美活動和藝術創造。而從前：「理性被定義成抑制的工具，壓抑本能的工具，本能的、感性的領域被看成永遠對理性有害和與它相衝突的」。如果不改造這種理性，人類就要永遠在壓抑下生活，就永遠不可能進入真正人的王國。因為人是靈與肉統一的動物，隨文明發展而來的壓抑也應該隨人類文明發展而消除。在「剩餘壓抑」之下，靈與肉分離，精神的活力被理性窒息，肉體感受被禁忌鉗制。人如果和他的本質 —— 自由相脫離，那麼他可能是一切而唯獨不能是真正意義上的人。因為人是能夠按照美的規律來創造的類存在，美是自由的形式，人則能夠把自己的本質以美的形式表現出來。以美的形式表現出來的自由是感性從理性統治下的解放。馬爾庫塞說：「因而美學的融合包含了加強感性對理性專制的反抗，並且最終將把感性從理性壓抑的統治下喚醒」。

在這部著作中，與其說馬爾庫塞把弗洛伊德同馬克思相結合，毋寧說他實際上是把弗洛伊德和席勒相結合。在該書第九章中，他詳盡分析了席勒的思想。他甚至把席勒美育教育的中心含義歸結為解放在文明中被壓抑的感性。他認為席勒的最大功績就在於為一種新理性的出現提供了理論根據。這種新理性必定不再屬於哲學。他說：「感性從理性的統治下解放出來的要求不能在哲學中尋到它的位置，最大的改變在於，它在藝術的理論中尋到了庇護所」。這種新理性一旦出現，必定披着美的光彩，它所帶來的是滿足而不是壓抑。

「愛慾以它自己的術語重新規定了理性的概念，合乎理性的東西就是服從滿足的命令的東西」。這樣，理性和本能的滿足相結合，對理性的拯救要借助於人的原始生命力，這與其說是拯救理性，不如說是使理性還原，回到它所滋生的土壤中去。馬爾庫塞援引席勒，為這個新理性作了許多闡釋，但究竟甚麼是新理性，他還沒有一語道破。不過從這部書中已經可以清楚地看到馬爾庫塞的理性概念已經從理性主義者黑格爾那裏回到了詩人哲學家席勒。

一九六四年，轟動一時的《單面人》出版了。在這部書中馬爾庫塞提出了「藝術理性」這一概念。他說：「統治的合理性已經使科學的理性和藝術的理性相分離，或者它通過把藝術納入統治的領域而歪曲了藝術的理性。」

理性終於從思辨、推理、論證或工具化中解放出來，進入想像、意象、詩意、感性，激情的領域，完成了理性概念藝術化的過程。

馬爾庫塞所以要將理性同藝術相結合，是為了強調藝術獨特的優點在於：「理性就其應用於社會而言，一直同藝術截然對立，而藝術卻被允許了相當非理性的特權——不屈從於科學、技術和操作的理性」。

而這種對立又是由於：「統治的合理性把科學和藝術的理性相區分」。

為了抵抗發達工業社會對人的內在性的控制和潛入，為了躲避這個社會無孔不入的滲透性，馬爾庫塞曾企圖以哲學的純粹主觀性的否定力量來超越現實。但是純粹理性的哲學主觀性面臨被一體化的意識形態吞沒的危險，而注重感性的藝術又不能滿足批判理論系統化的要求，於是，否定和超越的力量最終寄託在藝術的理性之中，它來自前兩者，又綜合了前兩者。這種闡發很容易讓人想起青年黑格爾的思想：「現在我深信，由於理性包含所有的思想，理性的最高行動是一種審美活動；我深信，真和善只有在美中間才能水乳交融。哲學家必須和詩人具有同等的審美力。我們那些哲學家們是些毫無美感的人。精神哲學是一種審美哲學。一個人如果沒有美感，做甚麼都是沒精打採的，甚至談論歷史也無法談得有聲有色」。黑格爾說這番話時，正同詩人哲學家謝林、荷爾德林交往甚篤。或許那時，理性哲學在黑格

爾看來也是如詩的東西。作為黑格爾信徒的馬爾庫塞確實深得其中三昧了。

二、可能與現實：詩化的哲學反對實證哲學

詩化的哲學同實證哲學互不相容，這似乎是個很容易理解的事實。雖說近年來兩者頗有些秋波暗遞，但也只是在極有限意義上的讓步。大多數實證哲學家把玄思當作無意義的形而上學，而詩化哲學家卻以為沒有那塊超驗的天地，智慧便無處施展。當然，詩化哲學這個概念若泛泛談來，頗有些大而無當，但拿來說馬爾庫塞的哲學卻很貼切。在馬爾庫塞的用語中，實證哲學這個概念包羅很廣，它包括早期實證主義，邏輯實證主義，日常語言學派，普通語義學，操作主義，行為主義等等。顯然，他是用實證哲學一詞囊括了思辨哲學的一切對立面。在馬爾庫塞看來，實證哲學是一種單面的思想(one dimensional thought)，它代表着工業社會對人的思維、對哲學本身的摧毀性力量。馬爾庫塞對實證哲學的批評由來已久，早在一九三六年發表的《本質概念》一文中，他就對實證主義有關本質的看法進行了猛烈抨擊。他指出，實證主義者認為：「一切和知識有關的事實都是等值的，事實的世界是片面的，實在是『絕對實在』，這樣一來就排除了任何趨向本質的形而上學的或批判的超越」。隨着作為意識形態的科學技術在西方逐

漸侵吞哲學的地盤，隨着實證哲學日益技術化、形式化為分析哲學，馬爾庫塞對這種「單面的思維方式」的抨擊也愈加激烈。

一、社會和自然：研究不用對象的不同方法

馬爾庫塞並不籠統地反對實證哲學，他甚至還肯定過實證哲學的某些方法對科學研究的幫助。他對實證哲學的批評主要集中在這種哲學對現存事實所持的肯定態度，集中在它自以為能夠消滅一切形而上學問題的自大態度。尤其在進入社會研究之後，實證哲學信奉的分析方法更加偏頗，若將其推而廣之，不加限制地濫用，必然會加劇人的工具性演化。實證哲學宣佈它已一勞永逸地清除了哲學爭論數千年的問題，而馬爾庫塞則認為，這實際上是對人類理性能力的懷疑和反動。正是在這個意義上，馬爾庫塞認為：「實證哲學是對法國和德國理性主義的批判性和破壞性傾向自覺的反動」。馬爾庫塞的理性是藝術的理性，而實證哲學的方法和這種藝術理性的方法是風馬牛不相及。馬爾庫塞認為，實證哲學的方法是工具理性的方法，它把認識的主體 —— 人 —— 看作一種認識工具，把認識行動看作一件事實；而藝術理性的方法則把認識的主體 —— 人 —— 首先當作目的本身，把認識行動看作一種審美行動。特在社會科學領域中，前一種方法是非常片面的，它的適用範圍也是非常狹窄的，而後一種方法卻是必需的，因為「探索者不

是在研究一個抽象的客觀世界，而是在研究內在結構，這不許可像對自然現象那樣，把它歸結為客觀法則」。面對不同對象的不同性質，研究的方法也應有不同的特點。馬爾庫塞在這點上做了嚴格的區分。他認為，社會科學有其獨特的問題，因為它是研究在社會中活動的人的科學，因而它就必須注意到「儘管人在資產階級社會中已被物化，但是他們是有知覺的、講求價值的動物，他們要求通過自己的行動來達到一些目的」。在馬爾庫塞看來，人的行動是一種自由選擇，因而對這種選擇的研究就必須是能夠超越既定事實的批判性研究，在主要的研究中，個人感受是必不可少的。馬爾庫塞認為，作為一個社會科學家，他所研究的對象就是他自己生平的一部分，換句話說，社會科學家的傾向性是必然的。一個社會科學家或者自身就是所研究對象的一部分，甚至在組織材料這樣純技術性的工作中也不排除自己的情感成份；或者極其客觀，使自己成了社會生活的局外人。前者必然喪失純粹的客觀性（其實純粹的客觀性本來就幾乎不可能存在），後者卻失去了直覺能力——研究人這個對象所必具的本領。針對實證哲學標榜精確、科學、客觀的趨向，馬爾庫塞公開宣稱自己的方法以實證哲學的標準是非科學的。他指出：「如果你認為自然科學的模式是科學方法的唯一模式，那麼，可以肯定，社會科學和支配社會科學的准則或價值就是不科學的。但是我認為，把科學方法與自然科學模式等同起來是片面

牽強的，或者乾脆就是錯誤的。有一種科學方法是依靠對事實做批判性分析的，這種方法包括自然科學方法以及自然科學的數量計算所根本無法接觸的領域。我甚至要說，在社會科學中通用（或者至少是應當通用）的這種科學方法，在某種意義上來說，甚至比自然科學模式更為準確和正確」。這段話集中體現了馬爾庫塞對兩種方法的區分，而所謂社會科學的方法在馬爾庫塞那裏實在是一種藝術的方法。

我們可以拿人作例子來說明馬爾庫塞對實證方法和批判方法的區分。對人的研究可以有兩種方法：其一，把人作為人類學或生物學的對象加以研究；其二，把人作為具有無限複雜個性的、主動的、實踐的、審美的主體加以研究。對前者的研究是以客觀性、精確性為必要條件的，它可以借助觀察或其他科學手段進行，在這種情況下，人是純粹的客觀對象，服從自然法則。對後者的研究則需要豐富的想像力，帶有強烈的感情色彩，它幾乎就是藝術的方法。因為在馬爾庫塞的思想中，作為社會科學研究對象的人，在本體論的意義上就既是審美主體又是審美對象，研究這種人的哲學思想或社會理論就不可避免地具有如詩的特性。這是由它所研究的對象的本性——審美的自由主體——所決定的。

批判理論和實證哲學方法的區別還可以從另一個角度加以注意，即歷史的角度。從這個角度看，這兩種方法的區別又表現在前者所具有的超越能力和後者所推崇

的「注重事實」上面。馬爾庫塞認為實證哲學以事實作為最高權威，以觀察和明白闡述既定事實為主要任務，它必然帶來的後果就是哲學思維超越能力的消失，因為它們把哲學研究的對象僅僅局限在當下的事實中。它們所做的哲學陳述實際上有相當一部分是數學命題的哲學化。卡爾納普說：「只有數學和經驗科學的命題才有意義，而其他一切命題都是沒有意義的」。這樣，美，自由。善。等等非數學和非經驗的命題就是無意義的，而這些正是馬爾庫塞歸為人的本質的東西。從現象向本質的過渡必須依賴思維的超越能力，但有關人的存在的本質的命題已經被實證哲學否定，因而實證哲學注定是非超越的，它是人類思維能力的退化。針對維特根斯坦所說：「世界是由事實以及這些就是一切事實這個情況決定的」。馬爾庫塞指出：「導致從事實向本質的超越是歷史的。通過它，既定事實被理解成為現象，它的本質只能在一個旨在不同的現實形式的特殊歷史關聯的趨向中才能被理解」。（正如前面已經指出過的，這種歷史超越的形式最終被馬爾庫塞歸結為藝術的超越）由於實證主義哲學僅注重可經驗事實的清晰和明確，他們就把歷史也排除出哲學的視野。正如維特根斯坦所承認的：「我們對這些哲學問題的解決所能做到的是多麼少啊」。馬爾庫塞譴責這種自謙態度，他認為這種態度最終會導致政治上的迎合主義，他指出：「哲學的思想變成肯定的思想，哲學的批判是被局限在社會結構內進行

的，並且把非實證主義的觀念污蔑為思辨、夢想或幻想「。依照他的標準，這種注重經驗事實而不願在此之外再多說一句的哲學必然是沒有生命力和批判力的思想，因而是單面的思想。這種思想的單面性突出表現在近代分析哲學的形式主義中。

二、清晰性和奧威爾式的語言

馬爾庫塞認為現代分析哲學內容上的貧乏性表現在玩弄語言遊戲上，這種語言遊戲毫不觸及現存制度對人的壓迫，對自由的鉗制。分析哲學把語言分析當作哲學的主要任務，這就使哲學降低到文字遊戲的水平。把日常語言分析當作哲學的主要任務，這就把人的思維的完整性，人和自然的全部關係肢解了。注重語言分析的思想家們似乎不考慮這樣的問題：僅注重現存語言形式而不注重這種形式所含內容的否定意義，意味着對這種語言的內容缺乏批判的精神。通過語言分析，我們固然可以清晰而明瞭地使用現存語言，但是，正是這種語言告訴我們要服從這種語言所傳達給我們的信息，而這種信息本身就包含着應該加以批判的內容，因為現存語言形式使奧威爾式的語言。例如，在現存制度下，民主、自由、平等這些詞彙都包含着它們的反面——集權、壓抑、不平等，包含着人類的痛苦和辛酸。分析這些可能使這些概念變得極為清晰，但是馬爾庫塞問道：清晰是否是目的本身，抑或清晰僅是一種手段，一種和其他目

的相關的手段？他指出：「它（指語言分析──作者注）是正確的，但僅此而已，而我所辯駁的並非因為它不充分，而是因為它是哲學思想因而是批判思想的毀滅」。

維特根斯坦說：「凡是不可說的，對它就必須沉默」。而正是這一點被馬爾庫塞稱之為理智上的無能，他說：「『哲學就是讓每一件事物如它所是』，在我看來，這表明一種學術上的施虐──受虐狂，自我羞辱和知識分子的自譴」。而馬爾庫塞的批判理論卻注重從現存制度下通行的一切概念中發掘這些概念的否定的含義。他試圖依據自律的藝術理性來衡量現實，在否定性的思維中看到對現存秩序的挑戰。因而他斷言，對現存制度下的語言不能作簡單的理解，不能通過單面的思想去把握它們，而必須用全面的思想（two dimentional thought）去揭示它們的反面，它們的潛在性和可能性。在這個意義上，馬爾庫塞說現存制度的語言是奧威爾式的語言，也就是說，現存制度通過傳播媒介所散布的思想都是具有欺騙性的。在這種情況下，語言分析對於擺脫這種宣傳的影響，保持個人思想自由是無能為力的。相反，它甚至有助於加強肯定的思維。他指出：「語言分析的經驗主義在不容許矛盾的結構中運動，對流行的行動領域的自我強加的限制就從根本上造就了肯定的態度……事先劃界的分析服從於肯定思維的力量」。肯定思維的力量表現在它幫助現存制度製造虛假需求，使違背人的本性的東西被人自覺而愉快地接受，現存制度表

面上的歌舞昇平並不能證明人類不幸的消失，只能證明人類不幸意識的消失。人不幸而不知其不幸，渾渾噩噩地活着，不是作為創造和審美的主體主動地生活，而是作為統治階級的陪襯卑賤地苟活

　　如果從「現存制度的語言是奧威爾式的語言」這一命題來看分析哲學對語言的分析，那麼它的一些列承諾，例如，拯救思維混亂，摒棄形而上學，清除哲學的超越性與想像力，就可能造就單面的思想；它所標榜的療救功能則可能會把唐璜、哈姆雷特、羅密歐當作精神病患者加以治療，因為他們所使用的那種如珠似玉的語言對分析哲學來說是完全不能容忍的。分析哲學只注重語言形式而不注重語言內容，特別是它排斥了詩的語言形式在哲學中的應用，這都是馬爾庫塞所不能同意的。他責問道：分析哲學只顧及每一個人都承認的陳述，只顧及共同的詞根，但是，「甚麼是這個共同的詞根呢？……它是否包括詩的語言中的詩眼」。這種把詩的語言當作哲學語言使用的要求理所當然把藝術的方法當作批判理論的方法，特別是當作反對實證哲學語言的方法。這種理論注重的是具有審美能力的主體認識事物的方式，注重的是對現存事實的超越和否定。如同分析哲學有自己的符號語言，這種批判也有自己的語言系統，它的語言甚至包括夢幻式的陳述和神秘的比喻。正如馬爾庫塞自己所說：「審美的向度當然是一種自由的表達，它使作家、藝術家以他們自己的稱謂去稱呼人和

物 —— 去命名其他人所不能命名的東西」。這種近乎天啓式的語言卻是馬爾庫塞的主要鬥爭武器。

我們暫時不去詳細討論馬爾庫塞對分析哲學從政治角度所做的討論有多少正確性，這些指責大半來自馬爾庫塞對分析哲學的推論，其中確有偏見和曲解。但是他對分析哲學形式主義的批評還是有一定意義的，他對研究不同對象所應使用的不同方法的論述也並非一無可取。不過，這並不能表明馬爾庫塞是站在了一個正確的立場上。他以想像的超越去反對實證哲學的「注重事實」。因而不能對分析哲學作出正確的評價。他的論述充滿激情。這或許因為他自己已經斷定：「同它（發達工業社會 —— 作者注）的合理性的虛假和不合實際的方面相比，非理性的領域變成了真正的合理性的家園 —— 那些能夠促進生命藝術的理念的家園」。正如他把哲學的理性變成了藝術的理性一樣，他把對現實社會進行革命改造的任務也交給了藝術的理性。

三、藝術與革命：俄耳甫斯、那喀索斯反對普羅米修斯

批判理論對實證哲學的抨擊已經反證了它自己的唯美主義立場和詩意的、浪漫的方法。同以往的詩人哲學家一樣，馬爾庫塞企圖把詩人和藝術家對社會生活的感受和認識引進自己的理論體系，這個企圖是馬爾庫塞批判理論的突出特點。但與以往詩人哲學家不同的是，馬

爾庫塞並不把詩意的認識方法本身當作自己的研究對象，而只是直接用這種方法衡量社會現實，把它當作一種無堅不摧的革命力量。在這裏，它所理解的現實是用藝術的眼光批判過的現實，它所憧憬的未來是用藝術方法構造的未來，當這些都以希臘神話的華美比喻展現時，一切歷史和經驗的內容都從馬爾庫塞的批判理論中消逝了。

一、美的幻想曲

馬爾庫塞的幾部重要著作都和美結下了不解之緣，特別是他的後期著作，幾乎可以說是言必稱美，從《愛慾與文明》到《單面人》，從《反革命與造反》到《論美》，美的問題成為馬爾庫塞批判理論的中心問題。他把批判理論的最終理想和力量寄託在美的王國，因而我們有必要來談談美。

當我們着手時，首先碰到的一個概念就是愛慾（eros）。馬爾庫塞對愛慾與文明之間關係的注意直接受弗洛伊德啓發。弗洛伊德曾對性慾（sex）和愛慾（eros）之間的關係做過一個很重要的說明，他說：「至於說到性慾觀念的擴展，任何自以為高明、不屑地鄙視精神分析學的人都應回想一下，精神分析學擴充了性慾一詞的含義和神聖非凡的柏拉圖所說的愛慾（eros）是多麼地接近」。他在這裏提及的「柏拉圖所說的愛慾」顯然是指柏拉圖把美和生殖相結合而得出的愛情定義。柏拉圖

在《會飲篇》中說：「愛情的目的是在美中孕育和生殖」，「美就是主宰生育的定命神和送子娘娘」。這樣，弗洛伊德用柏拉圖來說明他「擴展了的性概念」就給性的概念一個極寬泛的含義：「性並不局限於生殖的」，凡引起機體愉快感的東西都可稱作性的。這其中當然包括了美。美和生殖相結合（如柏拉圖所說）就是愛慾，因此，「擴充了的性概念」（弗洛伊德語）——愛慾——就是人的生物本能的審美化。聯繫「性」在弗洛伊德心理玄學中本體論地位，就可以發現美作為生本能的內在屬性而賦有了本體論的含義。馬爾庫塞對美的探索就是從這個基礎出發的。

馬爾庫塞認為，弗洛伊德的偉大貢獻在於把愛慾引進了本體論，這就把本體論從傳統的理性概念中解放了出來，因為理性總是天生和以愉快為目的的愛慾相敵對，它是壓抑的工具，他指出：「傳統的本體論受到了挑戰，為了反對以邏輯的術語來解釋存在的概念，產生了以非邏輯的術語『意願』和『歡愉』來解釋存在的概念。這股相反的潮流努力闡釋它自己的邏輯，滿足的邏輯」。愛慾進入本體論，就意味着把自由和美引入本體論，因為愛慾的實質就是人的本能衝動，以美的形式表現自由滿足。由於「存在本質上是奮求愉快」，而愉快在高級文明人中的最高表現形式是審美快感（甚至真正人的性愛也應帶有審美意味），因此，生命本能的衝動就注定要以美的形式顯現出來。這個新本體論以愉快為

目的，以美為表現。實際上，它是從生理學的角度並在人類個體的有機軀體中來尋找美的源泉，確立美之不可還原的本體；用有機生命本能的衝動來解釋美的創造。但是，對以存在的本質為研究對象的本體論來說，僅僅以有機生命的特性概括存在的本質仍然是不全面的，馬爾庫塞試圖以有機生命和無機物之間的聯繫和轉化來加以解釋：「確實，弗洛伊德的愛慾概念僅指有機的生命。不過無機物……同有機物是如此緊密相聯，乃至（……）它似乎可以給弗洛伊德的概念一個普遍的本體論含義」。這樣，有了有機生命和無機物在本體論上的同一性，美就可以直接被置於生命需要的基礎上了。它統攝人類生存和繁衍，從而和人類的保存綿延緊密相關，只要人類生生不息，美就注定了和它相伴隨，開放出無窮盡的絢爛花朵。這些藝術的花朵代表了生命本能的流溢。全部人類文化的發展表現為要求滿足的本能和社會禁忌之間的衝突在壓抑下昇華的結果。而藝術則是以審美的形式表現了人類生命中固有的美的基質，在現代社會中這些表現是壓抑的昇華。一旦生命、自由、美的三位一體——愛慾能夠君臨一切，那麼人類就將恢復自己的最高本質，做到如柏拉圖所說：「看到美本身，那如其自然、精純不雜的美……那神聖的純然一體的美……和它契合無間，渾然一體」。在這個意義上，馬爾庫塞指出：「弗洛伊德以愛慾解釋存在就恢復了柏拉圖哲學

的早期階段，它不把文化當作壓抑性的昇華，而是看作愛慾的自由的自我發展」。

但是愛慾的這種自由的自我發展能力正在被現代工業社會強大的凝聚力所吞沒和扼殺，拯救愛慾就成了馬爾庫塞終生為之奮鬥的事業。要想拯救愛慾，僅僅停留在本體論的抽象論述是不行的，馬爾庫塞隨之就在認識論的層次上開始了對藝術的功能的研究，因為在現階段，愛慾僅能通過藝術而外化和對象化。

在發達工業社會，唯一能夠掙脫現實原則的壓抑而保存愉快原則的力量是想像和幻想。它們的相當一部分產品是各種藝術品，它們的認識能力表現為可以依照審美的原則進行創造。它們可以把愛慾保護在一個與現實相隔絕的王國，在那裏可以實現人類的全部理想而不懼怕現實原則的殘酷禁忌。馬爾庫塞突出想像的認識論功能在智力活動中的意義，這主要是因為「甚至在發達的意識領域中，它也能保持擺脫現實原則的高度自由」。這個「擺脫現實原則的自由」實際上是一種藝術創造的自由，而藝術創造的首要方法就是想像。想像也有自己的真理價值，表現在它可以超越人類現實的經驗而去符合自己的經驗。這個超越表現在藝術中。想像的真理價值的實現只能在它獲取了形式之後，而形式的獲取只能在藝術的創造之中。因此，「對幻想的認識功能的分析就這樣導致了作為美的科學的『美學』」。

想像的功能對愛慾之所以重要，因為它可以創造一

個理想世界，這個世界符合人的審美化了的本能要求，它通過藝術品，一部小說，一首詩歌，一支樂曲，一張圖畫，給人類普遍地壓抑着的本能一個具體的、瞬間的滿足，這個功能是其他東西所不能提供的。因而馬爾庫塞說：「自由的最終形式就是無焦慮的生活，但這個觀念僅能夠在藝術的語言中得以不受懲罰地表達，而在更現實的政治理論，甚至哲學的關聯體中，它幾乎被當作烏托邦而受到廣泛的詆毀」。對想像功能的研究和注意並非自馬爾庫塞開始，在哲學史上，這幾乎是浪漫主義哲學家所共同關注的問題，馬爾庫塞對想像研究的新意在於他從弗洛伊德的本能理論中發現了想像同愉快原則，同美固有的聯繫。當然，弗洛伊德已經在這條路上走了很遠，但他畢竟只是從心理學的角度看待這個聯繫，而馬爾庫塞卻從社會文明發展的角度來看待這個聯繫。他認為，當前的危險在於遵從愉快原則的自我（ego）已被現實原則肢解。思想的主流已進入現實原則的領域，它被操縱着，控制着，不由自主地去符合現實原則的壓抑的要求。唯有想像的高級產品 —— 藝術 —— 能夠擺脫這個主流而奔向自由的海洋。想像，是藝術理性的認識方法，而藝術理性是愛慾的理性，它依靠幻想虛構一個世界。在這個世界中，愛慾依靠幻想的力量避開剩餘壓抑的要求而得到滿足：「幻想中的愛慾因素目的在於一個『愛慾的現實』，那裏，生本能將在無壓抑的滿足中趨於寧靜。這是幻想過程的最終內容。……憑借這

個內容，幻想在理智的能動中起了獨一無二的作用」。

如前所述，藝術的理性是現代工業社會中批判任務的主要承擔者，因為不論從個體發生的角度還是從種系發生的角度看，美都是與生俱來的人的天性，而現代工業社會卻為了統治階級的利益自覺和不自覺地扼殺這種天性，在馬爾庫塞看來，這幾乎意味着對人類種族的扼殺。拯救人類的生存本能就是拯救美，而這個拯救本身就意味着一場革命。這是一場由具有審美意識的主體，以審美創造力為武器進行的一場拯救美的革命。它的頭腦是藝術理論，它的方法是創造詩的真實，它的目的是拯救靈魂。在二次大戰之後表面上歌舞昇平的西方世界，大聲疾呼這樣一種革命，倒頗讓人有空谷足音之感。

首先，馬爾庫塞論述了藝術本身所具有的革命性，這種革命性表現在它可以通過夢想而創造一個符合人的本質的存在，這樣一個虛構的伊甸園就已經可以喚起人類對美好事物和幸福世界的嚮往，它與醜惡現實的強烈對比就可以喚起革命的願望，從而變成現實的革命政治力量。他說：「夢想必定變成改革的力量而不只是夢想合乎人性的條件，它必定變成一種政治力量，假如藝術在歷史領域中夢想着解放，這夢想通過革命的實踐就一定是可能的」。但是夢想和真實究竟是一種甚麼關係呢？從常識的觀點看，夢想當然不是真實，或者如弗洛伊德對夢的解析，夢是現實中得不到滿足的願望的實

現，但這終究是夢，它可能對心理平衡有用，和革命實踐卻毫不相干。但是馬爾庫塞自有對真實的另一種解釋，他說：「藝術向現存制度決定甚麼是真實的壟斷權挑戰，它通過創造一個虛構的，因而比現實本身更為真實的世界來做到這一點」。由此看來，他認為現存的東西並非真實的，而虛構的東西倒有真實性，那就是詩的真實。這個觀點顯然和兩種理論有關，一是黑格爾對現存和現實關係的解釋，二是弗洛伊德對人類趨於回復童年情景的傾向的關注。前者從歷史的角度看待現存和現實的關係，認為失去了展開的必然性的現存並不是現實而只是一種「留存」，在本質上，現存已經失去了現實的性質。後者從發生學的角度看待人對寧靜的嚮往，它把嬰兒在母體中的寧靜、溫暖當作人力圖通過回復童年情景而重獲的享受，這被稱作「涅槃原則」。這兩者都稱自己是歷史的，但前者注重的是歷史的前進，後者注意的是歷史的後退。馬爾庫塞對真實的解釋可以說是這兩者的奇怪混合，其獨特之點在於馬爾庫塞把獲得真實性的能力賦予藝術。他說：「藝術的真理存在於這裏：真實世界是如藝術品所表現出來的」。而這種對真實性的揭示又是愛慾的自由表現，愛慾中的天生審美要素就是美的顛覆性的基礎。他說：「我們發現了審美向度的一個新的內在顛覆性的表現，特別是美作為自由理念的感性形式」。由於有這種無限制的，憑借幻想力縱橫馳騁的自由能力，美可以中和矛盾，解決衝突，創

造寧靜！「在這個美學的領域中，矛盾衝突實際上得到力瞭解決，因為它們顯現在一個它們所歸屬的普遍秩序中」。

這種自由地解決衝突的能力靠甚麼實現？藝術中蘊藏着的政治力量的具體形式是甚麼？馬爾庫塞毫不猶豫地回答我們：「政治戰鬥變成了一個審美技巧問題，不是藝術被轉換成現實而是現實被轉換成新的審美形式」。藝術的政治潛能表現在它所具有的純粹審美形式中，正是這些純粹審美形式：旋律、音韻、結構、語詞、色彩、線條、調性、節奏等等，賦予藝術不服從現實的特權，賦予藝術自動地對抗現存社會關係的能力。因此，「藝術並不直接採取一種社會的或政治的學說、詩歌、油畫等形式。或者當它們這樣做時(如在畢西納、左拉、易卜生、布萊希特、德拉克洛瓦、仲馬、畢加索的作品中)，文藝作品仍然要訴諸藝術結構，訴諸戲劇、小說、油畫，這就明確表現了它們同現實的距離」。藝術只能在藝術中並僅用自己的語言和形象來表現它所具有的激進反抗的潛能。它所帶給人們的認識和解放力量也僅存在於藝術本身，存在於一件藝術品的風格和形式之中。一件作品，愈有政治氣味，革命性就愈弱，它的純粹審美形式愈精巧，革命性愈強，愈脫離現實，革命性保存得愈久遠。照此看來，貝多芬的音樂固然是革命的，但它和莫扎特得音樂相比，反而遜色，因為前者直接把法國大革命的戰鼓引進樂曲，作者本人直

接用旋律的曲線刻畫自己渴望自由的靈魂，而後者，無論生活多麼艱辛，無論時局多麼動蕩，都絲毫不會攪擾旋律的澄澈透明，安詳寧靜，節奏的清晰明亮，歡快超塵。同依此理，布萊希特的政治戲劇就不如波德萊爾的象徵主義詩歌革命性強，因為前者只就歷史的或當下的一件具體的事件發表評論，而後者卻在「象徵的森林」里尋覓到了永恆的主題。

好了，馬爾庫塞的藝術革命的實踐意義已經非常清楚。他的全部藝術革命理論實在是一首由訴諸美的本體論，訴諸想像的認識論，訴諸純粹審美形式的革命論這三個樂章組成的美的夢幻曲。它的歷史的、現實的革命實踐意義需要從一個更深的層次來理解。但是，馬爾庫塞也要求對藝術的本體論結構進行歷史證明，他說：「藝術的本體論結構是歷史的」。那麼他是根據甚麼來下這個定義的，又是如何進行歷史證明的呢？

二、神話的真實

我們在前面曾經指出過，馬爾庫塞的「想像的真實」的理論是黑格爾和弗洛伊德的奇妙混合。但當我們開始接觸馬爾庫塞對「藝術本體論結構」的歷史證明時，我們就發現黑格爾的影子一點也不見了，弗洛伊德心理玄學的暗影籠罩着馬爾庫塞的全部論述。他對藝術本體論的歷史證明是求諸於神話象徵性的比喻，歷史在他那裏就是人類童年期在新的水平上的重演。因為

從人類個體的成長來看，個體兒童期的幻想包含着真理價值，這樣，如果從人類整體的角度看，人類童年期的幻想也必定包含了真理的價值，而人類童年期幻想之最卓絕的代表就是古希臘神話。因此，代表着人類希望的兩個原型 —— 俄耳甫斯 (Orpheus) 和那喀索斯 (Narcissus) —— 就有了歷史證明和預示未來的意義。

　　一反多年來人類對英勇無畏的普羅米修斯的讚美，馬爾庫塞把他放到了一個和壓迫者為伍的陣營中。因為在馬爾庫塞看來，普羅米修斯是人類永恆痛苦的象徵，他雖然為人類技術進步作出了貢獻，但卻因此注定了他永遠在高加索山岩上經受折磨，普羅米修斯的獻身精神象徵着人類因技術進步而遭受的苦難。馬爾庫塞認為，以往的文化英雄都是以經受永恆的痛苦為代價而創造文化的，這些英雄是生產性的，在他們的生產中，進步和痛苦是相互糾纏的，其典型就是普羅米修斯。他說：「普羅米修斯是施行原則的英雄原型」。馬爾庫塞的這個比喻的確切含義究竟是甚麼，我們可以從古希臘神話關於普羅米修斯的記載中找到。普羅米修斯把火帶給人間，並教會人類征服自然的手段，因而自然的代表 —— 神 —— 就要向人類施行報復，他們派了潘多拉給人間帶來無窮的災難，同時罰普羅米修斯終身受苦，甚至在馬人喀戎作了他的替身之後，他也要永遠戴着一隻鐵環，並鑲上一塊高加索的石片，使宙斯可以誇耀他的仇人仍然被鎖在山上。普羅米修斯和眾神的搏鬥象徵着人類

征服自然的努力和自然界向人類施行的報復，只是在希臘人的頭腦中「自然的形象化」(馬克思語)則是神，因而自然對人的報復就表現為神對人類的代表普羅米修斯的報復。這就是馬爾庫塞閃爍不定的比喻中所包含的真意。

但是，人類是否要陷入這種永劫不復的循環，人類還有沒有可能同自然界和諧相處，使自然界成為人類有機體的一部分？也就是說人類有沒有獲取擺脱了外在統治的真正幸福的可能，如果有，它表現為甚麼形象？馬爾庫塞同樣在希臘神話中找到了相應的證明，他們就是藝術本體論的歷史證明。馬爾庫塞指出：「假如普羅米修斯是辛勞、生產和通過壓抑獲取進步的文化英雄，那麼另一種現實原則的象徵就必須從對立的一極尋求。俄耳甫斯和那喀索斯代表了完全不同的另一種現實」。「他們從未變成西方世界的文化英雄，他們的形象是愉快和滿足，他們的聲音不是命令而是歌唱」。同代表生產施行原則的普羅米修斯相反，俄耳甫斯和那喀索斯代表着藝術和美，代表着人類童年幻想中的真理價值和真實的希望。他們的形象調合了愛與死，喚起了人們對一個不受控制和操縱的自由世界的嚮往。在這個世界中，現今仍被壓抑的愛慾可以自由釋放，而釋放出的愛慾力量「不是摧毀而是和平，不是恐怖而是美」。馬爾庫塞充滿激情地引用里爾克的《俄耳甫斯十四行詩》來謳歌這個代表着藝術與美的形象：

噢，簡直是位窈窕女郎，飄飄而來，熠熠閃光，

他來自超絕的幸福，那是七弦琴和歌唱。

他進而斷言：「俄耳甫斯是詩人作為解放者和創造者的原型」。

為了完成他們創造新世界的偉業，詩人和歌手俄耳甫斯同那位沉溺於美色不能自拔的英俊少年那喀索斯以自己的行動和形象「揭露現存秩序」，並努力去建立一個新的秩序，這個新秩序的主要內容被概括在波德萊爾的一句詩中：

「這裏一切都是秩序和美，華貴，平靜和感性」。

現在我們可以看出，分析這兩位希臘神祇的象徵意義，對於理解馬爾庫塞的批判是非常重要的。我們先來看看俄耳甫斯。首先，俄耳甫斯代表了詩人拯救世界的原型，他的武器是歌唱，他的目的是愉快，他要使美成為人們追求自由的原動力。因此，他是美的本體論的歷史證明和形象化體現。「在他的人格中，藝術、自由和文化從根本上是結為一體的」。其次，俄耳甫斯代表了人和自然的一體化。在他身上，人和自然的對立，主客體之間的對立被克服了，在他的歌聲中，不但人獲得了滿足，自然也獲得了滿足。馬爾庫塞說，「俄耳甫斯的歌聲安撫了動物世界，使猛獅和羔羊，猛獅與人和諧相處。如同人類世界一樣，自然界也是被殘酷地壓迫着的痛苦的世界，它也等待着解放。這個解放是愛慾的工作，俄耳甫斯的歌聲打破了死寂，移動森林和岩

石——但這是為了使它們去分享快樂」。俄耳甫斯移動山林，召集百獸，不是為了控制和征服它們，而是要讓自然界和人們一起去分享快樂。這種把人和自然看作是同樣的有精神活動的現象，把他們歸於同一有機源泉的思想，實際上是以神話外衣掩蓋着的「人與自然通源論」這個浪漫哲學的舊命題。而那喀索斯之所以排除一切他愛，是因為他尚未找到值得他去愛的對象，當他如醉如痴地沉溺於對自己的影子的愛戀時，他並不知道他所戀的就是他自身。這個神話的思辨意義在於：它解釋了美就在人本身而人尚無知覺，人一旦明瞭那喀索斯形象的意義，就應該在自己的內在性中發掘出美，美就是人自身，人之回復到內心就是回到美。馬爾庫塞斷言，「俄耳甫斯的愛慾改造了存在：他用解放控制了殘忍和死亡，他的語言是歌聲，他的工作是遊戲。那喀索斯的生命是美，他的存在是觀照」。馬爾庫塞在神話世界中找到了自己的革命理想，在藝術中看到了革命力量，當六十年代現實鬥爭的烈火映入他的眼簾時，他終於把眼睛從奧林匹斯山上轉向人間。

三、從烏托邦到象牙之塔

　　從上述唯美主義的立場出發，運用藝術的方法，馬爾庫塞對當代發達資本主義進行了猛烈抨擊。他的批判集中在資本主義意識形態上，特別集中在資本主義意識形態對人的審美能力的毀滅上。這種批判又首先指向實

證哲學，因為在馬爾庫塞看來，這種哲學是壓抑和控制的力量，它對哲學思維的生命力是非常有害的。但是，這種批判並不以抨擊單面的思想為目的，它還要建立一個以浪漫主義理想為模式的人類社會的新圖景，這個圖景也被馬爾庫塞稱作社會主義。那麼馬爾庫塞心目中的社會主義與現存社會主義有甚麼不同呢？他認為，「假如我們正在尋找一個能夠表明社會主義社會（與其他社會）質的不同的觀念的話，審美──愛慾的領域幾乎立即出現在腦海中，至少對我如此」。在他看來，現存的社會主義制度，甚至在它最民主的形式中都遠沒有把愛慾解放出來。社會主義兵並沒有恢復美的本體論地位，沒有消滅人的本質和存在之間的衝突。當他以審美價值衡量社會主義時，他就把社會主義過渡的歷史運動歸結為道德的、美學的、心理學的需要和滿足的過程。在這個過程中，需要的方式和需要本身被徹底改造了。「道德和審美的需要變成基本的、生命攸關的需要，並且趨向於性，男女與自然之間的新關係」。這樣的一種社會主義其本質特徵是美的，同美有着不可分割的聯繫。它帶給人們的審美愉快，是愛慾的普遍化，是人與人、人與自然之間關係的藝術化」。「社會主義的象徵是由日常生活向藝術的過渡，是寧靜的出現」。為了獲得這樣一個無焦慮、無衝突的澄明境界，必須能夠以詩的想像超越現存社會，馬爾庫塞給我們提供了這種想像的樣板：

看那仙鶴展翅飛翔，

白雲圍繞在它身旁，

伴隨它遨遊天空，

從一種生活飛向另一種生活。

在仙鶴的飛翔中有着解放的想像，飛過美麗的天空，以白雲為侶，天空和白雲屬於它們，這裏沒有壓迫，沒有統治」。白鶴的象徵意義用馬爾庫塞自己的話來說就是，「反對客觀條件對人的不斷奴役，藝術反映了一切革命的最終目的，個人的自由和幸福」。

為了達到這個目的，需要造就一批新人，這些人富於新的個性，有新的感受方式，不但善於用頭腦，而且善於用感覺；他們同現存制度不協調、更不逢迎，而是對它抱着毫不妥協的批判態度；唯有這些人才佔有真理，不但是理性的真理，更是藝術的真理，他們帶着美的光彩出現，他們是「新的歷史主體」。弗萊在總結馬爾庫塞的新人特徵時說，「一言以蔽之，新人就是那種其全部存在、完整的存在方法和方式是一個新需要、新感性、新理性的表現」。那麼馬爾庫塞到哪裏去尋找這些新人呢？他明確地告訴我們，到那些具有審美能力、批判能力的知識分子中去尋找，因為，「知識分子在現階段物質生產中起着至關重要的作用」。他並不掩飾由於知識分子作為革命的主導力量而使新左翼運動帶上了傑出人物統治的色彩。因為作為這個運動代言人的不是政治家而是詩人、作家，他們因其獨具的批判精神和佔

有高級文化的特權而成為現存社會的局外人。正因為是局外人，所以他們不理睬大眾傳媒的灌輸，而孤芳自賞地享受思之愉快。為了保存人類精神成果，他們甚至是「反群眾」的。「在發達資本主義國家，這『一小部分人』不是『人民』，不依賴於人口的大多數，而是如布萊希特所定義的那樣，是人民中的少數，是作為戰鬥力的少數而反對這個『群眾』的」。

新人一經發現，革命就將開始，在六十年代風起雲湧的抵抗運動中，馬爾庫塞走出書齋，大聲疾呼革命，也談論暴力反抗。一九六八年，他以《暴力問題與激進反抗》為題發表演講，其中提出「反抗暴力的暴力」觀點，認為以暴力反抗暴力是捍衛生命的特權。那時，他似乎認為一場激烈的革命風暴將衝刷現有制度的污穢，風暴過後就是新的玫瑰色的黎明。為此，他大聲疾呼，「我們必須反抗，假如我們還想像人那樣生活」。

可是，風暴雖然過去，街市依舊太平，革命並沒有帶來馬爾庫塞所嚮往的美麗黎明。現代西方社會以它強大的凝聚力，如同在一架龐大的機器上安裝一個零件那樣，把那些六十年代的鬥士，激進反抗的英雄，那些馬爾庫塞曾從他們身上看到愛慾解放的前景的人，安置到經理人的位置上，這些否定的力量又變成了肯定的力量。是新人消失了嗎？不，新人從來就沒有造就，因為甚至在激進知識分子開展抵抗運動的時候，他們的人格也沒有煅造完成。這個煅造新人格的過程在馬爾庫

塞看來完全是個人內心審美能力和道德的完善過程。一九七二年，抗議風潮已過，馬爾庫塞開始總結革命失敗的教訓，發表了《反革命與造反》一書，此書第三部分的標題是《藝術與革命》。馬爾庫塞開始尋找批判的歸宿。他以庫爾貝為例，探討一個藝術家在革命失敗以後，以甚麼樣的方式繼續抵抗的問題。他從庫爾貝身上看到了希望。他說，「在一八七一年公社期間，庫爾貝是公社委員，他曾贊成夷平旺多姆圓柱，他為自由和非特權的藝術奮鬥，但是在他的油畫中卻沒有革命的直接證據，那裏沒有政治內容。在公社失敗之後，在對公社英雄大屠殺之後，庫爾貝仍然活着」。是的，我們還可以指出，甚至在庫爾貝出獄流亡瑞士之後，他仍然創造出了《希雍城堡》那樣甜美安詳的畫卷。馬爾庫塞從這裏領會到脫離革命的革命性，脫離政治的政治性。一言以蔽之，走進象牙之塔。他說，「確實，在智力文化的兩個領域中，同既定現實相脫離和相疏遠可能會導入一個象牙之塔，但是也可能導入某些現存制度所日益不能容忍的東西，即獨立思考和感受」。在他去世前兩年的一九七七年，馬爾庫塞寫了一部論美專著《論美》，開始談起純粹審美技巧的革命性。這時，他實際上已經為這種詩人的批判找到了最後的歸宿，就是回到內心，在內心深處體察美，澈悟美至高無上的地位。這樣，就可以隨心所欲地否定一切不符合美的東西，因為它再不需要苦鬥、流血，而只需要憑借內心的「大拒絕」。他刻

意追求的是在內心營造一個變革的新基地，在這個基地上，美的本體論、認識論和革命論天衣無縫地融為一體，他幻想從這裏出發去營造一個充滿美的世界。王爾德說，「人生因為有美，所以最後一定是悲劇」。在馬爾庫塞看來卻恰恰相反：人生因為有美，所以才有拯救的希望。他說，「進入內在狀況並且堅持一個私人領域，可能成為反對管理人類存在的一切向度的社會的壁壘。內在狀況和主觀性可能變成改造存在的內在和外在空間，成為出現另一個領域的空間」。

我們已經跟着馬爾庫塞走完了他導引的道路。在這位哲學家看來，人類的希望就在於詩的世界仍然存在着。技術盡可以完善，壓抑盡可以延續，統治盡可以維持，但有一個地方終究存在，那就是詩的世界，美的世界，藝術的世界。在那裏，願望，這」自由與意志的真教義「仍然活着。倘若「不再願望，不再估價，不再創造」的大疲倦終於廣被大地，人類怕無路可走，因為願望、估價、創造是精神的生命所繫，而精神昭示着道路。

馬爾庫塞，一位批判家，幻想家，但對他最確切的描述莫過於他自己所言，「我是一個絕對善良而多愁善感的浪漫的人」。

蒙田的思索「我知道甚麼」？

一　蒙田的時代和生平

蒙田活了六十歲，這一段正是宗教改革風起雲湧、文藝復興蓬勃發展，社會由中世紀轉入現代的時刻。這個關鍵時刻的各種變動，從宗教到思想，從社會到政治，都是激活他思想的誘因。美國大歷史學家巴爾贊（Jacques Barzun）曾把以一千五百年為起始的現代社會劃分為三大階段，一五○○－一六六○年，一六六一－一七八九年，一七九○－一九二○年，這個劃分偏重於文化史的分期。他認為這第一個階段圍繞的中心問題是，宗教中我們應當信甚麼？蒙田出生之時，正是在這個問題上，法國社會的衝突極為激烈。

一五一七年十月三十一日，薩克森一個礦工的兒子馬丁・路德在維滕堡主教堂的門上張貼了他的九十五條論綱，其中講到「贖罪券絕不能赦免罪過。教皇本人無權作此赦免，赦免罪過之權屬於上帝」。「基督徒只要真心悔改，就得到了上帝的赦免，與贖罪券無關，也就不需要贖罪券」。贖罪券是一個可惡又可笑的東西，當

時基督教世界的首領羅馬天主教會極其腐敗。一些教皇生活奢侈糜爛，貪污腐化，養情婦，為私生子謀取收益豐厚的教職，手頭錢緊了，就欺騙信眾，出賣贖罪券。只要你花錢買了贖罪券，你在塵世的罪惡就可一筆勾銷。路德點燃的這把火，實際上照亮了新教最關鍵的兩個訴求，一是「因信稱義」，這就是説，你只要內心真正地相信上帝，你就能夠得救，這完全是出於上帝的恩典。這就把得救的基石奠在人的內心，而不是依賴外在的所謂善行，更不靠購買贖罪券來得救。二是路德所説的「基督徒是完全自由的主人，不從屬於任何人」。這兩條現在看起來很簡單，但在當時已經發展了一千五百年的基督教世界裏，從社會思想發展的角度看，路德這是肯定了世俗的人類文明生活，肯定了個人在塵世的地位，今後你要想做個好基督徒，只需認真閱讀福音書就行了。因此布克哈特説「路德把天堂變成了人間」。

路德寫他的九十五條論綱時，印刷術已經問世好幾十年了。拜印刷術的好處，路德的觀點被到處翻印，秘密流傳。就在路德貼出九十五條論綱前後，巴黎孟泰谷學院出了個文藝復興的大人物愛拉斯莫。愛拉斯莫生於荷蘭的鹿特丹，但他卻是在巴黎求學，現在先賢祠旁邊的聖熱納維耶芙圖書館牆壁上還釘有一塊銘牌，記載着愛拉斯莫曾在此生活學習。他是一位享譽歐洲的大學者，反對愚昧的宗教信條，主張開明寬容。他和路德的思考辯論風格截然不同，從表面上看，一個是怒目金剛

的鬥士，一個是溫文爾雅的學者。有神學衛道士攻擊他，說路德就是你下出的蛋。他反駁道，「不錯，可我下的蛋本是隻母雞，卻讓路德孵出了隻鬥雞」。路德自己說，「我不過是把愛拉斯莫的想法直截了當說出來了」。路德很希望愛拉斯莫能支持他，愛拉斯莫給他回信說，「如果有人攻擊我，我的反應是講理比謾罵更易讓人心服……舊制度猶如一棵大樹，不可能一朝一夕就拔除它」。但是他的名著《愚人頌》假借誇讚愚人，淋漓盡致地控訴當時社會的種種醜陋現象、帝王的愚蠢、教士的虛偽、傳道人的裝腔作勢。

在蒙田出生時，弗朗索瓦一世已經在位十四年，他應該算是一位明君。他接手自一四九四年開始的意大利戰爭，在幾次入侵意大利的征戰中，他迷上了意大利文藝復興時期的藝術，他把意大利學者、畫家、工匠引進法國，還建立了王家學院，即現在的法蘭西學院的前身。著名的楓丹白露宮就是由法國的建築藝術和意大利文藝復興風格混合而成的傑作。可以說蒙田的時代，是法國文藝復興的輝煌時期。正是在這種開放的氛圍下，才會激發出人的聰明才智，創造出偉大的思想成果。其實文藝復興就是人的覺醒，從神道至上變成人道至上。從彼得拉克的愛情詩，到皮科《論人的尊嚴》，從但丁的《神曲》到布魯諾的《論英雄熱情》，無處不顯出人性的光輝和偉大。但是隨後，從一五六二年到一五九八年，三十餘年間八次宗教戰爭，把法國折騰得遍體鱗

傷。蒙田大半生目睹宗教仇殺之殘酷，他的許多思考都寫在《隨筆集》中。

　　蒙田一五三三年出生於法國南部的佩里戈爾地區。蒙田的家系屬穿袍貴族，也就是那種並非血親貴族，而是靠經商致富又擔任政府公職後被封的貴族。蒙田的祖上是開魚行又兼營葡萄酒，後來購買了蒙田城堡，所以後代改名蒙田。蒙田的父親跟着弗朗索瓦一世參加意大利戰爭，在意大利期間，他飽覽意大利的文化藝術，成為文藝復興文化的狂熱崇拜者。這一點對蒙田影響極大。蒙田的父親對孩子的教育，有很獨特的想法。他不要孩子成為一個肩不能挑、手不能提的遊蕩紈絝，而要他學會簡樸和知足常樂。所以蒙田剛一斷奶，就被送到蒙田領地的一個伐木工家裏去住，和底層民眾生活在一起。三歲之後，父親又把他接回家，專門請了一個不會講法語的人教他拉丁文，所以蒙田一開始說的語言是拉丁文，他的教育完全是在一種自由狀態下進行的。沒有甚麼硬性規定，讀書也是隨興趣所致。不過他眼前的書，全是希臘、羅馬古典，普魯塔克、西塞羅、塞涅卡、奧維德，是他最心愛的作家。這種不加強迫的教育，使他「擁有一顆完全屬於自己的自由的心」。這種教育方法在十六世紀相當先進，和盧梭後來提倡的自然教育法很相像。

　　蒙田是一個以散文形式闡述哲學思想的哲人。他對後世的影響極大，啟蒙時代的思想家，大多受他的影

響，可以說他是啟蒙運動的先驅。他的思想是帶有懷疑論色彩的理性主義。他對世人最重要的告誡是：不要相信有甚麼絕對正確的東西，凡事都要從正反兩面來思考。人要謙卑地對待世界，因為我們實際上總會被偏見迷惑。他的名言「我知道甚麼？」（Que sais-je ?）是蘇格拉底「我知我無知」的回響。

說起蒙田的影響力，還真有一些特殊的地方。和盧梭、伏爾泰這些大思想家的鴻篇巨製相比，蒙田的著作顯得輕巧、簡短、零散。那些鴻篇巨製往往要針對人類社會的某一個大問題，建構一個理論體系，比如盧梭的《社會契約論》，伏爾泰的《論風俗》。蒙田的思考也同樣觸及大問題，但卻用靈動短小的散文來闡述。有時看似平淡，但仔細讀，認真想下去，會發現意味無窮。對那些大問題，他以四兩撥千斤的方法，給出發人深省的結論。有點像嚼橄欖，味道是慢慢品出來的。所以，茨威格說，要想真正讀懂蒙田，不能太年輕，不能無閱歷，不能沒經歷過失望。他在納粹上台之後流亡巴西，親身經歷了野蠻的法西斯暴政對人類自由的摧殘。在這種情況下，他寫了《蒙田傳》，感覺真正懂了蒙田。他說：「只有在自己深感震撼的心靈中，不得不經歷這樣一個時代的人，這個時代用戰爭、暴力和專橫的意識形態，威脅着每一個人的生活，並威脅着在他一生中最寶貴的東西，個人的自由。他才會知道，在那些烏合之眾瘋狂的時代，要始終忠於最內在的自我，需要多少

勇氣、誠實和堅毅」。我們從蒙田那裏，能學到人生的智慧，能培育寬厚、清明的心靈，能保持自己內心的堅定，用自己的理性培養自己獨立思考，絕不隨波逐流，人云亦云。

蒙田還有一個特別之處，他的母親有猶太血統，對此他緘口不言，而且他母親一直和他住在一起，但在他的所有文字中，竟沒有寫到他的母親。對一個主張寬容一切的人來說，這個舉動有點不近情理。這或許反應了他內心的自卑。在他的文字中，我們能看出來，他知道自己也有狹隘的偏見。他兩度當選波爾多市市長，又兩次退隱。他最喜歡是藏身蒙田城堡的那座塔樓，那兒是他的圖書室、寫作間。這裏陳列着拉波哀西逝世後遺贈給他的書，和他自己最喜愛的古典作品。他讓人在屋頂、房樑上，到處刻下希臘羅馬哲人名言，其中有一句法文名言 "Que sais-je?"（「我知道甚麼？」）這是他自己的永恆的問題。當他隱身這座城堡時，法國新教胡格諾派與天主教正鬥得你死我活。他在這間安靜的書房中，心情卻不平靜，人間的喧囂血腥更刺激他的思考。法國激烈的動盪，不讓他獨自安靜，納瓦爾國王亨利，也就是後來的亨利四世，兩次來蒙田城堡訪問蒙田，睡在他床上，和他徹夜討論許許多多重大問題，甚至在法王亨利三世與法定繼承人納瓦爾的亨利發生衝突時，兩位國王都請蒙田出面調停，蒙田為此遠上巴黎。誰知一到巴黎，天主教吉斯一派的人認為他是新教徒納瓦爾亨

利的代表，竟把他抓起來關進了巴士底獄。幸好皇太后卡特琳娜連忙下令放了他。後來納瓦爾的亨利登基，成為法王亨利四世，這是法國歷史上一位偉大的國王，人們公認，他的寬容慈悲，誠懇睿智，都受蒙田極大的影響。他為登王位改信天主教，說了一句名言「巴黎值一場彌撒」，有人考證說，這是蒙田勸他的話。

　　蒙田參與一些政治活動，目的全在於和解，讓王侯們和解，讓新教與天主教和解，他最大的願望是，人之間和平相愛，安安靜靜過自己的日子。蒙田一旦發現他的勸說和工作徒勞無功，就會抽身而去。他內心清楚，甚麼是明智，甚麼是愚蠢。用周濂先生的話說，「你永遠叫不醒一個裝睡的人」。他看透了教派之間的殘殺，是由野心、殘忍加貪婪推動的。結果他一五七○年賣掉了高級法院的職位，躲進自己的小世界，蒙田莊園的塔樓，開始撰寫他的《隨筆集》。Essai 這種文體，是在他手裏成熟起來的。十年之後，他出版了《隨筆集》第一卷。隨後他開始旅行，在旅途中種種見聞，促使他更深入地思考。可沒想到，旅行回來，他又被選為波爾多市市長。他很不願意公職影響他個人自由自在的生活，不想上任，卻收到亨利三世的信，有點強迫他必須就任的意思。他只好接任卻不住在波爾多市內，而仍住在他的蒙田城堡內。不過他知道既然承擔了職務，就要負責。他依然公正聰明地處理市政事務，讓市民更擁護他。結果第一任期結束，市民又選他連任，他只得從命。但為

官期間，他一點不沾官氣，繼續安靜地思考寫作。當一五九〇年納瓦爾的亨利成了法王亨利四世之後，許多人擁向新朝廷，渴望撈取一官半職。他卻只在遠方給亨利四世寫了封信，告誡國王，「歷史上一位偉大的征服者，能引以為榮的是：他給予那些被他擊敗的敵人們那麼多的理由來愛他，就像他給予自己的朋友們那麼多的理由來愛他一樣」。一五九二年，蒙田安靜地離世，葬於波爾多的斐揚修道院。蒙田的生活是簡單的，但他的思想卻不簡單。

二　人生的最高藝術就是保持自我的內心自由

蒙田的寫作不是為了給別人提供教訓和指導，也不是為了炫耀自己的知識和建立自己的哲學體系。而是為了給複雜的外部世界一個完全出自自我的思考和判斷。不論你是否同意他的觀點，他的態度真誠，思路開放，方法是與人平等討論。

蒙田總愛講，世界上最難的事，就是保持自我的心靈自由，他的寫作就是從不同角度闡述這個觀點。他在《隨想錄》「致讀者」中說，「我一上來就要提醒你，我寫這本書純粹是為了我的家庭和我個人，絲毫沒有考慮要對你有用。我寧願以一種樸實、自然和平平常常的姿態出現在讀者面前，而不作任何人為的努力，因為我描述的是我自己」。其實，好書都是為自己寫的，不

想取悅人，也不怕冒犯人，才能袒露自己真誠的思索，保持自己的心靈自由。蒙田的著作看起來零散，不成系統，但他心至筆至，不管談甚麼問題都圍繞着人究竟怎樣才能認識自己。其實他有一套很完整的論述。在蒙田的思想中，保持清醒的自我，保持獨立的判斷的最好方法是知己無知。在蒙田看來，人是最容易下判斷的，我們可以想想在我們的日常生活中，我們是不是在不停地下判斷？這件事情如何如何，這個人如何如何，離開這些判斷，我們似乎無法說話。在日常交談中，除了陳述事實之外，全部是判斷。但是蒙田認為，這些判斷往往是無根據無邏輯，僅憑自己的先入之見作出的。他指出，你可以完全不佔有知識和真理而妄下判斷，也可以佔有知識和真理而不隨便下判斷。這兩種態度就區分出武斷偏狹的認識方法和寬容理智的認識方法。所以他說，「認識人的無知，的確是我所知道的最好的，最可靠的判斷的表現」。所以蒙田在闡述一個論題時，總會圍繞這個問題，從各個方面舉出不同的例證，這些例證有時證明的是相反的判斷。所以他的論述總帶有懷疑論的色彩。他似乎總在猶豫，事情是這樣嗎？我這樣判斷究竟對不對？他舉出法律判斷為例，他說，「立法者精選出成千上萬的案例和事實，為了甚麼？不就是用來支撐成千上萬的法律？可這個數目怎能與無限的人類行為相比？我們設想的眾多案例，絕不會與變換無窮的實際事例相同」。這樣的論述方法推到極端，就是懷疑論了。

但是，難道蒙田不相信世界上有任何靠得住的判斷嗎？問題不這樣簡單。他還是相信有確定的判斷的。蒙田思想中的懷疑論色彩，和古希臘的懷疑論哲學有一個根本區別。皮浪創建了古希臘的懷疑論學派，但是他本人並沒有甚麼著作流傳下來，他的思想是由他的弟子蒂蒙轉述的。懷疑論派的一個邏輯起點，是說我們下任何一個判斷，都是用邏輯演繹推論出來的，而一切演繹都必須像歐幾里德幾何學一樣，有一個自明的公理，一個普遍原則。可在大千世界中，我們不可能給某一個問題的判斷，找出這種自明的公理。所以一切判斷都是靠不住的。永遠是公說公有理，婆說婆有理。這種懷疑論基本上否定了探求真理的可能。羅素曾經批評這種學說是懶人哲學。但是蒙田卻不是這樣。在他那裏，懷疑不是結果，而是方法。也就是說，相信自己的理性指明的道路，但為了遵循這條道路，首先要打破盲從，打破成見，從懷疑開始。雖然他也對許多事情的定論表示懷疑，但他的懷疑是為了促使人思考，促使人更充分地使用自己的理性。他說，「我細究任何向我走來的歡樂，絕不浮光掠影，而是精心測其深度，並且迫使我那暴躁、懶散的心靈捉住它。我決不讓它被感官竊取，而是使我的心靈投入進去。不是丟棄自己，而是發現自己」。所以，蒙田的懷疑方法是保持內心自由的武器，一個聽信宣傳的人，怎麼可能有自由的心靈？

　　蒙田怕的是自己的心靈、智性和思考被感覺左右，

被人云亦云的虛假觀念左右，更怕被居心叵測的騙子左右。當然，理性與感性的關係問題，自哲學產生起，就被無數哲學家討論。比如懷疑論派的哲人們，基本上否定感官可以提供給人可靠的知識。但感官時時刻刻在感覺着外部世界，你怎麼可能否定呢？其實，他們並不否認感官的有效性，只是對感官提供給你的材料，是否能建立一個真理性的判斷表示懷疑。比如，蒂蒙的名言「蜜是甜的，我絕不肯定，蜜看來是甜的，我完全承認」。他這話的意思是說，當我們用「是」(être)來判斷蜜是否甜時，我們是在下一個性質判斷，如果我們當初用苦這個詞來描述甜這個感覺，似乎也無不可。所以說，「蜜是甜的」這個判斷並不可靠。但是若說蜜看起來是甜的，就一定得承認，因為你嘗了一口，知道這黃色的液體確實甜。這看起來有點詭辯，其實是一個認識論上的真問題。我們看蒙田的思想。他也懷疑，但懷疑的目的是為了打破獨斷論。

他在討論善這個問題時，舉對他影響很大的古希臘斯多葛學派的論證為例。蒙田說，斯多葛學派把善描述為有用的，描述為為了人的幸福而要去選擇的，但這並沒有揭示出善的本性是甚麼。這可以看出，蒙田的思路和懷疑派是不同的。懷疑派是完全否認人有可能去認識本質，蒙田卻不是這樣。蒙田談到本質，說明他是相信理性的認識能力的。比如，他認為你說善是有用的，這只是從外在感覺，在經驗世界中談問題。這只是揭示

出善的特徵，而沒有揭示出善的本質。這對於探索甚麼是善是沒有意義的，因為從經驗上知道的善的這些特徵「可以歸屬於善，也可以歸屬於其他東西」。他舉例說，一個人若從沒見過馬，從來沒有過馬的概念，在他聽到馬叫時，他就不會有馬嘶這樣的判斷。就此他說，「對一個正在試圖尋找善的本質的人也是如此。因為他沒有善的知識，不能理解只屬於善的屬性，而這些都是獲得善這一概念所必須具備的。他必須首先瞭解善的本質，然後再理解它的有用性，它因某個原因而被選擇的特性，以及它對幸福可以有的貢獻」。而且，在他討論馬的概念和馬的嘶鳴之間的關係時，他又顯露出相信本質論的影子，和柏拉圖的理念論一致。這說明蒙田的懷疑論，是保持自我認識，保持自己的理性能力的一種方法，而不是一個哲學結論。這個方法和康德論述「甚麼是啟蒙」時給出的方法是一樣的，「啟蒙就是人從自己所強迫自身接受的幼稚狀態中掙脫出來，這種幼稚狀態，就是非經他人指點，便不會自己去理解和認識」。梅洛龐蒂在他的「讀蒙田」中，給蒙田的懷疑主義下了個判斷，我以為比較中肯，「蒙田一開始便教誨我們說，任何真理都是自相矛盾的，也許他最後感悟到，矛盾即真理，『我很可能會反駁自己，但是，真理，正如德馬德斯所說，我絕不會反駁真理』。首先，也是最根本的一個矛盾便是：對一個真理的否定，揭示出一個新的真理。因此，在蒙田的作品中，我們能找到一切：一

種植根於他自身的無止境的懷疑、宗教、斯多葛主義。以為他排斥或接受上述任何一種『立場』，那是沒有根據的。然而在這模稜兩可的自我 —— 他呈現給大家並且不停地探索着的自我中 —— 他也許終於找到一切晦澀難懂之事的源頭，奧秘中的奧秘，某種類似終極真理的東西」。

三　斯多葛派倫理觀對蒙田的影響

蒙田的隨筆集中，有大量關於倫理道德的討論，其中心思想是提倡一種隱忍、沉思、知足、樸素的生活態度。他勸告人們棄絕追求奢侈生活，擺脫外在名利的束縛，回到自己內心的生活中。沉思寧靜的生活，便是幸福的生活。他的倫理理想是古希臘斯多葛學派的回響。

為了理解蒙田，要談談斯多葛學派。在我看來，古希臘哲學流派中，這一派和中國先秦時的老莊學派最有共通之處。從歷史背景上看，春秋戰國時期是群雄並立，互相搏殺的亂世。所謂「春秋無義戰」說的就是這種情境。戰亂中激發出的思考，與和平時期不同，中國人稱作「黍離之悲」，就是戰亂中知識分子思想中含有的一種悲愴感。「知我者謂我心憂，不知我者謂我何求，悠悠蒼天，此何人哉」，精彩地表現出這種悲愴感。

公元前三世紀的希臘，被亞歷山大大帝征服，隨着馬其頓鐵騎，希臘迅速擴張，就是所謂泛希臘化時期。

那時的哲人眼看波斯、印度、埃及這樣的文明古國在亞歷山大鐵騎橫掃下紛紛垮掉，他們心中那種把宇宙看作統一體的感覺也隨之破碎。時代動盪，思想家考慮的問題一定不同，其實他總是在思考時代提出的問題。斯多葛學派的創始人芝諾於公元前三三六年出生於塞浦路斯島，正是亞歷山大大帝橫掃波斯、埃及、巴比倫等地的時期。公元前三一四年他到雅典求學，隨後在雅典的壁畫長廊下開設了一所學校，自此創立「廊下派」。這一派在古羅馬時期有三個重要的人物，愛比克泰德、塞涅卡和馬可·奧勒留。這三個人除了因他們的思想出名之外，他們個人的生平也很獨特。愛比克泰德是個奴隸，從小被賣到羅馬，而且有殘疾，是個瘸子。但他勤奮好學，他拜在斯多葛學派大師魯弗斯門下學哲學，但他因自己的《名言錄》比他的老師還出名。他認為，

——「連自己的命運都不能主宰的人，是不可能享有自由的」。

——「如果將你的身體交給一個陌生人任意處置，你一定會憤怒。但是如果你把你的精神也交給陌生人擺布，你難道不羞愧嗎？」

「於順境中交友，易如反掌。於逆境中尋朋，則難於上青天」。

——「真正的價值，是內在的自我和我們自身擁有的品質。而人們卻把精力放在裝飾外表上」。

——「否定意志自由就無道德可言」。

蒙田完全繼承了這些思想，甚至說過幾乎相同的話。

另一位重要人物是塞涅卡，他是那個最出名的羅馬昏君尼祿的老師。據稱，尼祿曾火燒羅馬，在治國和個人品德方面，他的老師沒教會他甚麼。但這位尼祿又是個極有才華的詩人和音樂家。他熱愛上台演唱，遠勝過當皇帝。塞涅卡一生的寫作，都在探求一種合乎道德的簡單生活，他的作品從來不是枯燥的說教，而是彷彿與人談心，提醒讀者不要迷信教條，要從自己的內心感受來判斷是非善惡。他的寫作風格極大地影響了蒙田。而且塞涅卡對死亡的思考，也啟發了蒙田。塔西陀在記載塞涅卡臨死前的表現時，說他似乎活着的時候就考慮好了死亡的問題，而蒙田乾脆說，學習哲學就是學習死亡。

塞涅卡被尼祿皇帝賜死，他是死在自己學生的手裏，尼祿後來胡作非為，塞涅卡背後表示過不滿。他本來要教出一個過沉思道德生活的學生，誰知這個學生卻成了個無法無天、恣意妄為的人。結果有人控告塞涅卡要謀反，這很可能就是尼祿本人的猜疑。尼祿要讓塞涅卡自殺，算是恩賜。當塞涅卡知道皇帝已經下了命令之後，對他的家人說，「你們不必難過，我給你留下的是比地上的財富更有價值得多的東西，我留下了一個有道德的生活」。他的這話可以說是對斯多葛主義最終追求的總結。蒙田說，「死神在哪裏等我們，是很難確定的。我們要隨時隨地地恭候他光臨。對死亡的熟思也就是對自由的熟思。誰學會了死亡，誰就不再有被奴役的

心靈」。這和斯多葛派對死亡的看法完全一致。

第三位代表人物是馬可‧奧勒留，他可真是一位過沉思道德生活的皇帝，而且是獨一無二的。他是羅馬五賢帝中最後的一位，在他身後羅馬帝國就一天天衰敗下去了。人說，馬可‧奧勒留被他兒子康茂德所害。康茂德確實是個不肖子孫，但謀害其父之說是後人傳說，並不是事實。人稱奧勒留是哲人王，確實名實相符。他留下一部奇書《沉思錄》不知影響了多少人。馬可‧奧勒留身為羅馬皇帝，卻給自己樹立了一個目標：「過樸實的生活，摒棄一切富貴之家的惡習」。而且他完全遵循斯多葛學派的思想，把死亡當作生命的一部分，他說「既然你目前這一剎那就可能離開生命，你就按着這種情況來安排你的行為和思想吧」。馬可‧奧勒留身為羅馬皇帝，卻相信在神面前人人平等，他在《沉思錄》中表達了這種理想，他希望有一種「能使一切人都有同一法律的政體，一種依據平等權利與平等的言論自由而治國的政體，一種最能尊重被統治者的自由的君主政府」。這位羅馬皇帝的理想真是很高遠，現在世界上仍有許多國家離這個理想差得很遠。羅素在他那部著名的《西方哲學史》中，甚至認為十七世紀興起的「天賦人權說」是斯多葛學派思想的復活。我們知道蒙田和法王亨利四世關係密切，這位亨利四世就是馬可‧奧勒留的崇拜者，他頒佈的《南特敕令》是最早的宗教寬容的文件。亨利四世的外祖母瑪格麗特‧瓦盧瓦是弗朗索瓦一

世的妹妹。她讀了蒙田翻譯的雷蒙‧塞邦的著作《自然神學》，很是欣賞，並請蒙田為雷蒙‧塞邦這位西班牙神學家寫部傳記，蒙田就寫了《雷蒙‧塞邦贊》。這是蒙田隨筆集中篇幅最大的一部書，裏面集中闡述了蒙田對很多問題的思考。特別是那些倫理學的思考和斯多葛派的關係極深，比如在論及生命時，他說，「一個人在尚未演完人生喜劇最後也許是最難的一幕之前，就絕不要說生活幸福。因為幸福取決於安詳和知足的心境，果敢和自信的心靈」。他引塞涅卡的話，「我將用死來檢驗我的研究成果，我們將可看到，我的言論是出自嘴巴還是出自內心」。

四　《雷蒙‧塞邦贊》中蒙田的思考

　　《雷蒙‧塞邦贊》是蒙田最重要的著作，相對於他往日散漫的寫作風格，這部書討論的問題集中深入。在這部書中，他討論了信仰、人性，認識中感覺與理智的關係等一系列問題。他借介紹雷蒙‧塞邦的著作來闡發他本人的思想。

　　蒙田經常說，他是一位虔誠的天主教徒。但他又是一個懷疑論者，他如何解決信仰和懷疑這對矛盾呢？這正是蒙田宗教觀的獨特之處，我把它總結為有信仰無盲從。也就是說，他的信仰是建築在思考之上，而不是建立在愚昧的盲從之上。他很巧妙地論證說，像信仰這麼

一件高尚的事兒，遠遠超出常人的智慧所能理解的範圍，你體會宗教情感，要憑借上帝之光照亮你的心，這是一種神奇的力量，彷彿是上帝來協助你，也可以說這是常人分享了上帝的恩寵。其實，蒙田的信仰骨子裏還是懷疑。他認為，平常人不可能憑自己的理智去獲取宗教情感，這種宗教感有一個神秘的源泉。他說，「我們用外在的東西去頌揚上帝，把我們的智慧全部注入到信仰中，但永遠不要忘記，這種超自然的奧秘不是靠我們的努力和辯論所能揭示的，因為通過常人的理智，信仰達不到盡善盡美」。神學家們，甚至連偉大的聖托馬斯·阿奎那，也認為像三位一體、原罪、恩典、救贖等教義，不能用理性給以證明，他們不是哲學對象，而是信仰問題。神啟的真理，超越理性，但不違反理性。後來康德提出「自在之物」和「超驗世界」來解決這個問題。可蒙田卻早已感覺到了這個問題。他認為，憑理智你會懷疑信仰，所以你要「理智地」把信仰問題放到另一個維度來體驗。所以我們說，一個人可以是一個虔誠的信徒，但不是一個狂熱的聖戰分子。

人往往有一種狂妄，認為憑智力、憑理性可以解決一切問題。特別是有些唯科學主義者，甚至認為計算機可以解決信仰問題。這就是蒙田所擔心的。他說，「自高自大是我們與生俱來的一種病，所有創造物中最不幸、最軟弱，也最自以為是的是人」。在蒙田看來，人妄自尊大，自比為神，其實人不過是諸多造物之一種，

和動物是同伴關係，但人卻把動物當作獵獲對象。他問道，「當我跟我的貓玩兒時，誰知道是我和它在消磨時間，還是它和我在消磨時間？」這話挺像莊子所說，「不知周之夢為蝴蝶與？蝴蝶之夢為周與？」蒙田還問，說動物與人不能交流，這是誰的錯？他詳細列舉動物的種種優點，認為大自然賜給人某些優點，也賜給動物某些優點，上帝以大自然之名創造萬物，各有所長，甚至動物有某些超過人類的天賦能力，可人不認識這一點，只是憑空想加給自己一些虛無縹緲的長處，把自己從自然中剝離出來，成為自然的征服者、破壞者，人的貪婪和不知節制是違反自然的，是人驕傲無知的表現。

蒙田的這些論述，足以開現代生態主義理論的先河，蒙田在四百多年前考慮這個問題，超前得讓人驚嘆。但蒙田為動物爭取地位，其目的還在勸告人類。也就是要告訴人們，甚麼才是大智慧。他反過來描述人類的狀況，一個人會因他的貪婪、野心、無節制的慾望而痛苦，會因吝嗇、妒忌、撒謊、背叛而受到內心的折磨。但是人陷入數不清的情慾和爭名逐利之中，往往是他自以為聰明，自以為他的知識讓他具備了與人奮鬥的能力。所以蒙田說，「魔鬼對人的第一個誘惑，也就是人的第一個毒藥，是他轉彎抹角地答應我們，說我們將有知識和學問」。蒙田認為，如果對這一條沒有清醒的認識，你就會掉入陷阱。這個思想，歌德在他的《浮士德》中作了充分的闡述。魔鬼梅菲斯特以青春和無所不

知為誘餌，讓浮士德和他簽了賣身合同。

　　蒙田在考慮生命的價值時，總會回到我們在前面介紹過的斯多葛學派的理想。比如他論及巴西土人壽命長，很少生病，他將之歸於「他們的心靈明淨純潔，擺脫一切情慾、思慮和緊張不愉快的工作，在質樸中度過一生。沒有文化、法律、國王、宗教這些東西」。這個說法和老子《道德經》中的「小國寡民」「絕聖棄智」簡直是一個路子。但是蒙田誇讚這種生活，並不是要棄絕文化、理智，而是要論證人的最大智慧是明白自己在大千世界面前永遠是無知的。從來沒有甚麼絕對真理，也絕不會有人掌握甚麼「放之四海而皆準」的真理。人生在世，永遠處在認識的途中。明白了這一點，才有可能獲得真理，哪怕是一點點。蒙田說，「真正有知識的人的成長過程，就像麥穗的成長。麥穗空的時候，麥子長得很快，麥穗高高昂起。但是當麥穗成熟飽滿時，它開始謙虛垂下頭來。同樣，人經過嘗試和探索後，在一大堆虛幻的學問和知識中，找不到一點扎實有份量的東西。發現這些所謂學問，不過是過眼煙雲，也就不再自高自大」。

　　蒙田的這些說法，看似老生常談，但實際上人還真是很難做到。所以有些哲人的話，聽上去簡單，仔細思索才發現真是至理名言。比如蒙田本人，他反覆強調，人要知道自己無知，其實這也是他從希臘先哲那裏學來的。他最尊崇的哲人是蘇格拉底，他稱之為一位最有智

慧的人。蒙田說：「從前那位最有智慧的人，當有人問他知道甚麼，他回答說，他知道的只有這件事兒，就是他甚麼都不知道。他還說，我們知道的東西再多，也只佔我們所不知道的東西中極小的一部分。這就是說，我們以為有的知識，跟我們的無知相比，只是滄海一粟」。所以蒙田的名言就是那句「我知道甚麼？」這一問把蒙田的許許多多思考都總結了。對世俗大眾見解的懷疑，對宗教奇跡的不以為然，對教派爭鬥的反感，對某些學者專斷的蔑視，總之人面對世界時可能引起的問題，都可以從「我知道甚麼？」這個基本問題出發，去學習、探索、思考、判斷。在蒙田看來，追求知識並不一定為了甚麼確定的目的，它是一種求知的樂趣，探索的樂趣，而好奇心是一切求知的動力。蒙田是位知識淵博，性好讀書的人。但他又常批評那些死摳書本的學者，因為他相信，學習、求知本身就是目的。學到的東西可以有用，但沒用也沒關係。現在先進的教育理念中有許多都來自蒙田。讀蒙田的文章，特別像朋友之間的交談，不急不慌，娓娓道來，那些聽起來普普通通的話，緩緩流入心中，合上書，你會感覺身心俱爽。

「天主，請你俯聽我」

讀奧古斯丁《懺悔錄》

一 人如何走向神

Justo L. Gonzalez在他的《基督教思想史》(*The Story of Christianity*)中說：「奧古斯丁乃是一個時代的結束，同時也是另一個新世紀的開始。他是古代基督教作家中的最後一人，同時也是中世紀神學的開路先鋒。古代的神學主流都匯集在他身上，奔騰成從他而出的滾滾江河。不僅包括了中世紀的經院哲學，連十六世紀新教神學也是其中的一個支流」。這段話簡要、準確地概括了奧古斯丁在人類宗教思想史上的重要地位。公元四三〇年四月二十八日，在迦太基的希波城，奧古斯丁辭世。隨即被天主教會封聖，之後便以聖奧古斯丁名垂千古。他的學生、卡馬拉城的大主教波斯底歐，用了幾乎一年的時間，整理出一份奧古斯丁著述的清單。但這份清單上，卻未提到奧古斯丁自己記述過的九十三部著作。按奧古斯丁本人的清點，他共寫了二三三部作品，可謂驚人。著作等身這類說法，遠不足以形容他著述的浩瀚。

而這所有的思索，都圍繞一個中心，人如何走向神。

但是，一個初讀奧古斯丁的人，怎麼可能在這兩百餘部著述中，尋覓走向神的道路？如果我們毫無標識，在這思想的密林中亂闖，很難尋到路徑。這不僅因為奧古斯丁的著作卷帙浩繁，還因他自己的思想不斷變換方向。他的思考是一個探索的過程，他不斷地懷疑、肯定、推翻、豎立他走向神的標記。但是，他終於留下了一部書，可以充當我們天路歷程的指南，讓我們大致可以認清方向，追隨他的足跡。這部書就是《懺悔錄》。奧古斯丁在這部書中，向他心目中至高的天主傾訴他的一生，敘述他如何歸到天主的懷抱，如何找到通向至福的道路。Confessiones 這個當今被普遍譯為懺悔的詞，其原本含義中還有稱頌、感激之意。所以這部書既是向天主懺悔自己的錯愆，也是讚頌天主的威權。正如奧古斯丁在書末向天主所說：「我們先前離棄了你，陷於罪戾，以後依恃你的聖神所啟發的向善之心，才想自拔。你至美，無以復加。你永安，不能有極。因為你的本體即是你的安息」。

奧古斯丁雖為基督教的聖人，但他也不是一步就踏上信仰的正途。在他三十二歲之前，曾被摩尼教善惡兩元論吸引。雖然他的母親是一位虔誠的基督徒，並且日夜為他祈禱，希望他能成為一個基督徒，但奧古斯丁真正接受洗禮，卻在三十二歲之後。他的皈依之路上，佈滿誘惑與掙扎。不僅僅在肉體上，而且在心靈中。這是

一個經歷數十年的探索、苦思、辯駁、說服的過程。正因為這個過程格外艱辛，所以信仰一旦確立，便堅定不移。一般人獲取信仰，多憑感覺和傳教者的啟發，奧古斯丁卻是憑理性，憑他認識到人、神關係的實質而信仰的。聞道有先後，但關鍵在於所聞是真道，而非某種邪教。奧古斯丁的《懺悔錄》就是告訴我們，他尋找真道，摒棄邪道的完整過程。羅傑·奧爾森是這樣描述這個過程的：「到了公元三八六年年初，奧古斯丁已經確信基督教世界觀的真理，但是還沒有準備好要皈依他母親的信仰。他知道，真正的基督教遠超過單純的心智知識，因此《懺悔錄》透露，奧古斯丁在悔改、相信耶穌基督這個關口時，內心深處所經歷的許多痛苦掙扎。奧古斯丁的早期基督徒生活，有一個很反諷的禱告說：『噢，神哪，請賜我純潔的恩典。但是請不要現在就給我』」。他為甚麼要求這樣一個延宕？

我們知道，屬靈的生活往往伴隨着懷疑、徬徨、反省、悔悟。心靈的成長像一棵樹，難免旁出側逸，要許多修剪砍伐，才能主幹堅挺，成為參天之材。但是卻有那種頑冥不化的心智，他的知識結構和選擇的信仰，停留在青春期的某刻，他從來不知反省和反思是怎麼一回事兒，少年時的閉目塞聽，就是他全部學問的來源。如果說這種愚鈍的心靈也會有信仰，那只能是由一堆未經反思，雜亂破碎的教條來拼湊，沒有邏輯的一貫，沒有義理的明徹，沒有養料的滋補。奧古斯丁正是為了避免

跌入愚信的陷阱，才有意延宕自己走向天主的步履，直到公元四百年左右，他以堅定的信仰向天主坦述他的心路歷程。開卷他就確定了依思考走向天主的原則，從而把信仰和哲學融合在一起：「但誰能不認識你而向你呼籲，因為不認識你而呼籲，可能並不是向你呼籲？」以此揭開大幕的懺悔錄，就是這樣一部信仰–認識的歷史。

《懺悔錄》商務版的譯者周士良先生，對該書有個大致的概括。他指出：「本書共十三卷，以內容言，可分為兩部分，卷一至卷九是記述他出生至三十三歲母親病逝的一段歷史，卷十至卷十三則寫出作者著述此書時的情況。第一部分卷一，歌頌天主後，記述出生至十五歲的事跡，卷二卷三記述他的青年和在迦太基求學時的生活。卷四卷五記述他赴米蘭前的教書生涯，卷六卷七記述他思想轉變的過程，卷八則記述他一次思想鬥爭的起因、經過與結果，卷九是他皈依基督教後至母親病逝的一段事跡。第二部分，卷十是分析他著書時的思想情況，卷十一至卷十三，則詮釋舊約創世記第一章，瞻仰天主六日創世的工程。在歌頌天主中結束全書」。周先生的這個概括，可作初讀此書時的導引。但是細讀時，每一章中都會牽涉到許多頭緒，因為作者的懺悔其實是在剖析他走向天主的過程。對天主的讚頌處處可見，對自己的責難也隨時出現。

奧古斯丁的宗教信仰，是從信摩尼教開始的。這個宗教是公元三世紀時，由波斯先知摩尼所創。他的宗教

思想來源龐雜，既有祆教，也就是拜火教，也有早期基督教諾斯替派，甚至還和古印度的佛教有牽連。這個教派在中國古代以明教知名，很有影響。他甚至和明朝的建立有關。在金庸的武俠小說《倚天屠龍記》中，它是故事背景，也扯上了不少中土化了的摩尼教教義。摩尼教思想的主要特點是絕對的善惡兩元論，善即是光明，惡即是黑暗。在這種光明與黑暗的對立之下，人世間屬靈的精神生活，便是光明的善，而肉身物質則屬於黑暗之惡。摩尼宣揚人類得救的希望，就是人擺脫黑暗的物質和肉身束縛而達於光明的靈魂不滅的世界。

公元三七〇年，奧古斯丁來到迦太基學習。古代的人文教育主要以閱讀經典和學習雄辯術為主。所以修辭學是最主要的功課。十七歲的奧古斯丁正為青春期的肉體騷動苦惱，又充滿了虛榮心，要出人頭地。他在迦太基的雄辯術學校名列前茅，但在他的周圍「沸騰着，震響着罪惡戀愛的鼎鑊」。他坦承「我把肉慾的垢穢玷污了友誼的清泉，把肉情的陰霾掩蓋了友誼的光輝。我雖如此醜陋放蕩，但由於滿腹蘊藏着浮華的意念，還竭力裝點出溫文爾雅的態度」。這時，他發現了西塞羅的著作，他讀了西塞羅的《赫爾頓西烏絲》這部著作現在已經佚失。這是一篇勸人學習哲學的著作，奧古斯丁說：「我所以愛那一篇勸諭的文章，是因為它激勵我，燃起我的熱焰，使我愛好追求、獲致並堅持智慧本身，而不是某宗某派的學說，但有一件事不能使我熱情勃發，便

是那篇文章中沒有基督的名字」。於是他決心去讀《聖
經》，但是初讀聖經給他帶來的居然是失望，他覺得
《聖經》遠沒有西塞羅文筆的精妙。於是他接受了摩尼
教，「蹈入了驕傲、狂妄、巧言令色的人們的圈子中，
他們口中藏着魔鬼的陷阱，含着雜有你的聖名和耶穌基
督等字樣的誘餌」。等他終於接觸到基督教的真諦時，
摩尼教的善惡兩元論就不再有說服力，因為「我不懂得
惡不過是缺乏善，徹底地說只是虛無」。而「凡違反天
性的罪行，如索多瑪人所做的，不論何時何地都應深惡
痛絕，即是全人類都去效尤，在天主的定律之前，也不
能有所寬縱，因為天主造人，不是要人如此自瀆」。於
是，在對摩尼教的反省中，奧古斯丁確定了超驗正義的
神聖性。

二　罪與自省

十五歲的奧古斯丁停學在家了，因為他的父親發現
他在理解抽象事物時，有過人的天賦，下決心要送他去
大城市學習。而當時羅馬世界非洲屬地的文化中心是迦
太基。為此，他父親需要時間來積攢費用。也恰在此
時，父親發現兒子在生理上也成人了，青春期的性萌
動使「情慾的荊棘便長得高出我頭頂，沒有一人來拔掉
它」。奧古斯丁在《懺悔錄》第二卷中，反省這青春的
萌動，他從信仰的立場上將之稱為罪。我們當然不贊成

青春性愛是人的罪孽，但奧古斯丁要向他的天主懺悔，他分析罪與對罪的反省：「我願回憶我過去的污穢和我靈魂的縱情肉慾，並非因為我流連以往，而是為了愛你，我的天主。我青年時一度狂熱地渴求以地獄的快樂為滿足，滋長着各色各樣的黑暗戀愛。我的美麗凋謝了，我在你面前不過是腐臭，而我卻沾沾自喜，並力求取悅於人」。這個青春萌動的少年，確有一段恣意放縱的時光，他和同伴「行走在巴比倫的廣場上，我在泥污中打滾，好像進入玉桂異香叢中」。那時「我的天主，我周圍全是濃霧，使我看不見真理的晴天，而『我的罪惡恰就從我的肉體中長起來』」。奧古斯丁從自己走向天主的路上，看到自己的「罪」，但這個懺悔只是相較於天主更高的存在，痛悔自己遲滯了對他的天主所啟示的真理的認知，因為作為一個智者，他並不否認「美好的東西，金銀以及其他都有動人之處。肉體接觸的快感，主要帶來了同情心，其他官能同樣對物質的事物有相應的感受」，只是「為獲知這一切，不應該脫離你，違反你的法律」。而「我們賴以生存於此世的生命，由於它另有一種美，也有它的吸引力」。奧古斯丁認為自己的罪是「從我勃發的青春中，吹起陣陣濃霧，籠罩並蒙蔽了我的心，以至分不清甚麼是晴朗的愛，甚麼是陰沉的情慾。二者混雜地燃燒着，把我軟弱的青年時代拖到私慾的懸崖，推進罪惡的深淵」。

　　如果說出自青春肉體的騷動是一種有着自然理由的

「墮落」，這墮落卻有着一種甜美。着意懺悔自己的奧古斯丁也忍不住要說：「人與人的友誼，把多數人的心靈結合在一起，由於這種可貴的聯繫，是溫柔甜蜜的」。但還有一種罪，是為享受犯罪而犯罪，這是一種真實之惡，無可辯護。奧古斯丁曾和同夥一起去鄰家果園中偷梨，拿偷來的梨去餵豬，而不是去解饞。他在這個偷竊行為中，享受的不是贓物，而是偷盜這個行為本身。他認識到：「我願意偷竊，而且真的做了，不是由於需要的脅迫，而是由於缺乏正義感，厭倦正義，惡貫滿盈。因為我所偷的東西，我自己原是有的，而且更多更好。我也並不想享受所偷的東西，不過是為了欣賞偷盜與罪惡」。這是「為作惡而作惡」，因而是不可原諒的。其實，在我們的日常生活中很容易看到那種為作惡而作惡的罪行，有那樣一種制度設計。它的目的就在於製造痛苦，它憑藉製造痛苦來顯示它的威權，它像吸了毒品一樣迫害它的子民，享受子民的痛苦和它所犯的罪。奧古斯丁在分析罪行時說：「如果追究一下所以犯罪的原因，一般都以為是為了追求和害怕所謂次要的美好而犯罪」。他所謂的次要美好，指日常生活，凡人社會中那些世俗的追求，他說：「這些東西的確有其美麗動人之處，雖則和天上美好一比較就顯得微賤不足道」。但是，他以為那些飽餐罪惡，享受犯罪的樂趣的罪，是至惡之罪，因為這種惡是全然虛無，沒有任何意義。此外，這種罪總是集體犯罪，奧古斯丁說：「假如

我喜歡所偷的果子，想享受這些果子，那麼為滿足我的慾望，我單獨也能幹這勾當，不需要同謀者的相互激勵，燃起我的貪心，使我心癢難耐。但由於我的喜愛不在那些果子，因此是在乎罪惡本身，在乎多人合作的犯罪行為」。這就是說，那些因享受犯罪而犯罪的，往往是有組織的團夥罪行。為從這犯罪團夥的罪行中得到赦免與救贖，奧古斯丁轉而祈求天主：「除了驅除陰霾，照耀我心的天主之外，誰能指點我，促使我追究、分析、思考」？「我現在需要的是你，具有純潔光輝的、使人樂而不厭的，美麗燦爛的正義與純潔。在你左右才是無比的安寧與無憂無慮的生活。誰投入你的懷抱，進入主的福樂，便不再憂慮，在至善中享受圓滿的生活」。但是「罪」在基督教義中和人的識見緊密相關。伊甸園之成為原罪的淵藪，正因為撒旦誘使亞當夏娃獲取了辨識的能力。一旦有了辨識的能力，人就有了哪裏是知的界限的問題。因為許多罪行都是由人的知的自負所造成。奧古斯丁以九年時間鑽研摩尼教的經典，終於醒悟到摩尼教教義中最缺少的就是對信仰的謙卑。「他們口口聲聲真理、真理，卻沒有一絲毫的真理」。在奧古斯丁看來，以一整套教義來宣稱自己已經獲得了真理的人，都是不可信的。那至高的真理就是天主本身。對它的認識，是不斷反省的過程，不可能以自得自負的心態來獲得。它需要信仰的謙卑。「只有謙虛的虔誠，能引導我們回到你的身邊，使你清除我們的惡習，使你

赦免悔過自新者的罪業」，因為「一個人不論是哪一個人，他能是甚麼？任憑那些有權有勢的人嘲笑吧！孱弱貧困的我們，願意向你懺悔」。

奧古斯丁的信仰始終伴隨着對天主之「道」的探求，這就使他的思想不斷地從神學到哲學，從哲學又返回神學。在他二十九歲那年，摩尼教的大主教福斯圖斯來到迦太基。他去聽福斯圖斯講道，卻發現他是「魔鬼的一張巨大羅網，許多人被他優美的辭令所吸引而墮入網中。我雖讚賞他的辭令，但我能把辭令和我所渴求的事物的真理區分開來，我對於人們交口稱道的福斯圖斯，不着眼於盛辭令的皿器，而着眼於他對我的知識能提供甚麼菜餚」。他終於斷定，摩尼教的信條是一堆華麗詞藻的堆砌，說到底是虛妄的，不能給他提供解決問題的答案。他再返身於許多哲學家的著作，他讀柏拉圖、亞里士多德，拿它來和摩尼教的信條作對比，認為那些多才多藝能探索宇宙奧秘的人，他們的思想比摩尼教更可信。但是問題仍然存在，這些可稱之為科學的東西，並不能指出通向至高存在的道路。「目無神明的驕傲，使他們和你的無限光明隔絕，他們能預測日食，卻看不到自身的晦蝕，原因是他們不能本着宗教精神，來探求他們所以能探求的才能來自何處」。「他們不認識『道路』，不認識你的道，你是通過道而創造了他們所計算的萬類，創造了他們觀察萬物的感官，和所以能計算的理智」。奧古斯丁沒有說出他對創世說的堅信，實

際上已摻入了新柏拉圖主義哲學家普羅提諾的影子。

普羅提諾早奧古斯丁一百多年出生，他所生活的時代是羅馬正進入最黑暗時代的當口。那位牢記所有暴君的格言「掌握軍隊、壓迫民眾」的皇帝卡拉卡拉，已行了四年的暴政。吉本在《羅馬帝國衰亡論》中，憤恨不已地說：「羅馬人能忍受他這麼多年的統治，真是人類的恥辱」。正是在他治下，柏拉圖和亞里士多德的門徒們受到殘酷的迫害。普羅提諾身為新柏拉圖主義的創始者，一定深知此中的痛苦。在一個愚而自用的暴君治下，最感痛苦的人，一定是那些聰明的知識人。在羅素看來，「普羅提諾擺脫了現實世界中的毀滅與悲慘的景象，轉而觀照一個善與美的世界」。在黑暗的現實中，普羅提諾設想出一個最完滿的本原「太一」。他斷言，太一自身就是完滿。它不追求任何東西，也不具有任何東西，也不需要任何東西。它是充溢的，它「流溢」出宇宙萬物，「流溢」出其他的實體。奧古斯丁在宗教中所追求的天主，和普羅提諾在哲學中設想的「太一」，是一致的。

三　天主的本質是至善　惡是善的缺失

很多追求信仰的人，曾經在《懺悔錄》第七第八卷中得到啟示，因為在這兩卷中，奧古斯丁詳細講了他對神的本質的思考，和他獲取神光照耀的一剎那。此前，

在他追隨摩尼教的九年時光中，他曾苦思這些問題而不得解答。這些問題的核心其實就是，人怎樣才能認識天主，或者說天主的本質是甚麼？如何認識，彷彿是在回答一個方法問題，本質是甚麼，看起來是在回答一個定義問題。但奧古斯丁既沒有給出一個明確可行的方法，也沒有給出一個明晰嚴格的定義。只是以他飽滿的激情，把他對天主的體悟和思索，一股腦地傾吐出來，像是對天主訴說，其實是向世人，也就是向我們訴說，要我們能分享他對天主的領悟。在這個領悟中，我們能夠看出來，他認為天主的本質就是至善。他是這樣表述的。首先「你至尊的唯一的真正的天主，是不能朽壞，不能損傷，不能改變的」，因為「不能朽壞的優於能朽壞的，不能損傷的優於可能損傷的，不能改變的優於可能改變的」。這個不能改變的東西，就是一切善的來源。其次「我不再想像你天主具有人的形體，我雖不再以人體的形象來想像你，但仍不得不設想為空間的一種物質，或散佈在世界之中，或散佈在世界之外的無限空際。因為一種不被空間所佔有的東西，在我看來即是絕對的虛無」。而我們知道，天主是實有，正像所有的善都是實有一樣。再次，「為此我設想你，我生命的生命是廣大無邊，你滲透整個世界，充塞到無限的空間，天地一切都佔有你，一切在你之中都有限度，但你無可限量」。奧古斯丁舉例說，「猶如空氣，地上的空氣並不障礙日光，日光透過空氣，並不碎裂空氣，而空氣充滿

陽光。天、地、空氣、海洋，任何部分不論大小，都被你滲透，有你的存在，六合內外你用神秘的氣息統攝你所造的萬物」。奧古斯丁在這條思索天主本質的道路上戛然而止，因為有一個問題還沒有解決。佔據空間的物，體積大小有別，「大象比麻雀體積大，因之佔有你的部分多，如此你便為世界各個部分所分割」。奧古斯丁想到，至善是不分大小，不會被分割的。以後，他會繼續思考這個問題。

奧古斯丁在探索的路上躊躇、逡巡，讓人能感受到這些聖徒探求精神的偉大。正是這種精神造就了西方燦爛的哲學、宗教、文學、藝術。今天它們已不再僅僅屬於西方，而屬於全人類。隨後奧古斯丁似乎找到了走出黑暗的道路，「我努力找尋其他真理，一如我先前發現不能朽壞優於可能朽壞，發現你必定不能朽壞」，「天主所願的是善，天主就是善的本體，而朽壞便是不善」。這一點格外值得注意。奧古斯丁在這裏放下了基督教神學的一塊基石，「天主是美善的，天主的美善遠遠超越受造之物，美善的天主創造美善的事物，天主包容充塞着受造之物」。善不佔據空間，但它不是絕對的虛無，它是天主的本質，有限的受造物，被善所充塞，這世間才會有美好、正義和對惡的懲罰。善不分大小，對一切受造物平等相待，善不被分割，在任一受造物上都是完滿的。但一個不能逃避的問題跳上前來，我們生存於世，無時不知惡在霸凌善，無日不見諸般罪惡橫行

於世。「惡原來在哪裏？從哪裏來的？怎樣鑽進來的？惡的種子在哪裏？既然美善的天主創造一切美善，惡又從哪裏來呢」？奧古斯丁把這些疑問簡化成一個問題：「如果天主是突然間願意有所作為，那麼既是全能，為何不把惡消滅，而僅僅保留着完整的、真正的、至高的、無限的善？如果天主是美善，必須創造一些善的東西，那麼為何不銷毀壞的質料，另造好的質料，然後再以此創造萬物？」奧古斯丁這一問，實際上已經完整地提出了後世萊布尼茨所論的神義論問題。儘管萊布尼茨創造了 Theodicy 一詞，但問題卻是奧古斯丁最早想到的。奧古斯丁從聖經中讀到，神說「我是自有的」，這話也可譯為「我即是我」，原文是 *je suis celui qui suis*，而天主之「是」，則為至善，為實體，絕不是摩尼教所論的宇宙分為善惡兩元的存在。

奧古斯丁曾經苦讀過柏拉圖的著作，特別受普羅提諾的影響。正是普羅提諾在他的《九章集》中指出：「一切存在的東西，包括第一性的存在，以及以任何方式被說成存在的東西，都是靠它的統一，因為一件東西如果不是一件東西，它會是甚麼呢？把它的統一去掉，它就不再是我們所說的那個東西了」。同一個道理，在奧古斯丁那裏，天主的自有是統一完整的。它的實質是至善完美，不可能分裂為善惡兩極。天主的存在，與美善是本體上的統一。「因此任何事物喪失所有的善便不再存在，至於惡，我所追求其來源的惡，並不是實體。

因為實體即是善」。奧古斯丁斷言：「惡不過是善的缺失」。在他所寫的另一部著作《論善的本質》中，他更明確地指出：「當有人問，邪惡是從哪裏來的呢？首先應該問的是，邪惡是甚麼？邪惡不過是本性，或在程度，或在形式，或在秩序上受到敗壞。因此受到敗壞的本性叫做邪惡。因為毫無疑問，本性只要沒有受到敗壞，就是良善的」。那麼憑甚麼說本性是良善呢？奧古斯丁的邏輯是很清楚的。天主之為至上、無處不在的、自有的本體，是絕對良善的來源。不能想像，天主這樣統一、良善、無所不包的本體，會流溢出惡。而人的本性是天主所賜，作為受造物，其本性只能是良善。而本性之可能敗壞的原因，則須從人的意志的錯用來尋找。奧古斯丁的這個邏輯完全來自普羅提諾。普羅提諾的「太一」理念很像奧古斯丁的天主，它是絕對統一、同一的。普羅提諾說：「太一是完滿的。因為它既不追求任何東西，也不佔有任何東西，也不需要任何東西。它是充溢的。流溢出來的東西，便形成了別的實體」。普羅提諾進而指出：「我們在追求的是太一，我們在觀察的是萬物之源，是善好和原始的東西」。他強調這一點，是為了要確立善好的至高與原初性。然後在下降的過程中來探求惡的來源。順從這個思路，奧古斯丁指出：「惡人越與天主差異，便越趨向下流。越和天主接近，便越適應上層受造物。我探究惡究竟是甚麼，我發現惡並非實體，而是敗壞的意志，叛離了最高的主體，

既是叛離了你天主，而自趨於下流，是委棄自己的肺腑而表面膨脹」。

奧古斯丁對天主性質的思考，完全是理性和抽象的。他對天主性質的探求方式，類似哲學對存在性質的探求，所以我們可以稱他為一個神學本體論者。因為他的思考對象是一個不可見的實在。威廉‧詹姆斯在他的名著《宗教經驗之種種》中曾說過這樣一段話：「當我們被要求對宗教生活，以最廣泛最普通的方式來勾繪其特性時，我們可能會說，那是一種對於不可見的秩序的信仰。而人的至善，就在於將自身與此秩序，調整至互相和諧的狀態」。這話說的很精闢。我們從奧古斯丁的天路歷程中可以看到，他對天主的本質思考得越深，他的宗教信仰越堅定，但同時他的思路也越抽象，除了自己的內心與理智活動之外，他幾乎不談奇跡。他自己坦言：「自從我開始聽到智慧的一些教訓後，我不再想像你天主具有人的形體。像我這樣一個人，企圖想像你至尊的、唯一的、真正的天主，我以內心的全副熱情，相信你是不能朽壞、不能損傷、不能改變的。我不知道這思想是從哪裏來的，怎樣來的，但我明確看到，不能朽壞一定優於可能朽壞，不能損傷一定優於可能損傷，不能改變一定優於可能改變」。但是他似乎忘了，他曾經坦言過，他去讀了柏拉圖派的著作。在這些著作中，他讀到了用不同文字表達的聖經中的意思，只是那裏沒有天主之名，但是卻讓他掌握了一種思考方式，那就是自

覺或者不自覺地把信仰和哲學結合了起來，奠定而後經院哲學的基礎。也正是因為他「讀了柏拉圖派學者的著作後，懂得在物質世界之外找尋真理」。而這個使信仰抽象化的一步，卻歷史性地給人類心靈開闢了以理性思考信仰的方法。所以，詹姆斯會斷言：「就上帝的屬性而言，它的神聖、慈悲、絕對、無限、全知、三位一體，救贖過程中的種種神秘，已經成為激發基督徒沉思的豐饒之泉。缺乏特定的、可感知的形象，是一種正面價值，它是成功的祈禱和對崇高、神聖的真理之沉思的必要條件」。奧古斯丁在他對天主的懺悔中，給我們清晰展示了這樣一個過程。

四　皈依

　　奧古斯丁思考天主的心路歷程，已然清晰可見。天主的大能，它之自有自在的本體地位，天主之全善流佈萬物使其皆善。惡不是實體，只是善的缺失。為享受罪而犯罪，是唯一實罪，不可原宥，必受絕罰，等等。但是踏上正途，並非一蹴而就。奧古斯丁青年時沉迷肉慾，為情所困，又受摩尼教誤引，曾恃才傲物，狂放不羈。他甚至夥同惡伴為享受盜竊之樂而盜竊，並將竊來的果實隨意糟蹋。但正是從這些惡行中，他反悟出至善的存在，並相信天主恩典的全能，因為無可被朽壞所攻的至善，就是天主本身。而分有天主恩典的萬物，卻有

可能被朽壞所攻，也就是為惡，被惡所逞。所以得救只能靠天主恩典。奧古斯丁的這個恩典救贖說，是他學說中最受質疑的問題。決定性的時刻就要到來。奧古斯丁遍歷肉體與精神的折磨，他確信他找到了皈依天主的道路。這不僅是形式上接受洗禮，而是整個人的存在都皈依在天主的懷抱中。

公元三八四年，奧古斯丁來到米蘭，擔任宮廷修辭學教師。在米蘭期間，他去偷聽米蘭大主教安布羅斯的佈道，幫助他清算了摩尼教給他的困惑。受安布羅斯的影響，他開始堅定他對天主的信仰。他說：「你的話已使我銘之肺腑，你以四面維護著我。我已確信你的永恆的生命，雖則我還如鏡中觀物，僅得其彷彿，但我對於萬物所由來的你的不朽本體，所有的疑團，已一掃而空。我不需要更明確的信念，只求其更加鞏固」。但是為了全身心皈依天主，他需要斬斷世俗生活的誘惑，而「我已經討厭我在世俗場中的生活，這生活已成為我的負擔。我先前熱衷名利，現在名利之心已不能催促我忍受如此沉重的奴役了。但是我對女人還是輾轉反側，不能忘情」。從而「我的現實的生命，依舊在動盪之中，我的心需要清除陳舊的酵母，我已經愛上我的道路，我的救主，可是還沒有勇氣面向崎嶇而舉足前進」。

就在他躊躇徬徨之際，他去見了西姆·普里齊亞，這個人是安布羅斯大主教的施洗者，一位德高望重的人。在談到奧古斯丁所讀的柏拉圖派的著作時，西姆·

普里齊亞告訴他，這些著作是已故羅馬雄辯術教授維克托里（Victores）所譯。這位維克托里是羅馬最有學問的人，許多高貴的元老都是他的學生。但在他研讀了聖經和許多基督教文獻之後，他卻決定要皈依基督教，成為基督徒。這樣一位大學問家公開信仰基督教，卻引起「憤恨、切齒、怒火中燒」。但是維克托里卻勇敢地在眾人面前作了信仰的宣誓。這樣一個榜樣，在奧古斯丁心中引起了波瀾。他說：「我們懷着極大的喜悅，聽得牧人找到迷途的羊，歡歡喜喜地負荷在肩上而歸。和婦人在四鄰相慶中，把找到的一塊錢送回你的銀庫中。讀到你家中的幼子『死而復生，失而復得』，我們也為之喜極而泣，來參加你家庭的大慶」。他開始體會：「不是有許多人從更深於維克托里的昏昧黑暗中回到你身邊嗎？他們靠近你便獲得光明，受到照耀，獲得成為你的子女的權利」。奧古斯丁決心效法維克托里，參加到基督徒的行列中。但是，「世俗的包袱猶如夢一般柔和地壓在我身上。我想望的意念，猶如熟睡的人想醒悟時所做的掙扎，由於睡意正濃而重復入睡」。奧古斯丁在這決心皈依和世俗牽累的兩難中，很是掙扎了一陣。我們可以由此看出，認真的信仰是一件極困難的事。你一旦決定皈依，就是和天主達成契約，不可反悔。我們不由感嘆古時聖賢對獻身信仰的認真執著。而我們現在常見那些所謂有信仰的人，不過是些口是心非，朝秦暮楚，把對信仰的宣誓當作獲取塵世紅利的卑鄙小人。奧古斯

丁坦承：「這樣我就有了一新一舊的雙重意志，一屬於肉體，一屬於精神，相互交戰，這種內訌撕裂了我的靈魂」。

有一天，奧古斯丁在家裏接待了一位客人，叫彭提齊亞。他一面和奧古斯丁交談，一面隨手翻看奧古斯丁攤在桌上正在閱讀的一本書，是使徒保羅的書信。所謂「保羅書信」是指收在新約聖經中的十三封(也有人說是十四封)使徒保羅寫給教友的信。這些信從各個角度回答了教友對教義的疑問，闡述了基督教的許多基本信條。我們知道，奧古斯丁是個極有哲學傾向的人，他信但要知。他說因信而知，所以他最愛讀保羅書信。我們在讀懺悔錄的時候，會注意到他的行文中直接引入保羅書信中的話，如果不注意，會分不清哪句話是奧古斯丁的，哪句話是聖保羅的。這些句子的文脈融洽貫通，顯示出奧古斯丁對基督教經典的把握已是爐火純青。奧古斯丁向彭提齊亞坦承，他正特別着意研讀保羅書信。彭提齊亞便向他講起沙漠教父安東尼的事跡。奧古斯丁居然頭一次聽到安東尼的名字，這讓彭提齊亞大為吃驚。要知道隱修士安東尼在整個基督世界可是名聞遐邇，而且奧古斯丁正處於是皈依還是觀望這兩者之間。聖安東尼已經完成了棄絕塵世，隱修於埃及荒漠八十五年的業績，創造了基督教隱修的奇跡。尤讓奧古斯丁驚訝的是，安東尼逝世於公元三五六年，他在創造隱修奇跡的時候，奧古斯丁就出生在離他不遠的地方。所以奧古斯

丁驚嘆道：「我們聽了自然不勝驚奇，竟在這樣近的時代，就與我們同時，你的靈異的跡象在純正的信仰中，在公教會內顯示了確切不移的證據。對於如此偉大的事跡，我們大家同聲驚嘆」。

安東尼的事跡，又給了奧古斯丁一個推動，這裏有一個細節值得注意，就是安東尼決心去埃及沙漠中隱修的觸機，一天，他無意中走進教堂，聽到一個孩子的聲音在讀《馬太福音》「你若願意做完全人，可去變賣你所有的，分給窮人，就必有財寶在天上，你還要來跟從我」。而奧古斯丁決心皈依的最後助力，也是聽到了一個孩子的聲音。這位彭提齊亞又講了一些人皈依基督的故事，讓奧古斯丁越聽越坐不住。他說：「主啊，在他談話時，你在我背後拉着我，使我轉身面對着自己，因為我背着自己不願正視自己。你把我擺在我自己面前，使我看到自己是多麼醜陋，多麼猥瑣齷齪，遍體瘡痍，我見了大吃一驚，卻又無處躲藏」。彭提齊亞走了，奧古斯丁心潮澎拜，幾乎坐不住了，他自思自量：「我倔強，我抗拒，並不提出抗拒的理由，理由都已說盡，都已遭到駁斥，剩下的只是沉默的恐懼，和害怕死亡一樣，害怕離開習慣的河流，不能再暢飲腐敗和死亡」。他衝回屋裏，對陪着他的朋友阿力畢烏大聲喊叫：「我們等待甚麼？那些不學無術的人，起來攫取了天堂。我們帶着滿腹學問卻毫無心肝，在血肉中打滾」。這時他的朋友吃驚了，因為奧古斯丁已經完全失態，處於一種

癲狂狀態。他衝出屋子，避開朋友，想獨自痛哭，他躺到花園中的一棵無花果樹下，淚如雨下，嗚咽着喊道：「還要多少時候？還要多少時候？明天嗎？又是明天！為何不是現在？為何不是此時此刻，結束我的罪惡」。

　　突然，在痛哭之中，他聽到了一個聲音，是一個稚嫩的童聲，一時分不清是男孩兒還是女孩兒。這聲音反復單調地重復一句話：「拿着，讀吧。拿着，讀吧」。他想，「我幾時聽到過這聲音？」於是他收淚，想起安東尼也曾不經意地聽到過讀聖經的聲音。一個人在精神面臨重大抉擇時，常常會受到心理暗示，這個暗示其實是長久藏在他心中的願望。威廉・詹姆斯在談到宗教經驗時，精闢地從心理學上分析道：「皈依、新生、蒙恩、體驗宗教、獲得確保等等詞語，表示某種一向分裂，並自覺為卑劣，不快樂的自我。由於比較穩定地堅持宗教的真實，逐漸或突然變成統一、優越，而且喜悅的過程」。奧古斯丁跑回屋裏，立刻抓起放在那裏的保羅書信，隨手翻開，讀到的第一段話是「不可耽於酒食，不可溺於淫蕩，不可趨於競爭、嫉妒，應信服主耶穌基督，勿使縱恣於肉體的嗜慾」。奧古斯丁合上書，「不想再讀下去，也不需要再讀下去了，頓覺有一道恬靜的光射到心中，潰散了陰霾籠罩的疑陣」。至此，在經過多年苦思掙扎之後，奧古斯丁徹底皈依了基督教，而後的歲月便是他服務於教會，為基督教的傳播奮鬥的一生。

五　恩寵與自由意志

　　皈依對奧古斯丁是性命攸關之事。因為他不是一般的信眾，在感覺上把自己交給天主就解脫了。奧古斯丁卻憑借理性，在信仰的道路上艱苦前行，他要讓靈魂的每一個角落都為神光所照徹。我們前面講了那麼多，歷歷反映了他理智和心靈的鬥爭，直到他終於能讓兩者和諧相安。我們眼見了他的掙扎，在常人看，走向天主之路是他自己所選，但他卻從自己的皈依過程中得出了一個結論，他之得救全因天主的恩寵（grace）。他甚至認為，人的救贖只有靠天主的恩寵降臨。他說：「在這漫長的歲月中，我的自由意志在哪裏？從哪一個隱秘的處所，剎那之間脫身而出，俯首來就你的溫柔的軛輊，肩胛挑起你的輕鬆的擔子？耶穌基督，我的依靠，我的救主」！在奧古斯丁看來，是上帝的恩寵讓他拋棄了虛浮的塵世誘惑，而過去，他唯恐喪失了這些塵世逸樂。而自己內心的掙扎，無力助他走出誘惑。是「因為你，真正的無比的甘飴，你把這一切從我身上驅除淨盡，你進入我的心替代了這一切」。但是，朋友們，我們在這裏要注意一個新的角度，前面我們介紹了奧古斯丁受新柏拉圖主義，受普羅提諾的影響，也提到了他苦讀保羅書信，現在我們可以看出他對基督教義理的思考，受聖保羅的影響。奧古斯丁深入研讀這些文獻，從他對自己蒙恩獲救的感激之言中，我們能聽到聖保羅的聲音：「上

帝的公義通過信靠耶穌基督，賜給所有皈信之人。無須區分他們，既然都是負了罪的，都夠不着上帝的榮耀，而他們之可以稱義，乃是蒙上帝降賜恩典而獲救贖」。

但是問題來了，人的自由意志又在哪裏？要回答這個問題，我們不得不稍稍離開《懺悔錄》，因為奧古斯丁專有一書《論自由意志》來解答這個問題。奧古斯丁認為：「人不可能無自由意志而正當地生活，這是上帝之所以賜予他的充分理由」。但是，人有自由意志，便有了選擇的可能，便有了選擇作惡的可能。難道上帝通過賜予人自由意志，也同時把作惡的能力給了人嗎？奧古斯丁的回答是依從上帝是唯一的至善。至善的上帝不可能給予人行惡的意志，因為來自至善的自由意志，只是人「渴望過正直、高尚生活的意志」。自由意志本身是善的，當它被用來選擇從惡時，是人對上帝恩賜之物的濫用。他舉證說，就像上帝創造人具有雙手，這本是上帝完全的善意。人卻會用這雙手來行殘暴可恥之事。從而「如果我用我的意志行惡事，除了我自己，誰當付責任呢？善之上帝造了我，而我之不能行善，只能因我的意志，而上帝賜我意志，本是讓我行善」。因此，作惡是自由意志的錯用和濫用。奧古斯丁的救贖全靠神恩獨運，和自由意志選善棄惡之間有個絕大的矛盾，那就是命定論與自由選擇之不相容。奧古斯丁為彌合這個矛盾，做了大量的論述，卻始終無法在邏輯上説服我。

皈依後的奧古斯丁經歷了一生中最大的一件事。他

的母親去世了，他母親叫莫妮卡，奧古斯丁出生時她就已經是一位虔誠的基督徒。她聰明好學，能講很好的拉丁文。奧古斯丁從小和母親講拉丁文，所以拉丁語是他的母語。她忠誠信奉天主，把她的宗教情懷灌輸給這個極有天賦又放蕩不羈的孩子。她一生陪伴在奧古斯丁身旁，從迦太基到米蘭。在奧古斯丁信奉摩尼教時，她每天為奧古斯丁祈禱，希望他能皈依天主的懷抱。奧古斯丁說他母親「雖然是個婦女，但在信仰上卻是傑出的丈夫。她具有老年的持重，母親的慈祥，教友的虔誠」。奧古斯丁永遠感激他母親「肉體使我生於茲世，精神使我生於永生」。奧古斯丁最敬重他母親的一點是，她永遠祥和平靜，對別人寬厚以待。在親朋之間化解爭執，從來不說一句詆毀別人的話。在奧古斯丁皈依並接受洗禮之後，他決定回到故鄉，回到非洲大陸去傳播福音。莫妮卡決定和他同行。在台伯河口小鎮奧斯提亞，他們在等待乘船渡海，奧古斯丁和母親一同倚在窗口，觀賞屋外花園濃蔭翳然，花團錦簇，聽耳邊清風送來宿鳥唧啾。不知為何，母子倆突然談起了永生問題。他們那天所談的話，被奧古斯丁記在《懺悔錄》中，人稱「奧斯提亞奇跡」。奧古斯丁記載這奇跡的一段文字極美，我把這一段照章錄下，這是母子二人的神聖時刻：

> 這時，我們小住於遠隔塵囂的台伯河口，長途跋涉之後，稍事休息，即欲掛帆渡海。我們兩人非常適宜地談

着，「撇開了以前種種，嚮往着以後種種」。在你、真理本體的照耀下，我們探求聖賢們所享受的「目所未睹，耳所未聞，心所未能揣度的」永生生命究竟是怎樣的。我們貪婪地張開了心靈之口，對着「導源於你的生命之泉」的天上靈液，盡情暢吸。對於這一玄奧的問題，能琢磨一些蹤影。

我們的談話得到這樣一個結論：我們肉體官感的享受，不論若何豐美，所發射的光芒，不論若何燦爛，若與那種生活相比，便絕不足道。我們神遊物表，凌駕日月星辰，麗天耀地的蒼穹，冉冉上升，懷着更熱烈的情緒，嚮往「常在本體」。我們印於心，頌於口，目擊神工之締造，一再升騰，達於靈境。又飛躍而進抵無盡無極的「膏壤」。在那裏，你用真理之糧，永遠「牧養着以色列」，在那裏，生命融合於古往今來，萬有之源，無過去，無現在，無未來的真慧。真慧即是永恆，則其本體自無所始，自無所終，而是常在。若有過去未來，便不名永恆。我們這樣談論着，向慕着，心曠神怡，剎那間悟入於真慧，我們相與嘆息，留下了「聖神的鮮果」，回到人世語言，有起有訖的聲浪之中。但哪一種語言能和你常在不滅，無新無故而更新一切的「道」，我們的主，相提並論呢？

我們說：如果在一人身上，血肉的纏擾，地、水、氣、天的形象，都歸靜寂，並自己的心靈也默爾而息，脫然忘我，一切夢幻、一切想像、一切言語、一切動

　　　　　　　　　　　　　讀與思

作，以及一切倏忽起滅的都告靜止。這種種，定要向聽的人說：「我們不是自造的，是永恆常在者創造我們的」。言畢，也請他們靜下來，只傾聽創造者……

此刻和母親依窗而坐的奧古斯丁，絕然不是一位神學家，而是一位偉大的詩人。他在此刻體會到的永生，是滌蕩盡一切言辭，屏蔽掉一切噪音，惟有神的靈，徜徉於萬有之間的存在。那些信仰純真的心靈，不假外物，不着言辭地和他默契交匯，神靈相通，物我兩忘。時間不再流逝，過去，現在，未來凝聚成當下的永恆。時隔一千四百年，歌德也體會過這同一意境，他將《流浪者之夜歌》書於伊門瑙山巔，一間獵人木屋壁上：

> 一切的峰頂
> 沉靜，一切的樹間
> 全不見絲兒風影。
> 小鳥們在林間無聲。
> 等着吧，俄傾
> 你也要安靜。

由此我們知道，時間只在有形世界中流駛，而偉大的心靈，卻永遠是同時態的，這就是永恆。經歷了這番神奇的體驗，尊貴的莫妮卡五天之後便安然去世，帶着對永生的幸福體驗，回到她的天主的懷抱。

奧古斯丁的《懺悔錄》可談的東西仍有很多，自第十卷起，大多討論哲學問題，創世、時間、自由意志、神的恩典、人的救贖，等等。尤其是他對帕拉糾主義的批評，牽涉到繁瑣的神學教義爭論。不是對神學理論有興趣的人，很難讀的下去。所以羅素説：「一些普通版本的《懺悔錄》只有十卷，因為十卷以後的部分是枯燥乏味的，其所以枯燥乏味，正是由於這一部分不是傳記，而是很好的哲學」。要研讀這些哲學，恰恰要銘記馬太福音中的一段話：「你們祈求，就給你們，尋找就尋見，扣門就給你們開門」。奧古斯丁就是以這段話啓迪的靈感，結束了他的《懺悔錄》。他説：「只能向你要求，向你追尋，向你扣門，惟有如此，才能獲致，才能找到，才能為我洞開戶牖」。

自由的召喚

尋覓托克維爾的蹤跡

終於完成了介紹托克維爾(Alexis De Tocqueville)的講稿，扔下筆伸伸腰，看窗外好一派秋光。走，去沙馬朗德城堡，尋覓托克維爾兒的蹤跡。在他流連之地，奉上我們的敬仰。

一

一八五六年，《舊制度與大革命》出版之後，托克維爾繼續準備寫下一部著作的材料。他設想這應該是《舊制度與大革命》的下卷。在《舊制度與大革命》的前言中，他說：「我一直寫到大革命似乎完成了它的業績，新社會已誕生時。然後我將考察這個社會本身，我要力圖辨別它在哪些地方，與以前的社會相像，在哪些方面不同。我們在這場天地翻覆中失去了甚麼，得到了甚麼。最後，我試圖推測我們的未來」。在宣示了他的整體構想之後，他頗有些傷感地說：「第二部著作，有

一部分已寫出了草稿，但尚不成熟，不能公之於世。我能否有精力完成它？誰能説得準呢？個人的命運較之民族的命運更為晦暗叵測」。托克維爾一語成讖，果然晦暗叵測的命運奪走了他的生命。他沒有完成這第二部著作，他所蒐集閱讀，留下的筆記，和幾個幾乎完成的章節，最終以《論大革命》（*Considerations sur la Revolution*）編撰成集。正是為了準備這部著作，他離開諾曼底的托克維爾莊園，於一八五六年春天住到了沙馬朗德城堡，因為這裏離巴黎近些，便於去國家圖書館閱讀館藏資料。那時他的妻子瑪麗正陪伴她的姑母貝拉姆夫人住在這裏。托克維爾到城堡時，正是雜花生樹、鶯飛草長的初春。在沙馬朗德園林那一泓平湖之上，托克維爾可享受過「春水碧於天，畫船聽雨眠」的逸趣？

沙馬朗德城堡在巴黎大區西南方的埃松省內，距巴黎五十公里。它建於一片谷地，四圍山巒環抱，如安河在園林裏蜿蜒流過，留下大片濕地。山坡上茂林蓊鬱，雖無林海的雄闊，但風拂秀木，仍是一片綠濤。沙馬朗德城堡就是這綠濤中一處隱匿的港灣。這塊地方歷史久遠，高盧-羅馬時代就有人居住。公元八一一年，查理曼把它封給了他的傳記作者，聖高爾修道院的修士艾因哈德的兄弟阿特爾德。艾因哈德是查理曼宮廷中首屈一指的大學者阿爾昆的學生，對「卡洛林朝文藝復興」貢獻卓著，虧了他的優美文筆，我們才有了查理曼這位歐洲之父的可靠生平。隨後，時代嬗遞，幾經傳承，到了

十六世紀末葉，它已敗落不堪，僅餘殘垣斷壁。

十七世紀初，巴黎公共衛生系統的創始人米隆重修了城堡，他採用典型的路易十三時代的建築風格，紅磚為牆，礪石為筋，黑石版為頂。三層主樓，門廳敞亮，雖有氣派但絕無張揚。一六四四年，米隆的遺孀阿娜德‧巴雍又加建了兩側翼。一六五四年，城堡轉手給皮埃爾‧梅侯，他是王后瑪麗‧美第奇的管家，他請著名皇家建築師尼古拉‧拉斯皮奈主持工程，完成整修。而那座美麗的花園，卻要等到一七三九年，在奧爾內松‧達拉魯家族手中完成。這時，沙馬朗德已升格為伯爵領地。他們延請園藝大師皮埃爾‧貢當迪弗利在城堡四周修造了一座以幾何圖形為特徵的法式花園。到了一七八二年，達拉魯家族的後人，又把花園改建成自然風格的英式花園，這是一時風尚，濫觴於盧梭的《新愛洛伊斯》中那些對自然風光的描繪。草場牧園，取代了古板的花壇和修建成幾何圖形的灌木叢。橫平豎直的通道，更之以蜿蜒曲徑。古典風格的噴水池，被開鑿成波光粼粼的小湖，這就是現在的樣子。托克維爾來這裏時，就是如此，至今未變。

二

一八五二年，珠寶商勒內‧羅比諾買下了沙馬朗德城堡。他當時兼着沙馬朗德鎮的鎮長。他把城堡分割出

租，就在這時貝拉姆夫人住到了城堡裏。她是托克維爾的夫人瑪麗·莫特利的姑母，但她在瑪麗四歲那年收養了她，所以貝拉姆夫人其實是瑪麗的養母，也就是托克維爾的準岳母。這位英國老婦人是個喜歡清靜的人，她看上了城堡周圍的英式園林，所以選擇來這裏過着半隱居的生活。瑪麗和這位老婦人關係親密，經常來沙馬朗德陪伴她，托克維爾在給朋友的信中常談到「我妻子去看望她姑母了」，說的就是瑪麗去沙馬朗德城堡了。瑪麗·莫特利出生在英國樸茨茅斯的一個英國海軍世家。她的父親、叔叔、哥哥都是皇家海軍的官員，一八二八年瑪麗隨貝拉姆夫人移居法國，住在了昔日車水馬龍、氣燄喧赫的皇城凡爾賽。只是往昔烈火烹油的日子，已隨王朝覆滅而雲散。人去樓空的凡爾賽成了英國資產階級喜歡定居的地方。因為這裏的生活不僅便宜實惠，還有好品味。以至當時專門有一個詞兒來稱呼他們「凡爾賽英國人」。偏巧，托克維爾也在凡爾賽法院做見習法官，他與瑪麗都住在安茹街，是鄰居。冷冷清清的凡爾賽讓托克維爾寂寞得要死，這時他發現了瑪麗。有人說瑪麗並不漂亮，特別是牙齒很醜，但托克維爾的傳記作者休·布羅根描述了她的一幅肖像：「在畫中，莫特利小姐打扮得十分迷人，她厚實而有光澤的烏黑鬢髮上，時尚地別着一根玳瑁簪，珍珠耳環勾出臉蛋的輪廓，穿着鑲花邊的泡泡紗女裝，腰肢纖細，杏眼有神，櫻唇緊閉，顯出是位勇敢，有智慧的女士」。

托克維爾是位內心情感極為豐富的人，一生也有過幾位紅顏知己，卻與瑪麗廝守了一生。儘管托克維爾家族對瑪麗很有保留，托克維爾卻對瑪麗一往情深。他在結婚前給瑪麗的信中說：「我最多只能將生活分為兩部分，一方面是外部世界的行動、魅力、名聲，另一方面是心靈的甜蜜感情。在那裏我只見到你，除了你，誰也看不到。在生活的所有迷人之處，你是我眼中的唯一。唯有你將會成為那幅永恆的畫面，我們終生緊密相連，至死不渝。」托克維爾說到做到。

　　一八五二年十二月二日，路易·拿破侖登基，恢復帝國，史稱拿破侖三世和第二帝國。政變期間，拿破侖三世拘禁了全體議員，托克維爾被拘押在萬森城堡。一天之後，警察局長下令釋放他，托克維爾拒絕出獄，他說，我的同僚未被釋放，我不會獨自先走。事後，路易·拿破侖派自己的老師、托克維爾的熟人維亞埃爾到托克維爾家道歉，托克維爾連門都不讓他進，一副傲骨錚錚的樣子。隨後，他和瑪麗商定，賣掉巴黎的房子，徹底搬回諾曼底的托克維爾莊園。那裏是他家的祖傳城堡。搬家費時費力，瑪麗身體有些不適，她要去沙馬朗德城堡住幾天，休息一下，同時看望貝拉姆夫人，因為她年事已高，開始準備遺囑了。托克維爾不斷往城堡寫信，慇慇眷顧，溢於言表：「親愛的，總算收到了你昨天的來信，我心頭的石頭也算落了地。這裏的天氣真糟糕，下雨讓我擔憂煩躁，真比出去淋雨還難受。你會不

顧外頭的泥濘和雨水，出門去僱馬車。我想全法國也就你一個女人會這樣做吧」。這時他正在緊張地思考和撰寫一部要在「世界上留下一點印記」的著作。他要能夠把「事實與思想、歷史哲學與歷史本身結合起來」，去洞徹法國大革命的本質。這部書後來以《舊制度與大革命》為名，蜚聲四海。

三

托克維爾渴望能夠完成下一部著作，他闡明了這部著作的主旨：「如果我沒有搞錯，它將讓人感受到革命在法國內外的普遍運動，在大革命結束其作為之後，該書將切實地指出，這一作為到底是甚麼，從那場暴力運動中誕生出一個甚麼樣的新社會。從這一運動攻擊的這個古老的制度中，它消除了甚麼，又存留下甚麼」。為此，他不倦地蒐集資料，鑽檔案館，苦讀革命時期各地的政府檔案。除了這些官方記載，托克維爾把眼光放得更遠，他說：「我的目標更在於描繪那些依次製造了法國大革命各事件的那些感情和思想的運動，而非講述事件本身。與歷史文件相比，我更需要那些能展示出每個階段公眾精神的文字，報紙，小冊子，私人信件，行政信函」。通過閱讀這些反映出革命前普遍社會氛圍的材料，托克維爾斷定：「很長時間以來，政府患上了一種疾病，那就是那種試圖掌控一切，預料一切，操縱一

切的權力常見卻無法治癒的疾病。政府對一切都承擔責任。無論人們因為抱怨的對象不同而產生多大的分歧，大家都很願意聚在一起指責政府……對專斷的仇恨，變成法國人唯一的激情。政府成為共同的敵人」。結果，「這無法名狀的不適感，讓上流社會和普通民眾，都覺得他們所處的環境令人無法忍受。因此，儘管誰都不曾試圖變革，儘管誰都不知道改變將如何發生，這種關於變革的普遍想法，還是進入所有人的腦袋裏」。於是，對政府的普遍不滿，和人人都感受到的不適，造成「墜落前的搖擺」。而恰巧作為國家馭手的路易十六，顢頇而不明大事，整個民族便被帶入深淵。而社會掙脫束縛，逃出深淵的自保行為，就造成了革命。然後，「那彷彿是施洗者約翰從沙漠腹地發出的吶喊，新的時代即將來臨」。

但是，還有一個問題縈繞在托克維爾心頭：在經歷了以自由、平等、博愛為最高追求的大革命之後，法國人因為甚麼，「忘卻了自由，只想成為世界霸主的平等的僕役，一個比大革命所推翻的政府更加強大，更加專制的政府，如何重新奪得並集中全部權力，取消了以如此高昂代價換得的一切自由」。而且，他眼見那些最誠實的法國人，「只夢想着如何在一個主子治下盡可能自得其樂」。更讓他恐懼的是，「他們看來要把對奴役的熱愛，變成美德的要素」。這是一八五六年初春，托克維爾住到沙馬朗德城堡時，依然徘徊腦中的問題。

一八五六年一月七日，正在他前往沙馬朗德城堡的前幾日，他給索菲婭・斯維金娜夫人的信中説：「我在您很有興趣的工作中走得越遠，就越是覺得自己被捲入了一種與很多當代人所置身的思想潮流恰恰相反的思潮中。我仍然熱愛着那些他們已經不再關心的事物」。人們已不再關心甚麼事物呢？那就是自由！大革命之後，人們獲得了人身、言論、出版、集會、選舉等等一個文明社會所須臾不可離身的自由了嗎？眼前法國的現實告訴他，自由這最崇高的追求，這使人成為人的本質要求，已經被那樣輕易地拋棄了。法蘭西民族「不僅承受着枷鎖，而且像得勝凱旋一樣為之興奮，激動不已地親吻枷鎖」，這讓托克維爾痛徹心腹。

他向斯維金娜夫人傾吐心聲：「夫人，我生活在這種精神孤獨中，覺得自己與這個時代，與這個國家的思想環境格格不入的時候，您很難想像我體驗到的痛苦」。這種痛苦可以用他在閱讀材料中引用的一位德國作家的話來表達：「過去存在的已經破產，在這廢墟上將聳立甚麼樣的新建築？我不知道。我只能説，最可怕的事情莫過於，歷經恐怖時代之後，過去的那個萎靡墮落的、各種形式都已破產的時代再次復生。退回第一幕，這不是我們演戲的方式，往前走啊」。但社會確實已經在倒退、墮落。波旁王朝復辟之前，拿破侖已經以鐵腕扼殺了《人權宣言》中所明示的自由權利。那些反對拿破侖倒行逆施的讀書人，大多是托克維爾的朋友。

雷加米埃夫人的沙龍，被拿破崙視作眼中釘，它卻正是托克維爾出入的地方。而斯塔爾夫人、雷加米埃夫人被流放，貢斯當被貶斥，夏多布里昂被禁言，報紙上連篇累牘地吹捧新皇帝。吮癰舐痔者飛黃騰達，廟堂上剩下一群只會唱「酒神頌歌」的人。這些僭取和倒退，怎能不讓托克維爾切膚深痛？他憤怒地指出：「(新皇朝)取消了權利的主要保障，取消了思想、言論、寫作自由——這正是一七八九年取得的最珍貴、最崇高的成果，而它居然還以這個偉大的名義自詡」。他要告訴人們「共和國如何準備接受一個主子」。

四

拿破崙如何成為共和國的新主子？經歷了大革命的法國人，又如何擁戴他把共和國變成帝國？托克維爾看到法國人，只想成為拿破崙這個世界霸主的「平等的僕役」。這正是他在《論美國的民主》中所討論過的問題。通常，人們熱愛平等超過熱愛自由。那時，他就預言般地指出：「我想描述這種專制，可能以哪些新的特點展現於世？我認為，到那時候將出現無數的相同而平等的人，整天為追逐他們心中所想的小小的庸俗享樂而奔波……在這樣的一群人之上，聳立着一個只負責保證他們的享樂，和照顧他們的一生的、權力極大的監護性當局」。他甚至預見到，這種監護所產生的最終結果，

「(它)使人精神頹靡，意志消沉，和麻木不仁。最後，使全體人民變成一群膽小而會幹活的牲畜，政府則是牧人」。監管嚴酷的背後是暴力，追逐享樂的背後是金錢，這兩者結合起來，只為達到一個目的，讓社會道德敗壞。因為道德敗壞的民族，是專制的土壤。社會的普遍墮落，讓暴政肆意瘋長。你不能想像一群梭倫式的公民會屈服在暴政之下。你同樣不能忘記，社會沉淪的背後，有一隻牽引它的絕對權力之手。所以托克維爾的問題，「共和國如何準備接受一個主子」，就轉變為「社會大眾如何準備接受道德敗壞」。

托克維爾注意到大革命後財產歸屬的變化，注意到拿破侖新王朝如何操縱這個變化。一方面為自己的家族攫取財產，一方面給他的追隨者肆意施恩。托克維爾指出：「拿破侖對待他的將軍，就像獵人對待他的狗，他聽任這些狗吞吃動物屍體，從而讓他們熱愛打獵」。這話夠犀利。但他關注的並不僅是那些帝國的將軍，他更要剖析專制制度如何利用人的逐富心理，來鞏固統治。因為，「在這類社會中，金錢已經成為區分貴賤尊卑的主要標誌。……因此幾乎無人不拼命地攢錢或賺錢，不惜一切代價發財致富的慾望，對商業的嗜好，對物質利益和享受的追求，便成為最普遍的感情。這種感情輕而易舉地散佈在所有階級之中，甚至深入到一向與此無緣的階級。如果不加以阻止，它很快就會使整個民族萎靡墮落。然而，專制制度在本質上卻支持和助長這種感

情，這些使人消沉的感情，對專制制度大有裨益，它使人們的思想，從公共事物上轉移開，使他們一想到革命就渾身顫慄，只有專制制度能給他們提供秘訣和庇護，使貪婪之心橫行無忌，聽任人們以不義之行攫取不義之財」。更可憂慮的是，這種誘導通過無形的脅迫來實現。也就是嚴控言論與思想，如果你發言談論政治，讓當局不快，那麼富歇的手下就會對你假以顏色。如果你只談如何炒股票，勾女人，則一切平安。慢慢地，公共話語空間便只剩下黃色的話題，金錢和色情。這必然改變人的價值認同。托克維爾指出：「在漫長的革命中，最為敗壞人的，與其說是他們在信仰的熱忱和他們的激情中所犯下的錯誤，不如說是他們最終對曾推動他們行動的信仰的蔑視。當他們感到疲憊、幻滅、失望，他們最終轉過頭來反對自己，發現他們的希望是幼稚的，熱情是可笑的，而他們的獻身尤其可笑，這種蔑視就產生了」。這是一種雙重的背叛，即背叛自己所懷抱過的自由理想，亦背叛自身在自由光輝照耀下煥發出的崇高人格。所有的暴君對背叛者都是既蔑視又喜愛，所以，他對這種背叛的嘉獎，就是嚴酷壓制下的穩定和秩序。在這種穩定和秩序下，自由的公民消失了，貪婪的小人得勢了，社會再不見清明和崇高的理想，只有現世的得失。那麼我們拿甚麼對抗這種背叛？

五

　　托克維爾給我們的召喚是：「始終不渝地熱愛自由」。因為人忠誠於自由，是人之為人的責任、義務、權利，也是一種道德立場。托克維爾說：「我把自由看作首要的善，我一直都這樣認為。自由是孕育剛毅的美德和偉大行動的最豐饒的源泉」。正因為自由是首要的善，所以它是一種美德，屬於絕對律令的範疇。這就是為甚麼當人更深切地依戀着自由時，會抑制追逐物質利益的衝動，因為在絕對律令之下，利益的計算沒有位置。成敗得失不能證明行為的善惡，不是道德正當性的標尺。所以托克維爾有力地為自己痴情於自由聲辯：「多少世代中，有些人的心僅僅依戀着自由，使他們依戀的是自由的誘惑力，自由本身的魅力，與自由帶來的物質利益無關，這就是在上帝和法律的統治下能無拘無束地發表言論，行動，呼吸的快樂。誰在自由中尋求自由本身之外的東西，誰就只配受奴役」。托克維爾甚至知道，會有人指責他「對自由的酷愛」已不合時宜。大變革之後，日趨逐利的法國，已很少有人在關心自由。但他仍苦口婆心地告訴世人：「只有自由才能在這類社會中與種種社會弊病進行鬥爭，使社會不至於沿着斜坡滑下去」。其實，托克維爾又何嘗不知道，真正把自由掛在心上的人，永遠是少數。大眾關心的通常只是身邊的日子，這並不格外反常。托克維爾只是企盼在社會

中，在政治生活中，在以文字為生命的人中，會有一些人心繫自由。他們對自由的牽掛，是暗夜中的那一點光亮，這點光亮隨時能燃起自由的火把，照亮社會叢林中晦暗的道路。若沒有日常生活的晦暗，那擎燈之人又照向誰呢？這正像查拉圖斯特拉對太陽所說：「你這偉大的星球啊！如果沒有你所照耀的人們，你又有何幸福可言呢？」自由是人的本質，只要有光亮，人們便會朝它走。

自由之為美德，會喚醒人的心靈。它不僅與偉大的心靈相呼應，甚至能使平庸的心靈變得偉大，貧弱的情感變得豐厚。蒼白的情感，永不會成就自由的事業。托克維爾說：「我不知道是否存在過一個非常偉大的心靈，在其行動上沒有投入某種偉大的情感」。而自由的心靈和偉大的情感相結合，便可能產生輝煌的文字。托克維爾把他對自由的關注，轉向精神成果的誕生。他斷言：「人類精神的所有傑作，都誕生於自由的時代」。「政治平庸和奴役，從來只會製造乏味的文學」。這話原則上對，但徵之以史又不盡然。黑暗時代一樣有偉大作品，所以托克維爾在這裏所談的仍是心靈和精神自由，不爭的事實是，只有自由的心靈才能創造偉大的作品。時代越黑暗，自由的心靈之光越耀眼，托克維爾論證道：「這一時期歌頌皇帝或者在皇帝前廳發財的作家，那個時代的邁瑞和梅里美們，顯然要麼是極其平庸的作家，要麼是些非常二流的頭腦。但那些與皇帝鬥爭，為了爭取人類的權利而反對他的作家，則擁有傑出

的才智。顯然，帶來斯塔爾夫人和夏多布里昂的十年，不會是平庸的十年」。我們知道，這兩位正是為了捍衛人的自由權利而挺身反抗拿破崙。儘管一個被流放，一個被封口，他們卻代表了自由心靈和文字的力量。所以托克維爾斷言：「心智的偉大只會存在於那些抗議其政府，在普遍的奴役中仍然保持自由的人那裏」。說到底，還是自由的心靈，自由的精神，對自由的摯愛與持守，造就時代的輝煌，給人類歷史留下希望的印跡。

六

　　去沙馬朗德的路上，突然烏雲翻滾，暴雨如注。到了城堡門前，天卻陡然放晴，藍天剔透，瑰雲舒卷，夕暉映在遠山上，秋林綠紅相間，山色已見斑斕。城堡的大門綠柵金頂，頗有氣派。走進園去，雨後的園林清新亮麗，纖塵不染。肥厚的樹葉上，雨水仍斷斷續續滴落着，夕照映射，雨滴化成串串琥珀色的淚珠。抬眼望去，芊綿草場的盡頭，輕睡着一彎靜泊。芳草蕩向湖邊，如洩入湖中的綠波。園中幾不見人跡，霧靄裊裊，裹着寂靜飄來。突然，老樹蒼葉間傳出幾聲鳥鳴，又旋即消失，岑寂中只聽見我們腳下沙石簌簌。

　　進到中庭，城堡正沐浴在落日餘暉中。玻璃窗上映着彤紅的雲影，大雨剛剛洗盡它身上的塵埃，莊重古樸的紅白黑三色調搭配，透着老貴族驕傲的神采。和接待

處的人聊起托克維爾在城堡的往事，他說他們知道托克維爾和瑪麗住在城堡左側的二樓上，但沒留下任何痕跡。因為他們住在這裏時，城堡再次轉手，拿破侖三世的寵臣博爾西涅公爵買下城堡。他要在底層修建一個大畫廊，陳列他蒐集的各種徽章，所以托克維爾很快就離開了這裏。這位工作人員還說，他曾在沙馬朗德鎮的檔案中查找托克維爾的租房契約而未果。其實我想，他應該查找的是貝拉姆夫人的租房契約，因為租房的是她而不是托克維爾。瑪麗和托克維爾來這裏只是小住，他們不是租戶，這位工作人員找錯了方向。一八五八年五月十六日，托克維爾從諾曼底的托克維爾城堡，給凱戈萊寫信說：「她(瑪麗)很怕旅行奔波，而且很喜歡我們過的隱居生活。既然貝拉姆太太現在很好，既然我們在沙馬朗德城堡的住宿困難越來越大，我們根本不想走了」。這是說，城堡裏的修建工程讓他們不方便居住，所以他們決定不回沙馬朗德了。我們知道，他隨後渡海去了英國，回來後身體狀況急劇惡化，為了在溫暖的氣候下調養，他們去了南方。不過數月，一八五九年四月十六日，他在康城去世，離他告別沙馬朗德城堡不到一年。

站在城堡前，望着晚霞點燃起火把，照亮托克維爾房間的高窗。一剎那，我陷入幻覺，彷彿時光倒流，托克維爾正倚窗眺望殘陽。恍然驚醒，眼前房屋依舊而哲人已萎，不由記起莎士比亞的哀嘆：「他真是個堂堂男

子，總之我再也見不到他那樣的人了」。如今，在我們身處的時代，技術輝煌而靈性貧弱，只見人群而不見人物。子曰：「甚矣，吾衰矣，吾久不復夢見周公」。當我們的心靈不再追慕先哲，不再踵武前賢，不再敬仰崇高，則無論年齡幾何，都是衰朽。

離開城堡，出中庭右拐，行百餘步，便是如安河。水流潺湲，落葉逐浪。岸邊泊着幾隻暗紅色的小舟，一對情侶依偎舟上，姑娘秀美，小伙兒俊朗，繾綣在清流樹影間，宛如畫中人。沿河岸信步走去，夾岸皆是參天巨樹，盤根錯節，逸枝虯曲，密葉間篩下陽光，片片光斑，隨波逐流，晃人眼目。據城堡文件記載，達拉魯家族修建園林時，曾植樹三百餘株，這樹若是當年所栽，距今已二百五十年，它們是托克維爾在此居留時的伴侶。若能開口說話，或許會給我們講述托克維爾河邊漫步的情景吧？清風穆穆，枝葉搖搖，誰知我們是不是正踏在先哲的足跡上？

不知不覺沿河走了好遠，過一座小橋，便是一片開闊的濕地，繁茂的蘆葦招招搖搖，正在夕陽下酣舞。穿過葦叢，便走到湖邊，湖水如鏡，蓮葉半卷，野鴨悠悠然穿行浮萍間。岸邊泣柳婆娑，風動長條，惹起漣漪，攪碎一泓靜水。湖上有橋，憑欄遠望，城堡身後水泉隱約可見。兩具河神白雲石雕，護衛在水泉兩側。天色向晚，古堡隱入暮靄，隱隱綽綽，透着幾分神秘。或許一百六十年前，曾有過一個月淡星疏的夜晚，托克維爾

沉吟湖畔，微風慢捻香草的柔弦，喚起輕歌，慰藉他苦吟自由的寂寥。

突然，城堡牆外聖康坦小教堂晚禱的鐘聲起了，先是輕輕叩響，聲音柔和清亮，漸漸宏大起來，激越高亢，震人肺腑。這正是晚禱的洪鐘大響（pleine volee），它要震撼信徒五內，讓他們在極度的歡欣中得知救主的蒞臨。隨後鐘聲又漸回低誦，餘音渺渺，飄過城堡、高樹、靜泊，綠蔭，追逐着落日，沒入煙林。這宣示聖主降臨的鐘聲，年復一年，日復一日在沙馬朗德響起，這不正是托克維爾召喚自由的聲音嗎？在一個迷惘的時代，他的聲音如晚禱的鐘聲，震醒已不知哀痛的心靈，告誡他們，永不要自輕自賤，更不要說服自己去熱愛枷鎖，做一個自願的奴隸。托克維爾警示我們：「如果在這個充滿自私和可恥行徑的現實世界之外，人類的精神不能建立一個公正、勇敢，總之，一個美德可以自在呼吸的世界，那麼生活該是多麼卑微、冷酷、淒慘！」

初稿於2018年中秋月圓之夜
10月4日改定於奧賽

關於極權主義美學的通信

衛平先生如晤：

覆函悉，再讀你對蘭妮・瑞芬斯塔爾美學觀的討論，有幾句話想說。

我不知道瑞芬斯塔爾曾送給希特勒《費希特作品集》，更好奇希特勒如何理解費希特，納粹美學的中心概念是領袖與國家，而費希特以為國家是信仰和理性的衝突，理性的完善則導致國家的終結，借助自由的藝術，王國（Reich）會取代國家（State）。費希特心目中的自由王國本應是希特勒最厭惡的東西。也許希特勒在書上做的那些記號、批注是在痛斥費希特吧？因為他的第三帝國是不給藝術自由一點活路的。

說起納粹美學，還有一位重要人物，阿爾伯特・施佩爾，希特勒的首席建築師。這人是個奇才，第三帝國覆滅前，他臨危受命，負責德國的全部軍需生產，很讓英美軍隊吃了些苦頭。一九三五年瑞芬斯塔爾的一部成功作品，納粹黨全國代表大會的膠片，不慎毀壞了。她

建議希特勒重新拍攝，就是施佩爾給她做的佈景。那些納粹頭領完全模仿當時的現場表演，着着實實地作了假。瑞芬斯塔爾（"Leni" Riefenstahl）卻以為假的比真的更好。

施佩爾出身建築世家，他為希特勒服務的第一個重要作品是設計納粹黨代表大會的主席台。就是他設想出主席台上按職位排座，台後是左右分開的巨大旗幟，旗幟中央放置黨徽加紀年。這個模式在斯大林與希特勒的蜜月期間傳給了蘇共。

你知道，希特勒是學美術出身，對各類建築極有興趣。他的建築美學核心觀念就是「大」，大到讓人在建築面前化為零，從而也在這些建築物的主人面前化為零。他曾和施佩爾計劃修建一座新的總理府，他的辦公廳面積要大到九百六十平方米。那些本人並不偉大的專制暴君就是要靠這些外在的「大」來支撐自己。希特勒以為只有歷史上留下來的建築才能使人記住那個時代。

他問施佩爾，歷代羅馬皇帝留下來的是甚麼？如果他們沒有留下建築物，今天還有甚麼可以作為他們的物證？類似希特勒這類掌握無限權力的狂人，人類數千年積累的精神文化，並不在他們眼中，民族國家中那些活生生的個體生命亦不必顧念。蒼生山河，只服務於他們瘋狂的慾念、膨脹的野心。他們自認為民族救星的狂妄使他們的口味趨向外在的壯觀宏大。施佩爾對希特勒的口味心領神會，在納粹黨幹部大會上，他設計了一個由

一百三十個探照燈組成的「光的教堂」，巨大的光柱在八千米高空仍清晰可見「有時一片雲彩穿過光環，給這個壯麗的效果增添了一種超現實主義的虛幻因素」，於是，整個納粹統治集團便陶醉於這個超現實主義的幻景中了。這亦是你所指出的「囈語般的東西」。任何一個有清明理智的人都能體會一切"Party Culture"所共有的「囈語性」。它是如此空洞、貧乏、猥瑣、專橫，有時卻顯出宏大的外貌。

但難道壯觀宏大不給人美感嗎？在此，我們要稍涉學理。這在美學史上就是對崇高的討論。古典文獻中較全面地涉及崇高問題的是托名郎吉努斯的《論崇高》。這篇文章要旨在於討論「崇高」的文體。但在論及崇高的境界時，作者激情澎湃地指出：「你試環視你四圍的生活，看見萬物的豐富、雄偉、美麗是多麼驚人，你便立刻明白人生的目的究竟何在。」所以作者說，我們絕不會讚嘆小小的溪流，而會讚嘆尼羅河、多瑙河、萊茵河和海洋；我們絕不會讚嘆燭光，而會讚嘆星光和爆發的火山。作者總結道：「唯有超常的事物才引起我們的驚嘆。」作者借一位哲學家之口發問，為甚麼現在沒有真正崇高與偉大的天才出現呢？他自己答道：「我們從未嘗過辯才最美好最豐富的源泉——自由。我們沒有表現甚麼天才，只有諂媚之才。雖然奴隸偶有其他才能，但奴隸中卻沒有人能成為演講家，因為言論不自由和慣於挨打的囚徒之感，往往在奴隸心中浮現。正如荷馬所

說，『一旦為奴，就失掉一半人的價值』。」在這裏，他把自由作為出現崇高作品與人物的先決條件。

　　後來，柏克在他的《論崇高》(sublime這個詞不分場合地譯為崇高有些不妥，因為「崇高」一詞在中文中完全是褒義，而在西方文獻中，它有時用來作單純描述性用語，不帶褒貶，甚至有時描述某種令人不快的感覺。柏克的論述就是如此)中指出：「當自然界中的偉大和崇高發生極其強大的作用時，它所引起的情緒是恐懼。」柏克在此所指的是高山大川、平原曠野、湖澤海洋這類體積大到人不可把握的自然物。他接着說：「恐懼是一種心靈狀態，心靈完全被對象佔據，不能容納其他對象，同時也不能對佔據它的那個對象進行理性分析。這個『崇高』有一種不可抗拒的力量席捲我們而去。」

　　康德受柏克啟發，注意到美與崇高的區別(周輔成老師在二十世紀三十年代介紹康德美學入中國時，把崇高譯為「壯美」，這種譯法亦有深意)。在《判斷力批判》的「崇高的分析論」一節，康德指出崇高可見於「無形式」的對象，它以「量」與「力」來表現，從而崇高愉悅是消極的。而且，由於崇高感的「無形式」，也就是崇高感不能直接訴諸感官，就像不能僅憑感官去經驗大海的浩瀚無垠，人必得借助某些理性的觀念去產生崇高感。康德明確指出那些能夠對感官施加暴力的力量，反而會激發出新的亢奮，從而產生崇高感。

納粹以數量與體積之龐大來造就自己活動的舞台，恰是要利用這種能夠強暴感官的外在的壯麗輝煌，來造成臣民因內心恐懼而生的「崇高感」，讓他們在無法以自己的經驗把握眼前場面時，產生依賴與順從。從政治學的角度看，這種崇高是一種謊言，因它不擴展和豐富人的美感，而是一種壓迫、操縱的形式。以人造「崇高」來實現操縱，這是一切專制社會和暴君最擅長的手段。他們所喜愛的「超常宏大」以令人恐怖和喪失理性的效果造成一個脫離人的日常生活的虛假世界。這是一個貨真價實的「楚門的世界」，眼前的佈景比真實更真實。人的真實生存便消解在這個佈景中了。

　　依據我們的審美經驗，能在我們心中引發崇高感的東西，並不單純是那些體積巨大、高高在上、狂轟濫炸的強暴感官的東西。也就是說，並不僅是那些被康德歸為「量」與「力」的東西。對一個具有良好審美鑒賞力的人，崇高是可由多種對象引發的心理感覺。虎嘯崇山固可讓我們敬畏，精衛填海亦可讓我們景仰。這就是羅斯金所講的「還有一種同情之心，表現為宏偉的建築的形式。這種同情之心在自然事物中最為崇高」。羅斯金要追尋「這種由同情心引導的統治力量」。這個理想由柯布西耶所踐行。柯布西耶的名著《走向新建築》劈頭就提出建築的道德問題：「道德問題，謊話是不可容忍的。人類會在謊話中滅亡。」在他看來，建築中最美的，是能夠「造就出幸福的人們」的東西。柯布西耶

説：「幸福的城市有建築藝術……在我們的住宅裏，它多麼自由自在！我們的住宅組成了街道，街道組成了城市，城市是有靈魂的個體，它感覺、它受苦、它讚美。」在大師眼中，只有那些反映人們真實生存狀況、服務於人的自由，給人帶來幸福的建築，才是美的、令人讚嘆的。他彷彿預見到在他身後，有一種政治力量把建築變為謊言。

二○一一年六月，揚之水先生去法國東部的隆尚拜謁柯布西耶所建造的「高地聖母院」，帶回一部畫冊，從中能看到藍天白雲之下，聖母院潔白渾圓的主體，敦敦實實地坐落在綠茵鋪就的緩坡上。稚拙的窗，像孩子透着童真的瞳孔，帶點驚訝地探問身邊的樹林。遠看去，聖母院像只巨大的白色信天翁從天而降，來傳遞神的恩寵。所有的線條都單純質樸，透露出溫厚與博愛。揚之水先生説，她在內靜坐兩小時，感動到落淚，覺得崇高竟可以如此素樸。顯然，打動她的不是那種強暴感官的蠻力，而是自人身湧出的對天地生靈，對神聖與日常的真實體悟。

你信中所談的瑞芬斯塔爾便是納粹崇高謊言的影像製造者。我所説的施佩爾則是這個謊言的建築師。他和希特勒商定要建一座「新羅馬」，他甚至做出了模型，打算五十年代落成。這個新羅馬實質上就是個弘揚納粹理想的模型，一座人性無處藏身的「崇高」的監獄。倫敦的唐寧街、華盛頓的白宮同它相比，簡直就是荒村

農舍。但誰更永恆？不可一世的納粹帝國竟難逃屠隆一問：「今贊皇公與平泉木石安在？即秦漢隋梁帝王宮室之盛，窮極壯麗，悉蕩為飛煙，化為冷灰過者。」

近日雜事繁多，先草草談上幾句。有不妥處，請指教，先謝過了。

越勝

2012年2月2日

［附：崔衛平致趙越勝］

越勝兄：

用寫信的方式來討論美學問題，讓我有回到七十年代的感覺。那是你的年代，你與周輔成先生的年代。你迄今仍然保留了對於基本問題思考的習慣，這正是今天這個功利主義年代最為缺乏的。讓我來試着回答你的問題吧。

我說，蘭妮‧瑞芬斯塔爾不僅是政治上出了問題，而首先是美學上出了問題，對於一個藝術家來說，是一個更加嚴重的批評，我批評的是她不專業。儘管她在替希特勒塑造形象、製造效果所採用的技術方面，看上去很專業。但是她的美學觀，是一種多麼虛幻的東西。

而且在這個問題上，她從來沒有反思過。六十年代她還說：「我只能說，我本能地着迷於任何美麗的事物……那些純粹寫實的生活斷面的東西，那些一般的、平庸的東西，我都是不感興趣的。」在很大程度上可以說，恰恰是這種美學觀，令她在醜陋的法西斯面前失去了抵抗能力。

這位瑞芬斯塔爾無疑根植於德國浪漫主義傳統。一九三三年六月，她送給希特勒一部《費希特作品集》，她知道希特勒是個費希特迷。後來希特勒在這本書的幾百頁紙上，用「連續不斷的下劃線、問號、感嘆

號在空白處作了批注」。(《極權製造》)而這本集子，最早是一位高山電影的製作者范克送給她的，是這位範克把瑞芬斯塔爾帶到了電影道路上。在某種程度上，這位費希特可說是在瑞芬斯塔爾與希特勒之間精神上以及美學上的秘密通道，是他們共同的出發點。

我們知道，整個德國浪漫主義(包括黑格爾、謝林、費希特，到諾瓦里斯、施萊格爾兄弟)，沉浸在二元對立的世界圖景當中：不僅是精神與物質的對立，而且是文化藝術與社會政治之間的尖銳對立。前者被描繪為高超高妙的，後者則是粗鄙的、缺乏生命力乃至庸俗的。有批評者始終在説，這是德國資產階級(或小資產階級)根深蒂固的軟弱性。費希特是在這些群峰當中湧現出來的一個「頂峰」。他用來彌合這兩者之距離的方案是「絕對自我」，一切都是由這個「自我」而生出，一般稱之為「物質世界」、「感覺世界」在他眼裏只是「非我」的體現。他處理問題的方法，只有導致所面臨的世界進一步分裂和割裂。

這一套囈語般的東西，如果僅僅停留在文化人自身的領域，還不至於有甚麼大問題。就像瑞芬斯塔爾在她獨立導演的第一部電影《藍光》(一九三二)中體現的那樣。這個片名令人想起浪漫派詩人諾瓦里斯那朵神秘的「藍花」。影片的故事衝突架構在一小段發出藍光的水晶石與愚昧的鄉民之間。年輕人受藍光的吸引，夢遊一般跟着它走，然而只有一個女孩能夠抵達它，這就是瑞

芬斯塔爾自己扮演的叫做容塔的女孩，結局是村民們出於貪婪取走了水晶石。藍光消失，女孩摔下山崖。這個故事實在有些無聊，但是它所釋放出來的某些信息，倒是能夠說明瑞芬斯塔爾的某個起點世界被分割為兩張面孔：一張是純淨、高遠和美的，另一張是醜陋、骯髒和俗不可耐的。

這種割裂的世界圖景在德國文化中有着深厚的基礎。而它移步現實，災難就在眼前。

希特勒是個不得志的畫家，戈倍爾是個不成功的小說家，還有納粹集會的總設計師施佩爾，是個前建築師。這本《德國歷史的文化誘惑》的作者，形容這些納粹首領「小型內部會議」，成了藝術「落選者俱樂部」，「野心昭著的政治會談掩蓋的是深深的文化落寞」。

這些人按照一種割裂的世界圖景來分割人們，其中的一部分人便被認為是骯髒的、討厭的，不配在這個世界上存在。他們同時根據自己的「絕對自我」，創造出屬於他們自身的現實。因為在藝術中缺乏創造性，他們便把「創造」的熱情，轉移到現實方面去了。戈倍爾甚至認為國家社會主義政治同時代表了「最高形式的藝術」。實際上，這些人從來也沒有放棄從事藝術的夢想。

那麼，越勝兄，我們會看出，其實不存在一個籠統的「美」與「自由」的關係。馬爾庫塞的「美是人類心

靈自由的最後庇護所」，這是一個哲學家的抽象表述，並沒有進入具體到美的行為或者藝術的行為當中去。而一旦進入具體到美或者藝術的情景，就會有些具體的區分。納粹德國的一切表徵上都充滿了「藝術氣息」，但那不僅是壞的政治，也是壞的藝術。這批二三流藝術家，當他們在藝術中缺少一點，在政治中卻「溢」了出來。

瑞芬斯塔爾本人也是一個前失敗者，她跳舞的夢想因腿部受傷而擱淺，其後最大的願望是當一位攝影棚裏的女明星，她曾十分希望出演《藍天使》的女主角，然而這一角色卻被瑪琳‧黛德麗獲得。挫敗的經驗才促使她自己當導演。

瑞芬斯塔爾在哪裏輸給了瑪琳‧黛德麗呢？

兩人的年齡相差一歲，都是在一戰之後柏林開放寬鬆的氣氛中長大。黛德麗在《藍天使》首映式的當天，搭船去了美國，迅速成長為一位耀眼的國際女明星，在好萊塢接連拍片，一時風靡全球。她的某些性感姿勢一直影響到比如麥當娜。後來她又飛躍成一位著名的反法西斯戰士，令人刮目相看，同樣彪炳千秋。

這兩人之間的區別簡單地説，就是 —— 瑞芬斯塔爾有個性但不擁有自身；黛德麗擁有屬於自身的個性；瑞芬斯塔爾僅僅知道自己的個性，而黛德麗瞭解自己的途徑，也是她建立與他人聯繫的途徑。

相對來説，瑞芬斯塔爾有一個小康背景的家庭，她

跳舞也好、拍片也好，有那位年輕猶太銀行家索卡爾贊助（她很快將此人忘得乾乾淨淨）。黛德麗不同。黛德麗六歲時父親死於心臟病，九年之後繼父在一戰中身亡，她早早擔負起家庭的經濟責任。她的日程表總是排得滿滿的：在夜總會當歌女，在戲劇舞台上演出，包括拍電影。到一九二九年，她已經出演了十七部影片。也就是說，當瑞芬斯塔爾追求她的個人夢想、沉浸於她自己的理想圖景的時候，黛德麗卻始終漂泊在世俗生活的河流上。當然，黛德麗也是一位獨立、開放的女性，不太在乎周圍人對自己的看法。

那位出生於奧地利的好萊塢導演斯坦伯格是對的。《藍天使》這部影片不適合瑞芬斯塔爾。酒吧裏嘈雜的環境，粗俗得刺耳的舞台，巡回演出隊來來往往馬戲團般的生活，所有這些五花八門的東西，無法與嚴肅、純潔的瑞芬斯塔爾小姐相調和。她剛剛從高山電影中走出來，身上還帶着山頂冷冽的空氣，儘管很想成功，但是有一種與周圍環境格格不入的格調。

斯坦伯格對於黛德麗的評價是矛盾的。他對瑞芬斯塔爾說的是：「瑪琳性感，是斯芬克斯型的，你與她不同。」這麼說，黛德麗是一位誘惑的代表。而另一種說法由導演的兒子許多年之後傳達出來，這位雄心萬丈的導演所要尋找的是一位「不存在的人」，而這個人正好就是黛德麗：她「不刻意給人留下深刻印象，冷淡然而無私。對眼前發生的事情毫不在乎」。一個人兼具誘惑

與冷淡是怎麼回事？當所有的人將目光投向她，她卻顯得彷彿不在場！

這是一個有所歷練的人，在歷練中學會了把握自己，體驗自己和控制自己。性感並富有誘惑性，是這位女性天生具備的東西，她的生命是開放的，她整個人是放鬆的。與此相關的第二個層面是，她能夠與自己貼近，善於與自己貼近相處，因而能意識到這些正好在自己身上存在的東西，肯定和享受它們，不管是好是壞，把它們接受下來。這種對於自身的敏感與意識，是精神活動的一個較高層次而不是較低層次。相反的做法更為流行——始終否認自己，潛意識中不停地做出各種埋汰自己的小動作。

第三，當她意識到自己身上的好東西，或將自己當做一件好東西來體驗，她又並沒有因此而傲世，覺得自己很了不起，她讓自己身上的歌聲控制在某個範圍之內，而不去擾民，不至於揚揚得意，謙虛得像個紳士，同時又慷慨大度。這位黛德麗女士的確說過自己「在內心中是一位紳士」。哦，一位性感的紳士，虧她想得出！作為演員，「大度」是一個很重要的品質。讓所有人看到，讓觀眾滿意，但是他們帶不走這個人。她始終停留在自身當中，扎根在自己身上，不為四周的喝彩而暈倒，不為周圍的激蕩而激蕩。這樣她才有可能繼續施捨四方。

瑞芬斯塔爾的風格完全不一樣。如果說，黛德麗是

一個世俗主義者，她的光芒是從世俗生活、世俗肉體中升起來的，那麼，瑞芬斯塔爾是一個「理想主義者」，而且是這樣一種理想主義者，始終想要拔着自己的頭髮離開地面，覺得自己所站立的地方是令人屈辱和不能忍受的一些東西。她這個人也是乏善可陳，除了拋棄自己，別無他途。你看她那個早期舞蹈片段，看上去抓狂、痛不欲生：頭髮蓬亂，四肢彎曲，兩眼放光，迫不及待地要去往另一個地方。然而，對自由的嚮往，並不等於找到了自由的感覺，正好處在自由當中。看她兩邊僵硬聳立的肩部，像穿着墊肩似的，可以看出這個人處於緊張不安的束縛之中。

她的那些高山電影，打破了女性不能登山的傳統，其堅強的個人意志應該有令人感佩的一面。然而，那伴隨着十足的征服勁頭：她與高山的關係不是平等的和平行的，而是為了借此顯示自己不同凡俗的超拔精神，仰視高山是為了仰視自己。在高山峽谷裏回蕩飄揚的，不是高山之歌，而是自我炫耀之歌。一方面她要突破自身，但是另一方面她又在自身與周圍世界之間建立了一道堅固的牆壁。比較起黛德麗，她是齊嗇的。《藍光》中的她，寧願忍受孤獨犧牲而不願意與普通人們「同流合污」。她搞的是「堅壁清野」、「孤芳自賞」的政策。她喜歡強調自己「天真無邪」，這從另一方面也說明了她不善於體認自己，不擁有關於自己的恰當知識。實際上，這個階段她的性生活處於紊亂狀態，她與周

圍的攝制組的男人們(導演、攝影師、製片)隨意做愛，「就像片場休息」，有人形容道。

她並不面對自己，不善於體驗和把握目前的自己，處理自己生命中的晦澀、幽暗。她寧肯將它們遺忘腦後，以一種單純、光鮮的面目示人。她表現出來的，是她想要人們看到的，而並不是她身處的那個自己。在一九九二年拍攝這部傳記片時，她仍在要求攝影師將光從面部打過來，這樣可以減少皺紋。費希特的「絕對自我」昭示一個想像的自我，從來也不將這個人帶到她自己面前。

她與自身是斷裂的。她有個性，有一種張揚的個性，張牙舞爪也叫個性，然而卻並不擁有自身。她繼而用對於自身的「美」的期待，去要求這個世界，將其中一部分看做美的，另一部分是不美的。從為納粹拍攝開始，到六十年代去非洲拍攝《最後的魯巴人》她始終熱衷於她認為是「健康、漂亮、年輕」的面孔，他們看上去生氣勃勃，而對於老人、弱者、被遺棄的邊緣人們不屑一顧。

黛德麗體現了中國人所說的「出淤泥而不染」。她從那個嘈雜混亂的環境中走出，她也從自身出發，伸展到一個更加廣闊迷人的領域。與這位斯坦伯格導演後來的合作中，除了顯示出迷人的女性氣質，她還顯示出迷人的男性氣質。她戴禮帽、拿手杖、穿男裝的樣子同樣令人傾倒。她心中那個慷慨紳士的一面被喚醒之後，終

於獲得了外在形象。然而用「中性」來形容她是完全不合適的，她同時釋放不同性別的魅力，她朝向自己人性的深處掘進得更深。她喚醒了自己身上沉睡的東西，給它們以廣闊的天空，讓它們自在地生長。

如果問我甚麼是「美」的？那我要說，美需要有一個起點，有了這個起點才能夠上升。在起點上擁有的，在終點上才會出現。這個基本的起點叫做「返回」，返回自身內部或者返回事物內部。黛德麗和瑞芬斯塔爾都想把自己弄成藝術品，然而一個起點是返回自身，一個起點是離開自身。一個認為返回自身，才能給這個世界貢獻一份禮物；一個認為世界上的好東西恰恰不在自己這裏，需要滿世界去找。

如果要我回答藝術與道德的關係，那麼我要說，這種關係包含在藝術家與自身的關係之內。正是這種與自身的關係，體現了藝術的倫理。一個人對自身誠實，才能夠對這個世界保持誠實。忠於自身的藝術家，才能夠忠於這個世界。即使這個人的作品暫時不被周圍環境所接受，但是如果他對自己是忠誠的，那麼必然包含了一種道德在內。當然，藝術中對自己的忠誠，需要一種特殊的洞察力，才能做到不落俗套。

如果要問我藝術與自由的關係，那麼我要說，藝術家不違背他自身，能夠從他自身出發而生長、掘進與延展，擴大了這個人生存的界限，便體現了這個人的自由。他是自在並生長着的，他的作品才是自由的，讀者

也才能夠從中讀到自由，受到自由的感染。當他在拓展自身自由的界限時，他也在拓展他人自由的界限。

　　就好像每個人有他自己本身一樣，這個世界上所有人、萬事萬物，都有他／她／它的「本身」(himself、herself、itself)。如果希望找到美，那麼請先找到這個oneself的地平線。藝術家的工作，基本上是一個「引蛇出洞」的工作，是找到這個"self"的洞口，在這個洞口喊話，循循善誘，努力將其本身的潛質調動出來，將其特質辨認出來，讓其中的靈性解除符咒，自動開口說話，發出自己的歌聲。在這個意義上，藝術家不過是個記錄者、是個催生婆。當然他／她要掌握一些技巧才能完成這些，才能去掉覆蓋在事物身上的不實之詞。

　　美是發現，而不是發明。如果認為在不同的對象身上，不同的人身上，都有可以挖掘的可能，都有其未曾顯示的深藏的一面，藝術家需要身懷利器與這個東西碰撞，碰出火花和結晶來，那麼便不可能將這個世界本身直接割裂為「美的」和「不美的」兩個互不溝通的部分，像瑞芬斯塔爾那樣。表面上看，進入瑞芬斯塔爾視野中的事物是「美」的，光鮮平滑的，然而，她的美學觀本身，恰恰是如此粗鄙甚至有點惡俗，她的眼睛沒有很好地訓練過，她不知道在那些粗糙不齊的事物身上，在那些被遺棄的對象身上，可以發掘更多的美的內涵，與人的精神能夠匹配的東西。

　　說到「藝術的不道德」，我首先指的是這個：用一

種平面的眼光，將豐富立體的世界處理成光滑如鏡，就像風景照上所顯示的。越勝兄提到張藝謀，為暴君辯護的《英雄》是他的病灶，而他美學上的墮落，更體現在他已經變成一個裝修匠、糊裱匠和漆匠，變成一個形象工程師，弄一些雞血、狗血灑到這個世界上，說那就是美。他的電影越拍越像「明信片」，去年這部《山楂樹》，空洞蒼白，迴避任何真實生活中那些硬碰硬的東西，反而用一層虛幻的玫瑰色，將它們包扎起來。許多年他一直在做的「印象系列」（印象‧西湖、印象‧麗江、印象‧海南島、印象‧大紅袍），目的就在於將眼前的東西刨得光滑，只有光滑不起皺紋才能進入他們的眼簾。真是難以想像攝影師出身的張藝謀本人，是如何接受這種東西的？難道他也是從一開始就沒有建立起恰當的美學眼光？

如果說有甚麼極權主義美學，那麼這就是。為甚麼需要整齊劃一、為甚麼熱衷於步調一致？那是需要扼殺一切來自oneself方向上的東西，拒絕和抹殺來自人們自身或事物自身內部的東西，認為所有這些不是順着權威手指方向看過去的東西，沒有被他們命名或者吸納的東西，處於他們之外的東西，就都是噪聲和雜音，是前來挑釁的，或者是低級和低賤的。為了達到這種表面的光滑效果，甚麼造假都可以。很難說——是這種不道德的美學，幫助製造了極權主義體系；還是這種體系之下，才會產生這種惡劣的美學？但至少有一點是肯定的，這

種體系十分依賴於這種美學，它對於藝術的依賴，超過了任何一種體系。

呵呵，先說到這裏。作為一封信，談得有點多了。奇怪，我們只見過一面，就使得我毫無顧忌地談論這樣細緻的問題。我是通過你的朋友瞭解了你，你出國之後，我業餘從事的一樁事業就是，挨個兒地繼承了你的朋友。

祝愉快！

衛平

2011年11月24日

遊俄散記

滴血教堂斷想

誰又能用自己的鮮血

黏合兩個世紀的椎骨

——曼德里施塔姆

　　清晨六點，列車抵達聖彼得堡莫斯科車站。下到站台上，見天陰沉沉的，一股涼意襲來，夾裹着幾縷雨絲。前來接站的安東說，今年夏季，聖彼得堡氣溫反常，平均氣溫低於攝氏20°，是初秋的溫度。乘車去早餐，車行街上，眼前城市剛要醒來，睡眼惺忪中帶着幾分陀思妥耶夫斯基的色調，憂鬱朦朧。囫圇吃了一頓糟不可言的早餐，看看剛在莫斯科病了一場的丹洵和平日胃納不太好的治平，臉色實不算佳，「團隊領導」北凌便提議是否先入住酒店，稍事休整。但安東指着日程表說不行，你們要看的東西太多，必須抓緊。問問大家意見，朋友中年紀最大的正琳和友漁皆鬥志昂揚，說沒關係。大家倍受鼓舞，抖擻精神，出發！

　　車靜靜駛過聖彼得堡，這北方的威尼斯。運河芳丹

卡、莫依卡、格里鮑耶托夫⋯⋯蜿蜒縈迴。四馬橋、蘭橋、乾草橋⋯⋯在各條運河之間編織着晶瑩的珠絡。每經過那些不知名的小橋，我便禁不住遐想：是這座橋嗎？《白夜》中的「我」與娜斯津卡在此相遇、等待；是這座橋嗎？《涅瓦大街》中的皮斯卡廖夫穿過它去追隨他的「女皇」；是這座橋嗎？普希金喝完咖啡，從這裏趕去決鬥？⋯⋯

　　車停在基督復活教堂對面，它更以「滴血教堂」著稱，由亞歷山大三世所建，為紀念他父親亞歷山大二世的殉難。一八八一年三月十三日，號稱「解放者」的亞歷山大二世被民意黨人暗殺於此。教堂就建在沙皇喋血處。時間尚早，教堂還未開門，我們便漫步庭院，欣賞教堂神話般的外貌。它緊傍格里鮑耶托夫運河，九座洋蔥形尖塔錯落有致，飾以不同顏色，或鎦金的明黃，或乳白、淡藍、水綠相間，上下盤繞。鮮艷的色彩倒映河中，遊船駛過，滿河都是搖蕩的斑斕。這座教堂外牆裝飾着馬賽克鑲嵌的聖像與聖跡圖，歷經百餘年風雨卻依然完好。這與天主教哥特式教堂不同，在哥特式教堂，這些聖跡圖多被製成彩繪玻璃鑲窗，人要走入教堂內部，借助外光透射才能看清。

　　説起亞歷山大二世，免不了想到他的老師茹科夫斯基，這位俄羅斯文學史上承前啟後的人物。普希金頭角甫露，他已是聲名顯赫的詩人，但他聽了普希金的《皇村回憶》，便認定這位十五歲的少年才是真正的天才，

俄羅斯的希望。宅心仁厚的茹科夫斯基不僅毫不嫉妒這位少年天才，反而親自朗誦他的詩，替他宣揚。他的深厚學養，默默地影響了普希金。茹科夫斯基極重朋友，曾作名詩《友誼》：

> 從高山之巔滾落下來，
> 橡樹遭到雷擊，躺在塵埃，
> 但長春藤卻緊緊抱着它，不肯分離⋯⋯
> 啊，你，這就是友誼。

普希金則作《致茹科夫斯基》，熱情吟誦：

> 而你，天資獨厚的歌者！那豈非你
> 向我伸出手來，宣告神聖的友誼？

普希金作《自由頌》，惹惱亞歷山大一世，受到流放的威脅。是茹科夫斯基四處奔走，上下打點，為保護普希金不惜犧牲自己的聲名。他在給普希金的信中說：「我站在荒涼的岸邊，看到浪峰上有位弄潮兒在水中掙扎，但只要他善於用力，就不會被大水淹沒⋯⋯，勇敢地游下去吧，弄潮兒。」普希金決定同丹扎斯決鬥，又是茹科夫斯基拼力阻止這場決鬥，他不是出於膽怯，而是深知，普希金若有閃失，是俄羅斯詩歌的不幸。普希金彌留時刻，他一直守候身旁，以他的詩人之筆為我

們實錄了普希金的最後容顏：「他的面孔既陌生又十分熟悉。他既不像在睡覺，也不像在休息。他的表情既不像生前那樣聰明，也不像寫詩時那樣興奮。在他的神態裏，似乎有一種深沉、驚人的思想，如夢幻，又似神秘的自滿的表露，望着他，我真想問一句，你在看甚麼呢？朋友。」

普希金身後，是茹科夫斯基為他的遺孀和子女與尼古拉一世力爭，以他的真誠和威望說服尼古拉一世批准了一份豐厚的年金，保證普希金的後人能有尊嚴地生活。更令人欽佩的是，在他負責整理普希金遺留的文稿時，力拒警察大臣本肯多夫的干擾，捍衛普希金的歷史地位。在給本肯多夫的信件中，茹科夫斯基義正辭嚴地指出：「現在，您稱他是煽動人心的作家，您是根據他的哪部作品得出的這種結論呢？除去警察和誣陷誹謗之輩告訴您的那些東西外，您瞭解普希金的哪部作品呢？普希金是偉大的民族詩人，他用美好的詩句，用幸福的情感表達了俄羅斯民族心靈中最為美好的東西。」

有這樣一位熱愛美與自由、忠於正義與友誼的飽學之士作老師，亞歷山大二世有福了。

亞歷山大二世雖生於深宮之中，長於婦人之手，但自幼氣質不凡。他長身美目，氣勢凜凜，又溫文爾雅，謙遜好學。跟隨茹科夫斯基，他遍讀希臘羅馬古典，又在他的陪伴下，漫遊俄羅斯大地，從黑海之濱到高加索山巔，甚至涉足十二月黨人的流放地，苦寒的托波里斯

克。他也花相當多的時間訪問歐洲各先進國家，瀏覽各國圖書館藏書，欣賞博物館中的珍品，像他的先祖彼得大帝一樣，他考察西歐國家的工業、商業、農業，深為這些國家的文明富庶所震驚，反觀俄羅斯的現狀，萌生了徹底改革的想法。

一八五四年到一八五五年的塞瓦斯托波爾保衛戰，以俄軍棄守而告結束。同時，這也意味着克里米亞戰爭俄國的慘敗。在要塞長達十一個月的圍困中，托爾斯泰身在壁壘，以如椽巨筆記載了這場保衛戰，《塞瓦斯托波爾故事集》問世了。無獨有偶，維多利亞時代的桂冠詩人丁尼生，作為勝利一方，把這場戰爭寫入不朽詩篇《摩德》：

　　這軍歌有如軍號般嘹亮
　　在這萬物蘇醒的早晨唱
　　獨自在歡樂的五月之晨
　　唱那些列好戰陣的人

戰爭尚未結束，尼古拉一世突然去世，亞歷山大二世繼位。在結束戰爭的宣言中，他承諾要對俄國進行廣泛的改革。甚至戰爭尚未結束，亞歷山大二世就已經頒佈法令，實施改革，例如放寬出國旅遊的限制，改革高考制度，擴大大學招生人數。我同北凌站在教堂對面聊起這位改革者，我說在鄧胡趙諸公中手中開始的中國改革，這兩項措施也是最先推行的。北凌甚以為是，說接

下來就是推行聯產承包責任制。亞歷山大二世也要面對農奴制和土地的問題，重頭戲在農村。

　　一八六一年三月亞歷山大二世頒發了解放農奴宣言，比林肯頒佈黑奴解放令幾乎早了兩年。而今世人多知林肯解放黑奴，而鮮知亞歷山大解放農奴的功績。事實上，無論有多少反對、批評、指責，這一解放宣言石破天驚，是俄國走上文明之路的轉折點。它宣佈從今往後，農奴成為政治和法律意義上的自由人，它涉及遷徙自由、婚姻自由、職業自由、財產私有、契約自由諸方面。與此相伴隨，其他「大改革」措施也紛紛出台。在教育上，大學自治、由校委會任命校長，不受政府干涉，設立專門女子學校，婦女開始接受教育；在行政上，成立地方自治系統，自治議會代表經由選舉產生，建立市政管理機構，按照社會階層納稅比例分配代表名額，開始向「無代表不納稅」的民主憲政演進。在法律上，建立獨立司法系統，宣佈俄羅斯人在法律面前人人平等，在重罪法庭實行陪審團制，法官不經審判，不得免職。史家宣稱：「他們幾乎一夜之間將世界上最差的俄國司法制度變成了文明世界裏最好的一種司法制度。」在思想文化領域，頒佈《臨時書報檢查制度》，大大放寬了俄國臭名昭著的書報檢查制度。

　　更有趣的是，亞歷山大二世的改革雖發自君權，卻注意社會各階層的意見，政府公開自己的改革設想，公眾參與討論。這個過程被稱作「政務公開」（glasnost）。

甚至向普通民眾開放討論政務的會議，允許旁聽。有史學家指出：「政府、至少政府中的具有自由主義傾向的成員，處心積慮地希望『喚醒公眾意識』，因為培養一個現代市民社會是『大改革』的一個深層次目的。」在亞歷山大二世的「開明君權」之下，俄羅斯緩慢而堅定地開始了向現代文明社會轉變，連赫爾岑這種堅定的自由派也歡呼道：「你已經征服他們啦！我的陛下。」克魯泡特金親身見證了農奴解放之後的變化：「最為重要的是，從這一刻起，個人獲得了自由。廢除農奴制十五個月以後，當我再次看到這些尼科爾科伊的農民時，我不得不欽佩他們。他們天生的良好品質和柔和態度依然保留在他們身上，但所有奴性的痕跡消失了。他們同以前的主人平等地交談，好像他們從來就沒有經歷過主僕關係似的。」

但是在一個積重難返的社會中推動改革，最怕遇上兩種人，極端激進派與極端保守派。改革通常要壞在這兩者的合力中，他們往往是相互敵視的共謀。若這兩類人碰巧都是個人道德完美的追求者，那局面就更難收拾。帕斯卡說過，要以傾覆社會表現個人道德的完美，只能帶來更大的罪惡。這話在法國大革命的恐怖時期不幸言中，是「不可腐蝕者」羅伯斯庇爾把法國大革命帶入恐怖的「斷頭台時代」。托克維爾總結道：「對一個不稱職的政府來說，最危險的時刻往往就在開始改革時。只有極具天賦的君主，才能成就其所開啟的事業，

將臣民從長期的壓迫下解救出來。」亞歷山大二世稱得上是一位天賦不薄的君主，但偏偏遭逢一群視死如歸的殺手。多伊徹感嘆道：「他把俄國農民從農奴制下解放出來，因而贏得了『解放者』的稱號，但他卻在絕望的洞穴裏度過最後的歲月，像一隻被革命者追捕的野獸，躲在皇宮裏，以避開革命者的炸彈的襲擊」。「直接參加恐怖行動的鬥士不足四十人，就是這四十來人讓沙皇在自己的國土中成為流亡者。」這群人中最出名的便是民意黨女傑：蘇菲亞·利沃夫娜·佩羅斯卡婭，一位狂熱、堅毅、美麗的貴族小姐。

蘇菲亞出身彼得堡高門望族，自幼就極有主見，對俄國勞苦大眾充滿同情。她早期加入民粹派，親身參加過「走入農村」運動。在民粹派早期活動失敗後，她參加了民粹運動最激進一翼，民意黨，決定以恐怖手段威懾統治者，不惜以鮮血澆開自由之花。克魯泡特金回憶說，因為蘇菲亞的「自覺的勇敢、明達而健全的智慧和仁慈的心靈」，她成為民意黨的靈魂。

一八八一年三月十三日，亞歷山大二世聽取自由派大臣洛里斯·梅利科夫的建議，準備開始進一步的改革。很長時間以來，負責保衛沙皇的官員禁止沙皇乘坐陸路交通工具出行。但這天，亞歷山大二世卻不顧阻攔，乘御輦出行。有材料說他急於趕到米海依洛夫宮去告訴大臣們，他已下定決心政治改革。同時，蘇菲亞已率領一干人馬埋伏在格里鮑耶托夫運河拐彎處，由蘇菲

亞親自調度指揮。在御輦接近第一投彈手雷薩科夫時，蘇菲亞揮動手帕發出信號。但一投未中，僅炸傷了警衛和車夫。亞歷山大二世不聽勸阻，執意下車救護受傷的警衛。他的仁慈害了他，第二投彈手格里涅維茨奮身向前再擲，沙皇受傷倒地，雙腿炸斷。蘇菲亞見暗殺得手，旋即隱身，悄然前往約定地點，準備着手下一步行動。當天下午，亞歷山大二世傷重不治而逝。

　　史家評俄羅斯歷史上傑出的君王，公推彼得大帝、葉卡捷琳娜女皇和亞歷山大二世。在我個人，卻偏愛亞歷山大二世。彼得大帝推行改革，靠的是鞭子和棍棒，且常常心血來潮，朝令夕改。葉卡捷琳娜女皇一面和伏爾泰通信談論自由，諮詢狄德羅對俄國文化發展的意見，委託他在歐洲為自己收集名畫，在西方贏得了開明君主的聲譽，另一面卻信任男寵，隨意賞賜他們田地和農奴，全然不問這些農奴的悲慘命運。而亞歷山大二世卻能看清俄國社會落後的癥結，在解放農奴這個性命攸關的問題上，雖有政策上的猶豫徘徊，卻無目標上的片刻動搖。更難得的是，對一些關鍵問題，他都事先仔細考慮，廣泛聽取能臣意見，並開放社會意見渠道。改革雖緩慢，卻循序漸進，步步扎實。他所推行的「政務公開」，直開戈爾巴喬夫「公開性」的先河。他巧妙地運用先安撫、後強硬的手法，逼迫頑固的貴族讓步。而且他是真正下定決心要實行君主立憲，徹底改革俄國專制制度的第一人。就在他被刺殺的當日，還簽署文件，批

准自由派大臣洛里斯‧梅利科夫的憲政方案，卻壯志未酬身先死。當時，參加葬禮的法國大使說：「他的改革本可以使他超越所有人，使俄國在現代化的道路上穩步前進，卻不幸死於非命」。托克維爾在深思法國大革命時說：「我傾向於認為，如果當初由專制君主來完成革命，革命可能使我們有朝一日發展成一個自由民族，而以人民主權的名義並由人民進行的革命，不可能使我們成為自由民族」。俄國隨後的發展證明了托克維爾的論斷。

但托克維爾沒有論及另一點，自法國大革命提出人民主權至上的追求，便把啟蒙哲學家頭腦中的抽象人，變成現實社會中的政治人，每一個體皆有神聖不可侵犯的權利。君主推動的改革，最終也只能衡之以人的權利。人一經覺醒，歷史就不可尋原路而行，個人的利益、慾望、情感，凝聚發酵到臨界點，革命終將爆發。不論後果好壞，也只能如此。怕的倒是，那些革命中的僭位者，卻要以人民選擇之名，反手給人民帶上枷鎖。

以往讀史，每逢歷史轉變關節，常擲書長嘆：「倘若當年不如此……」因為我們深知，歷史無必然，事件有因果。蘇菲亞欲以青春之軀換取自由，其意可敬，其志可欽，其情可憫，但她的崇高追求卻冥冥中斷送俄國千載難逢的和平改革良機。隨後的亞歷山大三世、尼古拉二世，皆頑冥愚鈍之輩，視俄國為羅曼諾夫一家之禁臠，而全無歷史感。改革無願，回天無力，只能讓歷史拖着走，終至俄國社會大潰爛而偏離了人類文明正道，

讓俄國付出千萬條鮮活生命的代價。

　　只要我們不把歷史的推動力訴諸神意，就只能承認歷史是一系列的選擇。如何選擇固然受機遇和處境影響，而選擇一旦作出，便會構成新的因果鏈條，而造就另一運數。可惜，正如聖奧古斯丁所說，人的意志亦是惡的原因。自由意志的選擇並不必然趨向善好，哪怕選擇的動機以善好為目的。遙想我辛亥前賢，無不敬仰蘇菲亞一等人物。梁任公撰文大讚虛無黨之事業，「無一不使人駭，使人快，使人歆羨，使人崇拜」。而後九洲之上烽煙遍起，日俄勢力侵入中土，徹底改寫了中國歷史，其可咨嗟浩嘆處豈一言可盡？

　　正站在滴血教堂門前浮想聯翩，見北凌招呼朋友們上車。旅程剛剛開始，我們還盼着見到勃洛克詩筆所繪：

　　　　白的夜，紅月亮
　　　　漂浮在藍天上
　　　　虛幻的美在遊蕩
　　　　映在涅瓦河上

斯莫爾尼迷霧

聖彼得堡[*]醒了，像慵懶的貴婦，漫不經心地展露着容顏。果戈理說過：「涅瓦大街上的一切都是雍容的。」果然，撲進車窗的街景就是這雍容二字。但這雍容並不華貴，卻有一份天生的莊嚴。想起莫斯科街上的人，個個行色匆匆，似乎重任在肩，而在這裏，你立時感到節奏變慢了。行人從容不迫，車流有條不紊，耳邊沒有大都市慣常的嘈雜。街道中間的隔離草坪上，幾位俄羅斯大媽手持鐵叉，仔細地尋找紙張雜物，然後緩慢地用鐵叉叉起，放進身旁的小推車。細雨微風中，城市潔淨透明。我們的車像行駛在一部舊電影中，背景音樂就是德沃夏克大提琴版的《母親教我的歌》。噢，聖彼得堡待客的方式正是庫普林對貝多芬鋼琴奏鳴曲作品第二號之二的體會，「緩慢、熱情」。

車停在一條濃蔭遮蔽的小路上。下車穿過一個街心

[*] 聖彼得堡城市名稱演變：

聖彼得堡(1703年建城始，直接譯自德文)；

彼得格勒(1914-1924)：一戰爆發後反德情緒高漲，沙皇政府更名；

列寧格勒(1924-1991)：列寧去世後為紀念列寧而改名；

花園，便望見白藍相間的斯莫爾尼修道院。這座略帶俄羅斯味道的巴洛克建築曾是女皇伊麗莎白‧彼得羅夫娜為自己準備的退隱之地。葉卡捷琳娜女皇作太子妃時，曾在此住過。它的旁邊就是斯莫爾尼宮。導遊安東略帶揶揄地說「我們去看斯莫爾尼宮，中國人都得來這兒」。他這麼說，我並不吃驚，在一些中國人心中，聽見這個名字，就像看見延安寶塔山，立時血脈賁張。因為此處在一九一七年俄國革命時，是個重要場所。先是彼得格勒蘇維埃所在地，後又做了布爾什維克武裝奪權指揮部，奪權之後，列寧一直在這裏辦公生活。布爾什維克遷都莫斯科後，斯莫爾尼宮成了市政府辦公地，前後曾是托洛茨基、基洛夫、日丹諾夫等人的舞台，上演了無數驚心動魄的話劇。看安東的神情，他似乎對這些頗不以為然。我心生好奇，很想知道這位俄國青年如何看待一九一七年後的俄國歷史。

　　我問安東：「別的國家的人不來這兒麼？」「來，是去斯莫爾尼修道院聽音樂會」。我知道，斯莫爾尼修道院中常有精彩的音樂會。以前，國際聲學大師徐亞英先生曾告訴我，斯莫爾尼修道院中的正廳音響效果極佳。「他們不參觀斯莫爾尼宮？」我追問。「不，斯莫爾尼宮是聖彼得堡市政府所在地，不對外開放，但宮內有一個列寧紀念館，要參觀得預約，除了中國人，很少有人去。」想起剛才在車上，安東說他是聖彼得堡大學東方語言系畢業，卻最喜歡歷史和哲學，尤愛老

子，便又問他：「你知道《聯共(布)黨史簡明教程》這書嗎？」安東一笑，出語驚人「噢，那本書，除了俄文字母和日期，差不多都是編造的。」安東三十多歲，一口中文講得漂亮，推算起來，應該是戈爾巴喬夫改革時代的孩子。難得還知道有這本書。可他不知道，這書曾是我黨修史的「聖經」，對紅太陽的升起功不可沒。延安整風時，它列幹部必讀書目之首。正是這部書教給偉大領袖「路線鬥爭」這個法寶，有了十次路線鬥爭的偉大勝利，才有了毛澤東至尊之位。我少年時曾認真讀過它，有些段落都能背誦。及長，讀書稍廣，才知上當不淺。楊奎松先生說：「《聯共(布)黨史簡明教程》乃集粉飾、歪曲、甚至偽造歷史之大成，以其為楷模，中共黨史焉能跳出其沉浮的怪圈？」實為明見。

花園盡頭，有一座威風凜凜的馬克思雕像。安東介紹說，從前全城有上百座馬克思像，改回舊稱聖彼得堡以後，清理得剩不多了，這裏因為靠近斯莫爾尼宮，屬於歷史遺跡，所以才留下來。他又半開玩笑地說：「快照張相吧，以後可能就沒了。」相倒是沒照，幾個人站在馬克思像旁聊起了一戰中德國人與布爾什維克的關係。光滬隨口提了一句，一次大戰時，為了減輕德國部隊在東線的壓力，德皇政府很希望布爾什維克能成功。安東高聲說：「不，是英國人幫助了布爾什維克」。這次安東可是大錯了。當時英國和俄國是一條戰壕裏的戰友，英國人巴不得俄國人在東部戰線頂住德國人，讓英

法軍隊在西線能有喘息之機。可當時布爾什維克的口號是「變帝國主義戰爭為國內戰爭」，明擺着要放德國人一馬，英國人豈有支持之理？

不過，安東的判斷僅在一件事上沾點兒邊。沙皇退位後，曾考慮往英國避難，臨時政府出面提出要求，英國政府先同意，後反悔，竟拒絕了。致使沙皇遭滅門之禍，從老到幼讓布爾什維克來了個「滿門抄斬」，行刑手段之殘忍，至今讀來仍讓人心驚。英國人幹這種不丈義的事已非一次。一八一五年拿破崙退位後自動登上英國軍艦伯勒芬號，之前他口授了給英國攝政王的信，以為像波斯王庇護提米斯托克利一樣，英國人會寬容地接納他。但英國人不是薛西斯，他們只考慮利益而不尊重「英雄的權利」。把自願認輸托庇的拿破崙放逐聖赫勒拿島，讓他在苦寂悲涼中了結生命。比之普魯塔克筆下的古代英雄人物，現代政客所差何止霄壤。

說起布爾什維克和德皇政府的關係這段公案，近些年隨着德皇檔案的開放，歷史學家漸漸梳理出了眉目。一九一七年，彼得格勒七月事件發生後，臨時政府聲稱有確鑿證據，指控布爾什維克接受德國情報機關提供的大量金錢，用以發展組織，辦報宣傳，目的在於奪取政權，改變俄國的戰時立場。臨時政府命令彼得格勒衛戍部隊逮捕列寧等人。列寧僥倖逃脫，被工人尼·亞·葉梅利亞諾夫藏在拉茲利夫村的小茅草棚中。托洛茨基被捕了。在托洛茨基的回憶錄中，他對這段歷史閃爍其

辭，但還是無意中露了口風：「哥薩克的士官生們沒收了被捕者的錢財，理由是這是『德國人的』錢。許多同路人和朋友都不理我們了。」同書中專有一節《關於誹謗者》，痛斥臨時政府造謠，有損布爾什維克的光輝形象。他在自辯中提出了一個臨時政府所指稱的人證「軍事準尉葉爾莫連柯」，並嘲笑克倫斯基連這個人的名字都搞錯了。但是他沒有提到一個關鍵人物，帕爾烏斯，此人是他的密友，曾和他一起討論過「不斷革命論」，以至有人說這個帕爾烏斯才是「不斷革命論」的原創者。他還有一個重要身份，德皇政府和布爾什維克合作的中間人。

後來，克倫斯基在美國多次指責布爾什維克是德國間諜，除了他當臨時政府首腦時得到的證據，還依據了美國政府公佈的Sisson documents，但據喬治·布坎南說，這套檔案中許多材料無法證實其可靠性。直到德皇檔案公佈，由英國人Z.A.B. Zerman編輯出版，才澄清了一些疑點。該文件有德皇政府為支持布爾什維克支付款項的記錄，其中有托洛斯基這位朋友領取經費後寫給德國政府的報告。德國政府支付給布爾什維克經費，利用它顛覆俄國政府，確是事實。根據這點，許多人指責列寧是德國間諜。德國《明鏡》週刊在刊登這些材料時，把文章題目叫作《德皇陛下的革命》。我卻對此持疑。固然，布爾什維克的行動符合德國戰時利益，但這更可能是互相利用。正像《蘇德互不侵犯條約》簽訂時一

樣，在微笑的後面，希特勒和斯大林都在磨牙。當然，布爾什維克上台後簽訂的《布列斯特和約》損失了大片領土，確實當得上「喪權辱國」四字，但若要説列寧是德國間諜，也太小瞧了這個人物。以列寧的雄心，豈是甘作人間諜的小角色。布爾什維克的意識形態又豈能以常理揆之。

布爾什維克的導師們堅信，以往人類所信奉的道德準則，絕大部分是統治階級的道德規範，是廣大人民的桎梏、鴉片，必須徹底打破而代之以共產主義新道德。在外人看，這新道德即是無道德。但革命者認為，實現共產主義理想，就是人類最高道德追求。為實現這個崇高理想，那些駭人聽聞的暴行也不過是「巨人行進中踩踏些花花草草」，不必在意。關鍵在於「分清敵友」，只要認清誰是阻礙我們達到目的的敵人，則對之無論採取甚麼手段都是合理的，因為「對待敵人要像嚴冬般殘酷無情」。後來領兵驅散立憲會議的衛隊長熱列茲尼亞科夫説：「為了俄國人民的幸福，需要殺掉幾百萬人」，就是這種道德觀的體現。

德皇政府自一九一五年起為布爾什維克提供經費，這並非甚麼獨一無二之事。接受外國援助來推動本國革命，史所多見。路易十六為美國獨立戰爭提供過經濟支持，孫中山接受過日本黑龍會的錢，中共長期由蘇共和第三國際供養。應該審視和評判的，是這些資助最終造成了甚麼結果。依此視角，我們可以説，美國革命是

「功德圓滿」，它不僅造就了一個以人的自由為目的的民主制度，而且《獨立宣言》中所闡發的原則又影響了法國大革命的《人權宣言》。儘管這些原則大多出自舊大陸的啟蒙思想家，但經由美國革命，這些原則進入了政治實踐。而布爾什維克革命所建立的制度對俄國人民卻實在不是甚麼好事。普京和梅德韋傑夫兩任總統都有反思。普京感慨道：「俄羅斯本來早就可以走上文明發展的道路」，梅德韋傑夫說得更乾脆：「斯大林政權對俄國人民犯下的罪惡是不可饒恕的，他們對本國人民發動了戰爭。」羅伊·梅德韋傑夫以其深入研究得出結論：「蘇聯人用鮮血匯成的已不是小溪，而是大河，以往任何一位暴君都沒有殘害和殺戮如此之多的同胞」。以高遠的理想，動人的許諾，鐵血的機器造就的制度，竟讓自己的同胞血流成河，這內在的邏輯是甚麼？

這次出門，行囊中帶着阿倫特(Hannah Arendt)的書《論革命》，既要訪問「革命之鄉」，免不了會想起「革命」問題。書中有話：「『革命的』一詞僅適用於以自由為目的的革命」。這本是孔多塞(marquis de Condorcet)的名言，阿倫特思得更深：「對任何現代革命的理解，至關重要的就是，自由理念和一個新開端的體驗應當是一致的。」所以她斷言：「十月革命對本世紀的深刻意義……先是使人類最美好的希望轉化為現實，然後又讓他們徹底絕望。」在布爾什維克們看來，「革命的根本問題就是政權問題」。我們從小就熟悉

一句話「有了政權就有了一切，喪失政權就喪失了一切」。這和先哲所論「革命以人的自由為目的」確實涇渭分明，這兩種革命觀一以人為目的，一以權為目的。以人為目的，就有敬畏，知憐憫，懂退讓，講妥協，忍放棄，在此，權是人的工具，可取可放；以權為目的，就容殘忍，信狡詐，棄信義，輕人命，嗜權柄，在此，人是權的犧牲，可辱可殺。革命以人為目的，才會去建設民主自由的制度，以權為目的，則只是更換操縱枷鎖的主人，它不過是馬基雅維利的Alterazione a salute（權位轉換）。「以革命的名義」，多少罪惡橫行。

花園右手就是斯莫爾尼宮，宮殿塗着柔和的淡黃色。正立面八根潔白的大理石柱，透着莊嚴典雅。和大陸一些貧困縣中張狂的政府大廈相比，斯莫爾尼宮太含蓄了。院門不高，鐵藝雕花，側門口只一位身着制服的門衛，全無戒備森嚴的氣象。透過大門，一眼就能望見那座科茲洛夫所做的列寧雕像，這是列寧的標準形象，據稱是前蘇聯被複製最多的雕像。一問安東，果然，不過現在也所剩無幾了。

一九一七年三月八日到十一日（俄曆二月二十三日到二十六日），一場革命突然降臨，史稱「二月革命」。現在俄國的一些歷史書，談一九一七年俄國革命，已是指這場「二月革命」。是這場革命推翻了沙皇制度，確立了俄國向憲政體制轉型的路向。但這個過程被布爾什維克暴力奪權所中斷。十一月七日，布爾什

　　　　　　　　遊俄散記

維克發動軍事政變，攻佔冬宮，推翻臨時政府，奪取了政權。我們慣於稱此為十月革命。當時就有很多人，例如別爾嘉耶夫將其稱之為「十月政變」。現在，這個觀點已被俄國歷史學界許多人接受。安東介紹斯莫爾尼宮時，也稱之為「政變指揮部」，他用了putsch這個詞，特指軍事政變。自一五四七年伊凡四世加冕為沙皇，俄國的絕對君權專制制度已延續三百七十年，卻在幾天之內土崩瓦解。這龐然大物的倒塌緣於一場爭取更多麵包供應的遊行。不可想像的是，各派政治力量事先全無策劃、組織，待革命猝然降臨時，政治家們才倉促上陣，被形勢拖着走。而八個月後奪取了全部權力的布爾什維克此時尚「無力影響革命的自發性蓬勃展開的過程」。在這個階段最活躍的力量是由各政黨聯合成立的彼得格勒蘇維埃。它的目標和職責之一，就是準備「在普遍、秘密、直接和平等的基礎上選舉並召集立憲會議」。

這是二月革命後，俄國各派政治力量的共識，俄國要通過立憲會議，建立一個民主憲政的共和政府，引導俄國走向民主、自由、文明之路。這個共識之深入，從羅曼諾夫家族成員到列寧都認可。所以，當尼古拉二世提出將皇位傳於米哈伊爾大公時，大公發表聲明：「我只在我們的人民表達自己意志的情況下才可能接受最高權力，他們應該舉行全民選舉，通過自己在立憲會議中的代表確定俄羅斯國家的治理方式和新基本法。」而列寧至少在最低綱領中也承認：「沿着唯一正確的道路，

即沿着民主共和制的道路，向社會主義邁出第一步。」
當時，各派政治力量一致同意盡快召開立憲會議，俄羅
斯的未來，要由立憲會議來決定。在立憲會議召開之
前，委託臨時政府管理國家，它的主要任務之一是籌備
立憲會議。事實上，臨時政府為立憲會議作了許多扎實
有效的工作。在我看，最重要的一條就是確立立憲會議
的權力「直接來源於人民的最高意願」。

　　但是，當時俄國社會瀰漫着緊張與急躁的情緒。特
別是底層民眾和前線士兵，他們隨時面臨飢餓和生命危
險，有點「等不及」了。我們可以想像，從俄羅斯那樣
一個落後的專制制度轉向憲政民主制，有多少工作要
做，況且俄國還處在戰爭之中。這幾乎是一個「不可完
成的任務」。美國費城立憲會議，處在和平環境中，又
是由一群歷史上罕見的睿智君子聚在一起，日夜討論，
從立憲會議開幕到參加立憲各州批准仍歷時三年多。真
正的立憲需要討論和妥協，更需要耐心。而在俄國，形
勢瞬息萬變，彷彿誰搶先機，誰就能勝出。以列寧洞燭
先機的直覺，形勢的逆轉，便拜他一人之力了。托名
普列漢諾夫的《政治遺囑》中說：「列寧出於策略的考
慮需要那樣做。為了達到眼前的目的，可以向策略的祭
壇獻上一切：良心、全人類道德、俄國的利益。」這份
《遺囑》真偽或可一爭，這話確是知人者言。以普氏與
列寧的「父子關係」，這話像他說的。

　　國內形勢急轉之下時，列寧還在蘇黎世過着悠閒平

靜的生活。當他知道沙皇退位，革命成功的消息後「如夢初醒」。列寧以他天才的敏感立即知道應該馬上做甚麼，回國，不惜一切代價回國。這就要提到一個名叫Aleksander Keskula 的愛沙尼亞人。在德皇檔案中，歷史學家找到一份列寧與他會晤的記錄。此公是德國情報機關在歐洲各國革命力量之間活動的「臥底兒」。早在一九一四年，他就把布爾什維克的政治訴求告訴了德國駐伯爾尼全權代表羅姆貝格。列寧同Keskula見面後，就得到了大筆資助。也正因為Keskula向德國講明了布爾什維克的戰略，使德國人開始設想利用布爾什維克推翻沙皇，使俄國退出東部戰場。此時，托洛茨基的密友帕爾烏斯出現了。「他利用德國當局對他的信任，說服了德國人准許列寧經德國回彼得格勒。」魯登道夫這位德國軍事首腦同意列寧經德國回國，他認為列寧回國後會通過革命活動推翻臨時政府，迅速和德國簽訂和約。魯登道夫的軍事才能沒能讓德國打贏戰爭，卻因他幫助和扶持了兩個人物而留名歷史：列寧和希特勒。他送列寧回國，成就了布爾什維克的蘇聯，他援手希特勒，成就了納粹黨的第三帝國。有如此機遇的人，歷史上實不多見。

列寧回國了，一路相當風光。在德國人的保護下，「乘客們實際上享受了外交上不可侵犯的特權」。德皇威廉二世親自下令「如果瑞典不准布爾什維克進境的話，我們可以讓他們從德軍在東線的駐地通過。」當列寧乘坐的「鉛封車廂」通過哈雷時，德國皇太子的火

車竟停車讓路，等了近兩小時。事後，那位「臥底兒」Keskula誇功說：「是我使列寧得以動身的」。為此，他從德國人手裏得了二十到二十五萬馬克，折合五萬到六萬二美金。報酬不可謂不豐厚。列寧在彼得格勒的芬蘭車站下車，被前來歡迎的齊赫澤等人引入「沙皇專用休息間」。這幾位臨時政府官員想不到，列寧此刻腦子裏正轉念頭，想着怎樣從他們手裏奪權呢。而對德國的恩惠，托洛茨基是這樣感受的，「列寧利用了魯登道夫的打算，同時也有他自己的打算。魯登道夫私自盤算，列寧推翻愛國者，然後，我把列寧和他的朋友們絞死。列寧暗自思忖，我乘坐魯登道夫的車廂，然後用我的辦法對他論功行賞。」後來的歷史告訴我們，托洛茨基的猜測前一半全錯了。因為德國人不僅沒有絞死列寧和他的戰友，反而給新生的布爾什維克政權以經濟援助。R.盧森堡疑惑了，她說：「社會主義革命依賴德國的刺刀，無產階級專政處在德國帝國主義的庇護下，這也許是我們可能經歷的最駭人聽聞的事了。」天真的盧森堡錯了，往後更駭人聽聞的事還多着呢。遠在巴黎的喬治·索雷爾不明就裏，還懵懵懂懂地歡呼「新的迦太基肯定戰勝不了無產階級的羅馬」。

列寧回來了，提出了著名的《四月提綱》，徹底改變了布爾什維克的戰略、策略。當時，黨內反對聲甚隆，但列寧以他超人的精力，執著地向他的戰友灌輸徹底奪權的思想。這時，他獨創的一套「階級、政黨、國

家、領袖相互關係學說」已經成熟。這可說是一種新型的政治制度理論，在政治思想史上最接近馬基雅維利的學說，只是更嚴酷。明確、有效，更無所忌憚。不過他還沒打算馬上動手，而在不斷估量形勢。只有一次他有點按耐不住，問季諾維也夫：「怎麼樣，咱也試一把？」而這時，斯莫爾尼宮內燈火通明，各派政治力量都在為立憲會議選舉忙呢。

　　立憲工作正處於兩難之境。社會倦於戰爭，而肩負立憲任務的那些人知道，為了已選擇的民主憲政之路，就要和英、美、法這些民主國家攜手，把戰爭進行到底。這一方面為了戰後重建，需要民主國家的幫助，另一方面，單獨與德國媾和，置俄羅斯民族的信義與尊嚴於何處？有過蘇沃洛夫和庫圖佐夫的俄國，自有自己的榮譽感。因此，戰爭在繼續，而情況在惡化。立憲工作被迫一再推遲。社會底層民眾所盼望的和平、土地、麵包問題不能獲得滿意的解決，臨時政府威信漸失。而這時，布爾什維克卻佔據了最有利的地位。在他們的意識形態中，「工人沒有祖國」，所以不存在單獨媾和的心理糾結。況且，布爾什維克的目標更遠大，就算今日割地賠款，恥辱求和，將來等我們掌了權，必援助世界革命，飲馬萊茵河，閱兵柏林城不過是近期目標，解放全人類，世界一片紅才是我們的理想。別跟我談甚麼「愛國」，我們不愛沙皇之國，我之所愛在一個「紅彤彤的新世界」。那是地上之天國。

但是，這個內定目標是秘而不宣的。在廣大人民群眾面前，布爾什維克仍然保持着力促立憲選舉早日完成的立場。立憲選舉終於在十一月十二日舉行，但在這場由布爾什維克參加組織的選舉中，它輸了。七〇七個席位，布爾什維克得了一七五席，得票率百分之二十四點七。這次慘敗使列寧立即改變了原先支持召開立憲會議的立場，宣佈要反對「反革命立憲」，要展開對「普遍、平等、直接、秘密的選舉」的鬥爭。在布爾什維克的腦子裏不存在「民意」這種東西，他們自己就是民意的「天然代表」。托洛茨基已被任命為彼得格勒蘇維埃主席，入主斯莫爾尼宮。以此為基地，開始逮捕、鎮壓其他主張立憲的黨派代表，並宣佈彼得格勒處於「戰時狀態」。在一九一八年一月五日立憲會議召開之前，布爾什維克警告各派政治力量，它將以「一切手段甚至使用武力」來鎮壓任何挑戰權力的人。終於，一月六日凌晨，布爾什維克以武力驅散立憲會議，警衛隊長熱列茲尼亞科夫拍拍議長切爾諾夫的肩膀，「喂，先生，哨兵累了，回家吧」。這一默幽得非同小可，它終結了俄國人多年立憲夢，直讓俄羅斯血流成河。

　　布爾什維克掌權後，遷都莫斯科，但斯莫爾尼的戲還沒有演完。一九二八年，斯大林流放了斯莫爾尼曾經的主人托洛茨基，並最終暗殺了他，斯大林的至尊地位開始建立。但黨內有人看到了危險，在一九三四年布爾什維克的十七大上，斯大林在中央委員會的選舉中得票

最少，有二七〇張反對票。而基洛夫，斯莫爾尼當時的主人，得票最高。同年十二月一日下午，基洛夫在斯莫爾尼宮三樓走廊裏被人槍殺。赫魯曉夫在二十大秘密報告中指控斯大林幕後指使，在後來的回憶錄中，仍堅持這一說法。事實上，基洛夫被暗殺後的第二天，斯大林就趕到了列寧格勒，並要求親自審問兇手尼古拉耶夫。當兇手被帶到斯大林面前時，斯大林問他「你為甚麼要殺害基洛夫」，尼古拉耶夫指着站在屋子裏的肅反委員會工作人員大喊「是他們讓我幹的」，話音未落，幾個肅反人員衝上去用槍把他一頓暴打，尼古拉耶夫渾身是血昏迷過去。有人說，在斯大林面前，他已經被當場毆斃，其實，他當時還有一口氣，送到醫院後被滅了口。隨後，警衛長鮑里索夫在提審途中被押送他的肅反人員鐵棍擊頭而死，死亡鑒定卻說是死於車禍。這是不打自招。明擺着殺人滅口。最近出版了蘇聯老牌特工蘇多普拉托夫的回憶錄，他一口咬定基洛夫之死是純粹情殺。依我看，這兩者並不矛盾，斯大林要幹掉基洛夫，當然要動些腦子，偏偏基洛夫有拈花惹草的毛病，這在布爾什維克高官中本是尋常事。偏偏這次他勾上的這位美人米爾達‧德勞莉有個失意又吃醋的丈夫尼古拉耶夫。這活兒交他幹再合適不過。幹掉基洛夫在斯大林是一箭雙雕，既除掉了敵手，又為大清洗找到了藉口。於是，清洗狂潮又自斯莫爾尼宮起。

物換星移，一九九〇年，索布恰克當選列寧格勒市

蘇維埃主席，他是在戈爾巴喬夫民主改革的浪潮中被民主派選民選舉上台的。索布恰克是列寧格勒大學的經濟法教授，一位自由派知識分子。他有一個學生叫普京，法律系畢業後進入克格勃，被派往民主德國，負責收集和分析情報。從東德回國後，他到列寧格勒大學國際部任職，負責國際交流，相當於國朝各大衙門的外事局。按照慣例，這塊地兒歸克格勃管。索布恰克看重他忠實能幹，便邀請他加入自己的團體。普京問他：「您不怕我是克格勃的人？」後來索布恰克在別人質疑普京的克格勃背景時為他辯護，說「他不是克格勃的人，是我的學生」。一九九一年，索布恰克當選列寧格勒市長，普京跟他進了斯莫爾尼宮。從他們進駐斯莫爾尼宮那天起，原來各辦公室掛着的列寧和基洛夫肖像都被摘除，大樓管理人員問掛誰的像，普京說「彼得大帝」。

就在這年，在索布恰克力主下，列寧格勒改回舊稱聖彼得堡。他還建議把列寧送回聖彼得堡，安葬於沃爾科夫墓地，他母親身旁，甚至設計了移葬細節，「莫扎特的安魂曲響起，樂隊由羅斯特羅波維奇指揮……在沃爾科夫公墓內，伴隨着鼓點和群眾憤怒的吶喊聲，盛着列寧遺體的棺木放入墓穴。」

十年後，普京從斯莫爾尼宮入主克里姆林宮。安東開玩笑說，他內心裏想做個「民主的彼得大帝」。從斯莫爾尼宮生長起來的蘇聯不在了，斯莫爾尼宮還在，正如蘇聯土崩瓦解，俄羅斯卻浴火重生。經幾番血淚洗禮

的俄羅斯人已見過了那些用暴力送來的「真理」，他們明白了自己的偉大先知陀思妥耶夫斯基的警言：「假使小孩子們的痛苦是用來湊足為贖買真理所必需的痛苦的總數的，那麼我預先聲明，這真理是不值這樣的代價的。」

俄羅斯正在建設民主憲政的道路上蹣跚而行，進兩步，退一步。別嘲笑它，要想想我們自己何時起步。

沐浴在綿綿雨霧中的斯莫爾尼宮安詳、靜穆。

皇村回憶

上篇　「當時年少春衫薄」

一

晚上北凌又召集「座談會」，談俄羅斯的政治前景。朋友們談興濃，酒喝得暢。半夜，傅蕾又下樓沽酒。記得九一年我在莫斯科，下午六點，所有商店上板打烊，街上一片蕭條。而這次，半夜仍有商店營業，能沽得酒來，俄羅斯的變化可見一斑。凌晨大家才散，想着今日的行程，來回睡不着，索性披衣起，拿出行囊中查良錚先生所譯《普希金抒情詩集》讀，一下子就沉浸在詩中了：

> 沉鬱的夜的帷幕
> 懸掛在輕睡的天穹
> 山谷和叢林安息在無言的靜穆裏
> 遠遠的樹叢墮入霧中。
> 隱隱聽到溪水，潺潺地流進林蔭
> 輕輕呼吸的，是葉子上沉睡的微風

而幽寂的月亮，像是莊嚴的天鵝

在銀白的雲朵間游泳。

——《皇村回憶》

　　今天我們要去那兒，皇村，俄羅斯詩歌的家鄉，黃
金時代的驕陽與白銀時代的明月相遇之地，普希金與阿
赫瑪托娃的國土。曙光微動，我們便啟程。沿波羅地海
大道往西，一路芳草綿延，二十五公里行程翡翠鋪就，
細雨下綠意襲人。車到皇村，像駛入一片綠雲，綠雲中
坐着普希金。他右手撐頭，左手隨意搭在椅背上，蹙起
眉頭，眼望腳下，面帶憂傷。普希金短暫的一生中，皇
村是他初航的起點，收帆的港灣。這裏的花草林木，清
溪鳴泉，幽泊曲徑、奔鹿飛鳥都是他的朋友、親人，都
是他詩思的源泉。我們這些人，大多十幾歲就通過普希金
的詩熟悉了皇村，閉上眼睛，腦海中會呈現出皇村景色：

瀑布像一串玻璃珠簾

從嶙峋的山岩間流下

在平靜的湖中，仙女懶懶地潑濺着

那微微起伏的浪花，

在遠處，一排雄偉的宮殿靜靜地

倚着一列圓拱，直伸到白雲上。

——《皇村回憶》

普希金筆下的皇村早已深深刻在我們心上，此次初來，卻似舊地重遊。不過，普希金到皇村時，這裏已經過百年滄桑。

十七世紀末這裏還是一片征戰地，芬蘭人、瑞典人、俄國人不停地爭奪，歸屬不斷易手，直到彼得大帝在北方戰爭中徹底擊垮瑞典人，才把它收入囊中。那時這裏還是密布森林的荒蠻之地，但彼得大帝喜歡這裏地勢起伏、小河蜿蜓，林中野獸出沒，是個打獵的好去處。

彼得大帝真心喜歡一個女人，叫瑪爾塔‧斯科夫隆斯塔，是個立陶宛農民的女兒。她是北方戰爭期間，彼得的寵臣緬什科夫擄來的，雖目不識丁，卻極溫柔體貼，善解人意。據說彼得大帝結識她之後，性格都變得隨和了。彼得為了和她結婚，讓她皈依東正教，更名葉卡捷琳娜，後來加冕為葉卡捷琳娜一世。一七〇八年，彼得大帝把這片林地送給了她。盛夏酷暑時，她會來此避暑。那時這裏只有一些簡陋的木頭房子，還養殖牲畜，所以一直被稱為Sarskaia Miza，就是芬蘭語「養殖場」。現在皇村的俄文名稱Tsarskoie selo就是由此而來。一七一七－一七二三年間，這裏有了一些荷蘭風格的房舍，被稱作Palaty，意思是「華屋」。葉卡捷琳娜一世一七二四年登基，卻未大興土木。

一七四一年，她的女兒伊麗莎白繼位，她以紀念母親的名義開始建設。先由意大利建築師拉斯特里的學生伊凡諾維奇‧切瓦欽斯基主持，隨後，伊麗莎白請拉斯

特里親自上陣，我們今天所見到的葉卡捷琳娜宮就在此時成型。拉斯特里是巴洛克風格大師，這個風格恰是伊麗莎白所愛。到了葉卡捷琳娜二世，皇村進入精雕細刻階段。這位文化修養頗高的「大帝」，同彼得大帝一樣，希望把西方的人文成果移植到俄國來。說來也怪，彼得大帝的血脈之後，竟無一人理解他的「改革開放」，倒是這位與他毫無血緣關係的德國公主繼承了他的衣鉢。葉卡捷琳娜大帝和狄德羅、伏爾泰這些啟蒙巨人關係密切，他們之間的通信常常談及皇村的修建，在她心目中，皇村要成為一支「希臘-羅馬狂想曲」（une rapsodie greco-romaine）。史家記載，「夏天，她移駕皇村。晨光熹微時，她不施粉黛，穿着便服，牽着愛犬，在朝露未晞的花園裏散步。她手裏拿着記事簿，紙和鉛筆，以隨時記下她的感想」。此時，皇村已成為國家中樞所在地。

二

　　普希金的皇村成於亞歷山大一世之手。這位史稱「北方斯芬克斯」的沙皇創建了皇村中學，這是皇村的一個重要變化。亞歷山大自己的老師拉阿爾普是一個堅定的共和主義者，他把啟蒙時代教育至上的思想，灌輸給亞歷山大，促使他決心從改造教育入手來改造俄國。他給皇村中學請來的老師，頗有幾位自由派，俄文教師

加利奇，是康德和謝林的信徒，知識淵博、和藹可親，因為他酷愛詩歌，所以對普希金多有激勵。那首著名的《皇村回憶》就是在他鼓勵下，成為普希金的考試答卷。哲學教師庫尼金是一個天賦人權論的信奉者，他公開抨擊農奴制，在學生面前宣揚人生而平等。更有趣的是，法國革命三巨頭之一馬拉的弟弟當了普希金的法語老師。為了避開他兄長的顯赫名聲，他改叫布德利，躲到了俄國。普希金和他關係很好，說他是雅各賓派外表、保皇黨內心。亞歷山大的本意是要用自己的學校培養自己所需要的人才，不過，一旦自由的種子播入年輕的心田，收穫的果實往往出人意料。皇村中學第一期，不但出了普希金這位自由的歌手，還出了十二月黨人普希欽、久赫爾別凱。

為了建立皇村中學，沙皇下令將葉卡捷琳娜宮的左翼完全交給學生使用。所以現在葉卡捷琳娜宮左側樓房是淡黃色的，同藍白相間的主宮色調不一樣，它通過一道懸空走廊同主宮相連，遊人可以穿過拱門進入花園。一八一一年十月十九日，皇村中學開學，首期只有精心挑選的三十名貴族子弟。這些人大部分都成了普希金終生的朋友。在普希金三十八年生命途中，他時時把皇村記掛在心。只要有可能，他一定參加同學聚會，即使遠在他鄉，他也會寫下懷念的詩行：

優美感情和昔日歡樂的守護

林野的歌者已熟悉的精靈 ——
記憶啊，請在我眼前描繪出
那迷人的地方，我曾以整個心靈
在那兒生活過。

—— 《皇村》

無論命運使我們怎樣遭劫
無論幸福把我們向哪導引
我們不會改變，整個的世界
對我們都是異域，除了皇村。

—— 《十月十九日》

　　記得西塞羅說過：「除美德之外，友誼在萬事中最
為偉大」。其實，重視友誼又何嘗不是美德？邪惡的心
靈只結交朋黨，卻不會交朋友。所以西塞羅又說：「沒
有德行，就沒有友誼」。我們少年時除了喜歡普希金的
詩，還喜歡他重友誼，戀朋友。普希金雖英才天縱，卻
對朋友永懷一份傾慕與關愛，這些人的才華可能遠不及
他，但他卻愛他們勝過愛家人。在皇村中學的同學中，
他卓然鶴立，卻毫無自矜傲慢，只希望能有更多時間以
詩會友。朋友遠行，他牽掛在心，朋友遭難，他思援
手，心裏總在咀嚼往昔的歡樂，筆下記錄着燈影酒痕中
朋友的相聚，深情厚意，堪比唐人。讀他那些傷別悼
亡、惜今懷遠之作，不免會聯想起李杜式的慨嘆「故人

入我夢，明我常相憶」、「此地一為別，孤蓬萬里征；浮雲遊子意，落日故人情」。詩情千古，中外如一。

三

一八一六年，一隊近衛軍進駐皇村，他們是從歐洲戰場上得勝歸來的健兒，曾紮營巴黎香榭麗舍大道，而巴黎的自由思想卻佔領了他們的心靈。恰達耶夫就在這支近衛軍中。同年，在歷史學家卡拉姆辛的家中，年僅十七歲的普希金和他相見了。據特羅亞的描述，「恰達耶夫是個美男子，身材消瘦，小臉紅潤白淨，寬腦門，目光深沉」。他和普希金互相欣賞，結為好友。年長五歲的恰達耶夫學養深厚，在歷史、哲學、文學諸方面給普希金相當大的影響。普希金敬佩這位「年輕導師」，他在詩中稱讚恰達耶夫是布魯圖斯和伯里克利。正值青春期的普希金，在愛情萌生的同時，也把對自由的渴望深植心田。在那首膾炙人口的《致恰達耶夫》中，普希金熱切地宣告：

> 我們不安地為希望所折磨
> 切盼着神聖的自由的來臨
> 就像一個年輕的戀人
> 等待他真情約會的一天。

上世紀七十年代，我在工廠做工。那時「眼睛的飢餓」折磨人，想找本「紅寶書」之外的東西讀讀實屬不易。一天，工廠弟兄董建一悄悄給我一本詩集，已經撕得沒頭沒尾，拿在手中就要散，他說也不知是誰的詩，好看。待拿到手中讀，才知是《普希金抒情詩選》，我請同班組一位字體秀麗的姑娘把這部詩集全部抄下，還精心包了個深綠色的電光紙皮兒，小心收藏，常拿出來讀。每讀《致恰達耶夫》，都欲哭無淚。今天站在皇村中學樓前，回想往事，恍如昨日。普希金最擅長把青春、愛、自由融為一爐，鑄出鏗鏘詩句，敲擊年輕人的心靈。別林斯基看到這點，他說「青春正是抒情詩的大好時光」。丘特切夫詠讚普希金：

> 你就是俄國的初戀
> 我將你永銘心間

更是一語破的。

　　恰達耶夫是俄國思想界西歐派的代表，在《哲學書簡》中，他對俄國現狀的抨擊如快刀割肉，刀鋒到處，鮮血淋漓。赫爾岑曾描述過他怎樣被恰達耶夫的言論所震撼，中夜起坐，輾轉難眠。在恰達耶夫看來，俄國是個完全沒有青春的民族，「我們在這個年齡段上的社會生活，充滿着渾濁、陰暗的現實，它失去了力量和能量，它除了殘暴以外，沒興起過任何東西，除了奴役以

外，沒有溫暖過任何東西。」「我們是世界上孤獨的人們，我們沒有給世界任何東西，我們沒有給人類思想的整體帶去任何一個思想。對人類理性的進步沒有起過任何作用，而我們由於這種進步所獲得的所有東西，都被我們歪曲了」。想想俄羅斯對人類精神文明的貢獻，恰達耶夫的苛評倒使我們自己汗顏了。

普希金難以全盤同意這種「哀其不幸，怒其不爭」的極端態度。他寫信給恰達耶夫，讚揚他揭露出俄國「對一切可以名之為義務、公正和真實的東西處之漠然，無恥地蔑視人類思想的價值簡直到了令人絕望的程度」，又驕傲地宣稱「我不想用世上任何別的甚麼更換祖國，或有一部另外的歷史，除了我的先祖的那部上蒼賜予的歷史」。但我相信，普希金會同意恰達耶夫的斷言：「各民族在人類中的意義由其精神上的強大所決定，各民族引起的關注取決於其在世界上的精神影響，而不取決於其發出的喧囂。」這封信寫於一八三六年十月十九日，寫信的當天，普希金最後一次參加了皇村中學週年紀念。在紀念會上，他朗誦了獻給皇村中學同學的詩《想從前》：

想從前，我們年輕的節日
明亮、喧嘩，帶着玫瑰花冠
歌唱和碰杯的聲音交織
我們密密圍坐着飲宴
……

此刻距離他永別人世已不足四個月。

四

　　皇村中學入學考試那天，普希金碰到一個和他姓氏發音相近的孩子，普希欽。開學後兩人住隔壁宿舍，後來成了無話不談的好友。還有個同學久赫爾別凱，是個瘦高個，普希欽卻是個矮胖子。但這兩個人後來都成了英勇的十二月黨人，被流放荒原。皇村中學畢業時，普希金在普希欽的紀念冊中題詩：

> 我的朋友，他去了⋯⋯但早年的友情
> 　並不只締結於遊戲的夢
> 在驚危的年代，在可怕的命運之前
> 　親愛的朋友，它永遠不變
> 　　　　　——《題普希欽紀念冊》

普希金忠於這個諾言，甚至面對沙皇的挑戰。

　　一八二五年十二月十三日晚上，準備起義的十二月黨人在雷列耶夫家碰頭，普希欽和久赫爾別凱都去了，普希金原準備用假身份證偷偷溜回彼得堡，而雷列耶夫正是他準備拜訪的人。結果動身時惡兆連連。先是碰見野兔擋路，又是僕人生病不能駕車，最後在路上迎面碰上一位黑衣神甫。普希金迷信，便掉頭回了家。果然，

十四日晚上，朋友們舉事了。起義準備得倉促混亂，很快就被鎮壓。在審訊十二月黨人時，很多人都談到普希金對他們的影響。普希金的影響力和威望反倒促使沙皇尼古拉一世做出赦免普希金的決定，以顯示他至高無上的權力和寬宏大度。

　　一八二六年九月八日晚，滿身旅塵的普希金被帶到沙皇面前。沙皇傲慢地宣佈，「我決定，只要你不再寫反政府的詩歌，就赦免你。」此前，普希金被放逐到普斯科夫，不准回彼得堡。普希金不置可否地回答「我已有很長時間沒寫東西了」。沙皇又問「被我流放到西伯利亞的人中，有不少你的朋友？」普希金答道：「是的，陛下，我與他們之中不少人是好朋友，我敬仰他們，至今依然如此」。沙皇再問「你怎麼會喜歡久赫爾別凱這樣的壞蛋？」普希金立即挺身為他這位皇村中學的同學辯護：「我很吃驚，您把他看作瘋子，被流放到西伯利亞去的人都是聰慧和善於思考的人。」沙皇帶着挑戰的意味問普希金：「假如你在彼得堡，你會去參加十二月十四日的暴動嗎？」普希金答道：「毫無疑問，陛下，朋友們都參加了，我當然不會逃脫。只因我不在場才倖免，上帝保佑。」

　　普希金為他的朋友辯護，朋友也在他最孤獨困苦時去看望他、安慰他、鼓勵他。在普希金困居三山村時，是普希欽不顧阻撓，勇敢地前往探望。臨行前有人警告他，普希金受教會和警察的雙重監視。普希欽說：「我

知道，但我知道一別五年，我要去拜訪老朋友，別人無權阻攔。況且他現在處境淒慘。」關鍵時刻友誼的光輝閃亮了。而這一次會見卻是兩位好友的永訣。普希欽因十二月黨人案流放西伯利亞，普希金給他寄去灼熱的詩行：

> 我最早的知交，珍貴的友人！
> 可記得你的馬車的鈴聲
> 徹響了我幽居的院落
> 在那積雪的淒涼的院中，
> 我感謝命運帶來的歡樂。
>
> 但願神明使我的聲音
> 也徹響到你的心靈裏
> 也帶去同樣的慰藉
> 但願它以中學的明朗時光
> 把你幽暗的囚居照亮！
>
> ——《給普希欽》

當普希欽在流放地得知普希金決鬥身亡時，深情地寫道：「決鬥發生時，似乎我也在場，一顆罪惡的子彈打中了我的胸膛。」

五.

　　自沙皇「寬宏大量」地赦免了普希金，他就徹底不自由了。因為尼古拉一世要親自充當普希金作品的「檢察官」，可惜這位沙皇雖自視甚高，卻是一介儜夫，幾乎無法耐心讀完普希金的一首詩，常常拿着普希金的詩稿昏昏入睡。於是，這活兒就交給了憲兵頭子本肯多夫。俄羅斯最偉大的詩人今後要整天和這個一肚子稻草的陰險小人打交道，扶搖九天的詩翼要斂於搶榆枋而止的學鳩，情何以堪！

　　沙皇的關心竟是無微不至，他又提出要把普希金編入外交部名冊，讓他翻檔案，寫部彼得大帝正史。年俸五千盧布。這樣普希金也有了「國家課題」，可以領取課題費了。沙皇揶揄道「總得給他碗飯吃呀！」其實，沙皇賞普希金這碗飯，是為了他的新婚妻子娜塔麗亞·岡察洛娃。她糊裏糊塗嫁給了普希金，卻「不知該如何欣賞丈夫寫的那些押韻的句子，她只感到它們在耳邊嗡嗡作響，令她頭昏腦脹」，但她的嬌艷美貌卻引起了宮廷的一片讚嘆，沙皇也格外喜歡在宮廷舞會上「把娜塔麗亞輕輕摟在自己懷裏」。為了能常見到這個尤物，沙皇突發奇想，任命普希金為皇宮侍從官，這樣普希金便可以「大內行走」，娜塔麗亞也更方便參加宮廷舞會了。

　　對普希金而言，這幾乎是個公開的侮辱。因為這種侍從官通常授予剛入宮廷的貴族子弟，是那些小青年的

玩意兒。那套掛着綬帶，帽子上插着三支雞翎的制服，穿在青年人身上，是炫耀，穿在普希金這個名滿天下的大詩人身上，就成了小丑的裝扮。聽到這個冊封的消息，普希金氣得口吐白沫，背過氣兒去。他要回絕沙皇。在眾人的勸說下，也為了與娜塔麗亞相安無事，他最終吞下了這顆苦果。娜塔麗亞高興了，她可以經常進入皇宮，參加上流社會的浮華歡宴。有些男人愛上一個女人，竟是為了她的愚蠢。普希金大概算得上一個。普希金清楚，自己成了沙皇宮廷裏的弄臣，他高貴的天性不能容忍這個地位，他憤怒地寫信給憲兵總管，要求辭職。又為了不讓妻子生氣和不得罪沙皇，而撤回辭呈。正在普希金進退維谷之時，丹扎斯出現了。

丹扎斯是真正「愛」上了娜塔麗亞，至少他自己和娜塔麗亞都這樣認為。但是在情慾沖昏頭腦時，還有甚麼字眼比愛更適於拿來掩飾真相呢？這段糾纏不清的關係，給宮廷裏那群痛恨普希金的朝臣一個害他的機會。於是，普希金收到了那封歹毒透頂的匿名信，封他為「綠帽子協會副會長」。這是致命的一擊。生性高貴，重榮譽甚於生命的普希金絕無退路，拿起槍來吧，不是他死，就是我亡。這個場景，他已在《葉甫根尼·奧涅金》中描述過，現在，他要親自當連斯基了。

一八三六年十月十九日，普希金到皇村中學參加週年慶典。此時，丹扎斯正對娜塔麗亞窮追不捨，娜塔麗亞也半推半就。普希金警告過妻子，雖然他相信錯不在

她，但這個「可人兒」全然不顧丈夫的感受，只以真假難辨的天真來搪塞。在慶典上，照例普希金要獻詩，他在詩中回憶了「當時年少春衫薄」的無憂與歡樂，隨即，歌調轉沉：

> 而今不同了：那歡娛的節日
>
> 和我們一樣，失去瘋鬧的氣氛，
>
> 它已經溫和、安靜、拘謹了
>
> 碰杯的聲音變得如此低沉
>
> 彼此的談話不再流暢活潑
>
> 我們只沉鬱地疏疏就坐
>
> 歌唱間的笑聲已經稀少
>
> 更常常地，我們嘆息而沉默。
>
> —— 《想從前》

吟誦半途，泣不成聲。這最後的獻詩，僅以半闋傳世。

一八三七年一月二十七日，普希金離開莫伊卡河畔路12號，走向生命的終點。那天下午，他與朋友丹扎斯擬好決鬥條文，洗了個澡，灑了香水，換上最漂亮的燕尾服。他邊換衣服邊唱着快樂的小曲兒，這不像去赴死，倒像去迎新。以往讀普希金生平材料和他最後的詩篇，我總隱隱覺得，普希金是自願甚至快樂地迎向死亡。一個詩的世界和彼得堡浮華的宮廷絕然兩立。兩者相撞，詩的世界必然粉碎在堅固冥頑的現實世界面前。這是詩的宿命，也是人類的宿命。詩人之死，是人類精

神世界死亡的象徵。普希金沿着莫伊卡河，踏着深深的積雪，走向涅瓦大街與莫伊卡運河相交路口的沃爾夫酒吧，要了兩杯檸檬汁，喝完就上了雪橇。突然，丹扎斯看見娜塔麗亞坐着雪橇迎面而來，普希金卻正扭頭看別處。娜塔麗亞又天生近視，彼此都沒有看到對方，縱是萍水相逢客，難得對面不相識，何況五載夫妻，一去生，一去死，竟這樣交臂而過。

當天下午，普希金在決鬥中受重傷，抬回家中輾轉兩天後去世。這似乎正是他之所願，因為幾個月前，他已經為自己寫好了墓誌銘：

> 我為自己豎起了一座非金石的紀念碑
> 它和人民款通的路徑將不會荒蕪
> 啊，它高高舉起了自己不屈的頭
> 高過那紀念亞歷山大的圓柱
>
> 不，我不會完全死去 —— 我的心靈將越出
> 我的骨灰，在莊嚴的琴上逃過腐爛
> 我的名字會遠揚，只要在這月光下的世界
> 哪怕僅僅有一個詩人流傳。
>
> —— 《紀念碑》

皇村回憶

下篇　遠古之淚

一

　　離開普希金坐像藏身的那片林子，前行百餘米，便是金碧輝煌的夏宮大門。各國遊客都在門前候着，安東跑去辦票。我們站在門外，已能看到藍白相間的葉卡捷琳娜宮。突然，雪牽着金伯母的手從人群中走來，我竟一時恍惚，竟有這等巧事。上個月在力川家才和伯母告別，今天卻相逢在皇村。在巴黎分手時，誰也沒提到要去聖彼得堡，我只知她老人家回杭州了，今天卻不約而同齊奔皇村。金伯母是我最敬愛的老人，在巴黎時，我常竄到力川那裏，伯母總會端出各類美味小吃，坐在旁邊微笑無言，直到看着你吃下，才起身離去，帶着典雅與慈愛。今日他鄉遇故人，興奮難抑。本想擁抱老人，突想起去年向老人行擁抱禮，用力過猛，讓老人家肩部肌肉扭傷，還去看了大夫，立即斂手俯身，僅與老人行法式貼面禮。剛剛天上還薄雲散佈，與伯母相見這會

兒，雲消霧散，陽光灑在葉卡捷琳娜宮的蔥頭尖塔上，金光燦燦。

安東招呼大家進園了。宮門前七、八位身着沙皇近衛軍制服的人正長號短笛，着力鼓吹着瓦格納的《婚禮進行曲》，見到中國面孔，調門一轉，奏起了《喀秋莎》，好像這曲子已成了中國國歌。拾階而上進了宮，安東召集大家到身旁，叮囑參觀時要緊跟他，最後提高嗓子特別強調「琥珀廳不許拍照」。「琥珀廳」？不會聽錯了吧，我追問了一句：「是那個已失蹤多年的琥珀廳嗎？」安東答「正是，二〇〇三年聖彼得堡建城慶典前徹底修復，剛剛開放參觀」，言語間帶着幾分驕傲。真是學無止境。行前讀了不少有關琥珀廳的材料，卻依然孤陋寡聞。德國人克里斯蒂安・胡夫在他編的那本《尋找琥珀房子》中説：「我們還是通過自己的想像力，帶着有關這個消失了的『世界八大奇跡』的神話繼續生活吧，這樣也許會更好些」。我本是帶着這個遺憾來的，卻沒想到它已浴火重生，而且，我們立即就要和它見面。這意外怎不讓人喜不自禁。

二

一七〇一年，勃蘭登堡選帝侯弗里德里希三世在柯尼斯堡加冕為普魯士國王，史稱弗里德里希一世。柯尼斯堡這地方除了給世界奉獻出偉哲康德之外，還盛產琥

珀，人稱「海洋之金」。弗里德里希一世酷愛裝飾自己的宮殿，一天他突發奇想，要用琥珀來裝飾他宮中的房子。他選用這種材料，真是獨出心裁。琥珀美固然美，卻極難製作且價格昂貴。這位國王花了十年功夫，幾乎傾盡國庫，終於實現了這個設想。一七一一年，在柏林王宮中建好了「琥珀房子」。

一七一六年，喬裝打扮成馬車夫的彼得大帝到了柏林。弗里德里希一世請他參觀這間由琥珀裝飾的房子，其實它是一間大廳，那會兒正歸「煙草委員會」使用。彼得大帝進門就驚呆了，他做夢也想不到可以用琥珀來裝飾，頓下決心，自己也要弄這麼個大廳。偏巧弗里德里希一世正要借助俄國之力，幫他戰勝瑞典。於是他立即決定把全套琥珀裝飾當作禮物送給彼得大帝。這些貴重精美的琥珀裝飾板被全部拆下，裝入十八隻巨大的木箱，送到了聖彼得堡。一七五五年，伊麗莎白女皇把它送到皇村，那時她正在擴建葉卡捷琳娜宮。在首席建築師拉斯特雷利親自指揮下，歷經八年精雕細刻，精美絕倫的琥珀廳誕生了。

胡夫引用俄國美術史家維利科夫斯基的話來說明這件「琥珀奇跡」：「這是一個真正的奇跡，不僅僅因為它材料昂貴，富有藝術性的雕刻，以及樣式精巧，更重要的是因為那忽明忽暗，卻總帶有暖色調的琥珀給整個房間帶來無與倫比的魅力。」這位美術史家論述雖嫌乾癟，但他談到了琥珀廳的兩大要點，一是材料，二是做工。

從礦物學的角度看琥珀，它是第三紀松柏科植物的樹脂，經過漫長的，大約五千萬年的演化，樹脂失去其揮發成份而聚合，固化。它是一種有機化石，主要成份為碳、氫、氧和少量硫化物。但在先民和詩人眼中，它的意味卻豐富得多。

奧維德在《變形記》中，把琥珀描述為太陽神之女，法厄同之姐妹赫利俄斯的眼淚。任性的法厄同不聽勸阻，執意要駕太陽車出遊，終焚身而亡。姐妹們悲哀哭泣，其淚滴化為琥珀，其人身化作泣柳。在詩人眼中，琥珀是遠古之松淚。詩人尤重這晶瑩的琥珀石，象徵着堅貞純潔。或許因為琥珀有經千萬年磨礪而愈益晶瑩、堅韌的品性，先人們相信它是愛的吉祥物。人們希望愛情能像琥珀，時間愈久，愈豐富、厚重、深切。但我更喜它是能夠記憶的寶石。設想遠古的一刻，天崩地裂，雲翻海坼，莽林沒入海洋，高山夷為平地。有一滴松淚悄悄滲出、滾落，在沙礫中凝固、淘洗、磨礪，化作蜜色的琥珀。藏天地大變於一身，凝亙古回憶為一粒，留往昔風月花香到今世。人們能在琥珀中見到遠古的生動，那些本剎那滅絕之飛蟲，被它「捕捉」，把遠古活躍的瞬間留給今人。用這種充滿詩意的材料裝飾出的建築自是無價瑰寶。

拉斯特雷利完成的琥珀廳廣一百二十平方米，高六米，又鑲嵌了巨鏡，飾以鎦金巴洛克式花紋淺浮雕，天頂繪以精美的壁畫，懸掛十數支水晶大吊燈。其富麗堂

皇，令人嘆為觀止。自那時起，歷經八代沙皇，這裏是他們最重要的慶典場所。蘇聯時期，設有專門維護小組，這些專家把大廳的每一個細節都攝影存檔。這次重建就靠這些檔案。

三

　　二次大戰期間，納粹軍隊圍困聖彼得堡九百多天，卻始終沒能佔領它。那時，蕭斯塔科維奇和阿赫瑪托娃都在城裏堅守。蕭斯塔科維奇構思了《第七交響曲》，人們後來叫它《列寧格勒交響曲》，阿赫瑪托娃已開始斷斷續續寫她的不朽名篇《安魂曲》。一九四一年七月初，德國人佔領了皇村，那時叫普希金城。戰爭開始後，皇村宮殿中的珍寶文物已全部運走，但來不及拆下琥珀廳的裝飾，只是用木板把它遮蓋起來。在炮火中，木板脫落，琥珀廳暴露了。

　　納粹在以閃電戰佔領歐洲時，也擬定了將被佔領國的藝術品運往德國的計劃。那些納粹黨的頭目早已對琥珀廳虎視眈眈。據胡夫書中透露，戈林想把它放到自己的莊園中，裝飾他的「卡琳廳」。里賓特洛甫想拿它當作與蘇聯談判的籌碼，軍隊首腦則打算用它作軍隊博物館的重點館藏。於是，納粹衝鋒隊拆下琥珀廳的全部裝飾，裝入二十四隻大木箱運往德國，在東普魯士納粹黨首腦科赫的指揮下，這個寶藏被送到柯尼斯堡。

一九四四年，英國空軍開始對德國狂轟濫炸，以報復德國對英國的空襲。八月間，英國空軍對柯尼斯堡有兩次極猛烈的轟炸，存放琥珀廳裝飾的柯尼斯堡宮幾被夷為平地。照說琥珀廳亦該毀於戰火，但有兩位現場目擊者對琥珀廳的下落卻有完全矛盾的說法。宮殿管理員弗里德利希・亨肯西弗說他當時與博物館館長羅德一起查看宮殿毀壞情況，親耳聽見羅德說：「謝天謝地，琥珀房子完好無損」。而羅德館長女兒的朋友莉薩爾・阿姆卻說，同一天，她在花園裏碰到羅德，問起琥珀廳的情況，羅德沮喪地說「一切都完了」。

　　蘇軍佔領柯尼斯堡之後，抓住了羅德，他是關鍵人物，自這些東西運回德國之後，一直在他掌控之下。但幾個星期的審訊，蘇聯人竟沒有得到確實可靠的情報，羅德卻突然死去。於是，無數福爾摩斯式的故事就開始了。

　　有人說羅德為了保守琥珀廳的秘密而自殺，有人說是謀殺，更靠譜一點的說法是他在戰後困難的生存條件下生傷寒病死了。結果，不僅蘇聯政府不放棄追索琥珀廳的下落，世界上不少探寶人士都捲入這一持續幾十年的追尋活動。這些人中，最賣力氣的是巴伐利亞人格奧爾格・施泰因，他幾乎花了大半生時間幹這件事，為此賠上了自己的房產和農場，結果一無所獲。此公在絕望中自殺了，身後留下六大箱檔案資料，這些資料到了蘇聯人手裏。其中最吸引人的一條線索是這些箱子可能藏到哥廷根附近的鉀鹽礦井裏。施泰因為了打開這些被炸毀的

礦井，一直上書到科爾總理，終因證據不足而被否定。

後來，又有人提出多種可能，據說被擊沉的威廉·古斯特羅夫號輪船啟航前，有人看到有大木箱裝上船，這些箱子很像裝琥珀廳的箱子。還有人說，由於通向西部的道路已被蘇軍封鎖，所以這些箱子被沉在柯尼斯堡附近的沼澤中了。其實前德意志民主共和國的諜報機構斯塔西也沒閒着。他們搜尋了幾百個礦山、坑道，詢問證人，花了大量經費，結果只積攢了幾大書架檔案。真貨在哪裏？仍是個謎。蘇聯情報機關負責藝術品保護的官員亞歷山大·布尤索夫在日記中記下自己曾見過琥珀廳殘骸，是當時慶祝勝利的蘇聯士兵喝醉了酒，無意中引發火災，燒毀了琥珀廳。但這消息從沒人信，因為不能讓英雄的蘇聯紅軍背這個黑鍋。但這卻是最有可能的一種解釋。至少德國文化部官員把找到並確證是琥珀廳殘跡的兩塊殘片送交給了普京總統。

值得一提的是，這次重修琥珀廳的經費是由德國人贊助。還在蘇聯解體前，蘇聯政府已決定重修琥珀廳。但那時蘇聯一片凋敝，始終拿不出錢來。這次為了慶祝聖彼得堡建城三百週年，柏林市決定把琥珀廳作為禮物送給聖彼得堡。其實，更深的含義是德國人要為自己當年的侵略戰爭承擔責任。德國在反省自身責任上最是懇切，這是一個知罪悔罪的民族。儘管現在的德國人和發動戰爭的納粹黨已毫無關係，但他們依舊隨時不忘德意志民族的責任，不忘為自己的民族反省懺悔。這個反

省在阿登納的思想中被明確為：不存在甚麼德國式的道路，德國問題的真正解決在於融入西方，這個「西方」就是民主、自由和人權。柏林牆倒塌之後，德國總統魏茨澤克在慶典中莊嚴宣告：「今天，德國第一次在西方民主的框架內找到了自己永恆的位置。」

被納粹掠走的琥珀廳仍未尋獲，但浴火重生的琥珀廳就在我們眼前。

四

進入琥珀廳，感覺有點恍惚，四周由琥珀精心裝飾的牆面光影搖曳，幻化不定。這是因為琥珀的色彩有淡黃、乳白、明黃、蜜黃、深黃、酒紅。這多種色彩的琥珀經切割、鑲嵌、拼貼，形成無數多稜體，使光線的折射豐富多變，也帶來色彩的不斷變化。如果你盯着一面琥珀馬賽克看久了，眼睛會「花」。這次修復，共使用了五十五萬塊琥珀，藝術家依照原圖樣拼貼整體圖案，又根據琥珀的不同顏色重新搭配，使圖案的層次協調柔和。琥珀之間勾勒以鎦金巴洛克式花型，繁復縈迴，若金線織錦，綿密匝實。而且，琥珀廳中的味道也特別。琥珀是由千萬年淘洗磨礪的松淚凝成，故溫度高時，會散發出淡淡的松香味。雖不見香煙繚繞，卻彷彿氤氳浮動。陽光入廳，明黃暗紅相輝映，一片璀璨。

琥珀廳和與之相連的御座廳(中國人叫它黃金廳)、

綠廳、藍廳等房間，統稱葉卡捷琳娜二世套殿。這是女皇處理國事最常用的地方。這位女皇對俄國的強大貢獻甚多。在她治下，俄國擴疆掠土，佔領克里米亞，把自己的邊界推到黑海。但她最得意的事情是親手草擬了《法典訓諭》。這《訓諭》把她同啟蒙巨人伏爾泰、狄德羅通信討論的思想變成了法律原則。例如《訓諭》中指出：「全體公民在法律面前一律平等」。「自由就是做法律允許的一切的權利」。「人們只應畏懼法律，除此之外，不畏懼任何人」。「人在法律證其有罪之前不能視其為有罪」。可惜這些先進的思想在俄國竟不能推行。

女皇盛年寡居，她的個人生活頗遭非議。她掌朝凡三十年，有面首十幾位，大多健美聰慧，但也有波將金這樣外表醜陋的能臣。他們之間的關係絕非單純耽於肉慾，亦常安排國事。女皇的男伴中不乏智性的情人，他們在一起談詩論文，享受精神上的快樂。但她畢竟以美少年滋養紅顏，留下了穢亂春宮的惡名。特洛亞為她辯護說「（女皇）離不開男人不僅是為了求身體的平衡，也是為了充分發揮她的聰明才智。她喜歡在男人中間生活，難得有幾個女人能引起她的注意。相反，如果一個男子顯露出才智和勇氣，她就會傾心而主動接近他」。這並非諛詞，事實大抵如此。

末代沙皇尼古拉二世最喜歡皇村。皇后費多羅夫娜不喜歡城裏那些喧鬧的聚會，卻寧願和拉斯普京這類妖僧打交道。沙皇伉儷常住皇村，一家人願意享受安靜的

生活。但要命的是這對夫妻皆愚心自用之輩，不善思考，卻愛指揮，事到臨頭又懦弱退縮。皇后讓妖僧弄得五迷三道，在俄國大難臨頭時，胡亂出主意，成事不足，敗事有餘。彼得堡越亂，皇帝越要呆在皇村。一九〇五年那個「血色星期天」，就要決定俄國命運，沙皇卻仍在皇村和他的家人過着悠閒的日子。由於沙皇不去彼得堡，那些必不可少的宮廷交際就搬到了皇村，在葉卡捷琳娜宮舉行。那時，琥珀廳中明燭高照，佳人雲集，香鬢聳動，羽衫飄舉，真一派天上人間景象。卻不知茫茫雪原上，「普加喬夫」們已舉起刀槍。

五

　　離開琥珀廳，走進葉卡捷琳娜花園，藍天麗日下，人才醒過來。穿過大草坪，眼前一彎靜水，環岸皆植法國梧桐，樹不甚高大，繁枝厚葉，隨風作響。此地，霧重雨豐，樹幹上多生厚苔，遠望去青白相間，晨霧暮靄時，一堤煙樹葱蘢，倒有些江南風致。果然，恍惚望去，湖盡頭有一曲橋，名玉石橋。過橋有座淡紅色樓閣臨岸而立，遠望似在湖中。彷彿是個「築室兮水中，葺之以荷蓋」的清幽之所。俄國皇室皆東正教信徒，常涉隱修一道，著名的艾爾米塔什博物館就是隱修所（Ermitage）的音譯。但這座樓台卻不是隱修所，而是「土耳其浴室」。想起安格爾的油畫《土耳其浴女》，

感覺有點怪。明明是個飄渺隱遁之處，卻弄個專門袒裎肉體的建築。後來知道皇村的隱修所在花園軸線上，與宮殿遙遙相對。沙皇倒真是「大隱於朝」了。

湖邊與土耳其浴室相對，有座白蘭相間的巴洛克式建築，稱作「岩室」。丹洵招呼大家進去參觀，進去才知道是三間貫通的小廳，穹頂高拱，廳內空無一物。見幾位俄國小伙兒在一側列為一行，有一位掏出音哨定音高，才知這是一個男生小合唱隊的演出廳。俄羅斯的合唱藝術舉世無雙，從拉赫瑪尼諾夫的《晚禱》到亞歷山大洛夫紅軍合唱團演唱的《三套車》、《伏爾加縴夫》，皆為合唱絕品。現在有人要為你一展歌喉，自是興奮莫名。這支小合唱隊共七人，高音部兩人，中音部兩人，低音部兩人，特低音部一人。小伙子各個英氣勃勃，一臉淳樸，不急不躁地微笑着，等遊客安靜。讓我奇怪的是唱低音的是個瘦小苗條的小伙子。想想夏里亞賓、吉奧洛夫這等超絕男低音，各個膀大腰圓。這麼瘦，哪來共鳴？

突然，歌聲起了。照楊鴻年先生的分法兒，這屬「柔起」，聲音起自低音部，就這位瘦小伙，一張嘴，聲音似從長吁中飄出，跟着漸強，低音共鳴之豐厚，震得人耳朵嗡嗡響。隨後中、高音部逐一加入，他們唱的是《鐘》，一支古老的俄羅斯民歌。妙的是，我雖離合唱隊近在咫尺，卻全然聽不出換氣。聲區轉換圓潤流暢，無一絲滯礙。

俄國人的合唱藝術極高明。音色豐富，層次細膩，對作品體會得深，琢磨得透，張嘴就對。聲部無論多繁復，總是水乳交融。沒有「搶聲」，聲部「參差」的毛病。呼吸技術更是一絕，從胸腔到頭腔一體貫通，和聲處理得乾淨整齊，似多人一口一腔，卻又能聽出細膩的聲部變化。聽這支《鐘》，輕輕嘆息似的柔起，聲波漾開了，灌滿廳中。低音的甕聲，似浪，推着你無處着力，隨它蕩去，有點失重、眩暈。高音部像晨曦中嘹亮的小號，在深沉渾厚的低音烘托下，自由地昂揚。這種唱法，足令「飛鳥為之徘徊，壯士聽而淚下矣」。

歌唱完了，我看見屋角有一張小桌，上面擺着幾張CD，是這支合唱隊的錄音。這些小伙子也不推銷叫賣，似乎你願意買，是你贊助了藝術，你不買，聽了歌走人，是我們敬客的心意。不用說，朋友們紛紛選購又請歌唱家簽名留念。

告別「岩室」，和這些「歌唱小伙兒」分手，不免幾分惆悵。不只因為音樂，也為離開皇村的時間到了。大家四散漫遊，有人進了卡麥隆長廊下的花園，站在綠牆之外，我就聽到莽萍的驚嘆。花園中自是姹紫嫣紅、百花爭妍，但別意襲來，已不復有觀花心情。忽有笛聲飄然而至，循聲而去，見大樹下立一中年男子，身着黑大氅，戴紫領結，一人一長笛，瀟瀟灑灑地吹奏着巴赫長笛奏鳴曲中的Siciliana，曲調深幽清婉，歸程中，纏綿在我耳邊，久久不能忘懷。

後　記

　　《蒼雲遠道》大多是我近幾年遊歷於讀書的心得。「蘋果樹下」一輯中的文字，是道群約我為《蘋果日報》名采版而作，照片都是小女盈盈的習作。「讀與思」一輯是我解讀幾部心愛的書，裏面有真切的思考。談納粹美學的文字，是與崔衛平女士的通信，她論瑞芬斯塔爾與黛德麗的區別，十分精當，為求對話完整，故也收入其中。「遊俄散記」是一束對俄國歷史的體悟，也許能表達我們這一代人對俄國的另一種想法。

　　志揚兄為此集作序，實是以虎搏兔，我理解他的深思，總會慢半拍，幾十年如此。但他的文字中深藏着熾熱的友情，卻即刻灼熱我心魂。人年紀一大，就羞於表露情感，但「聖人忘情，最下不及情，情之所鍾，正在我輩」，又有甚麼辦法？

2020年6月12日
於奧賽